大团山下月儿明

高 洁 著

北方文艺出版社

哈尔滨

图书在版编目（CIP）数据

大团山下月儿明 / 高洁著 . —— 哈尔滨 : 北方文艺
出版社 , 2024.1
ISBN 978-7-5317-6061-0

Ⅰ. ①大… Ⅱ. ①高… Ⅲ. ①日记 – 作品集 – 中国 –
当代 Ⅳ . ① I267.5

中国国家版本馆 CIP 数据核字（2023）第 191449 号

大团山下月儿明

DATUANSHAN XIA YUEER MING

作　　者 / 高　洁
责任编辑 / 富翔强　宋雪微　　　　　　封面设计 / 刘　美

出版发行 / 北方文艺出版社　　　　　　邮　　编 / 150008
发行电话 /（0451）86825533　　　　　经　　销 / 新华书店
地　　址 / 哈尔滨市南岗区宣庆小区 1 号楼　网　　址 / www.bfwy.com

印　　刷 / 河北浩润印刷有限公司　　　　开　　本 / 787×1092　1/16
字　　数 / 180 千字　　　　　　　　　　印　　张 / 14.25
版　　次 / 2024 年 1 月第 1 版　　　　　印　　次 / 2024 年 1 月第 1 次印刷

书　　号 / ISBN 978-7-5317-6061-0　　定　　价 / 68.00 元

大团山下追月人（代序）

赵国春

哈尔滨的五月，是个令人陶醉的季节，到处散发着丁香花的芬芳。清晨，我放弃散步的时光，漫步在高洁这本《大团山下月儿明》的字里行间，见证高洁这两年的心路历程。

我和高洁相识，还是在 20 世纪的 90 年代初。他从黑龙江农垦师范专科学校毕业，先后在九三农管局局直中学和九三农管局农广校当教师。我在《九三报》编"沃土"文学副刊。他经常到报社来送稿子。据他回忆，他当年写的第一首诗歌和第一篇杂文，都是经过我的修改后发表的。后来，他还参加了我筹办的九三文学联谊会，成为一名文学创作的骨干。他说当年他结婚时的照片，都是我给拍的。不难看出，当年我是个有求必应的人，高洁也是一个知道感恩的人。

1991 年春天，我从九三管理局党委宣传部调到总局党委宣传部工作，高洁也到了九三分局政研室，后来他成了管理局机关副处级领导。2012 年，他还被评选为黑龙江省第十一届劳动模范。2019 年 10 月，农垦体制改革，高洁到了黑河市司法局。2021 年 7 月开始，他被黑河市委组织部派驻嫩江市，任科洛镇党委委员、驻东明村工作队长、村委第一书记，任期两年。

两年的时间，在人类历史的长河中是短暂的一瞬间，可对即将退休的高洁来说，却是一段难忘的时光。高洁以心为笔，以情为墨，以日记的形式记录两年的工作生活。在近 20 万字、一百多篇的日记中，真实回答了他们的生活状态是什么样的、工作状态是怎样的等问题，无处不体现着一个对党忠诚的干部与人民群众之间的血肉联系。对村里一山一水、一草一木的牵念，对村里大事小情、左邻右舍的关爱，无不显示出为人民服务的宗旨。大团山可以作证，夜夜陪伴作者书写日记的月亮可以作证。

短暂的两年时光，高洁在科洛镇党委领导下，在各派驻单位的大力支持下，带领两名助手和村委会成员，完成了大量的工作任务。他们按照每一年度拟定的工作计划，积极协助村两委，立足实际，团结村民，共同努力，踏实工作，严格履行第一书记和驻村工作队的主要职责，基本完成各项工作任务，并取得了一定的预期成效。他们驻村工作队连续荣获中共嫩江市委组织部授予的"优秀驻村工作队"称号，有两名工作队员荣获先进个人称号。

高洁虽然不是一个专业的作家，可骨子里有着对文学的热爱和追求。多年来的机关工作和生活，并没有给他许多文学创作的素材，这次能够到基层乡村，不仅在工作上给他提供了一个可以施展才能的机会，还给他提供了文学创作的良好空间和土壤。是种子，迟早会发芽。

日记，是散文中常见的一种形式，最初是写给自己看的，也是比较私密的。高洁写的工作日记有内容，文字有温度，是可以公开发表的。这本书既是一本工作类的日志，又是一本纪实文学类的散文集。

浏览书稿后，给我的感觉是高洁他们这两年在东明村为老百姓干了不少实事、好事。他在平时的工作中处处留心观察，才写出了这本洋洋洒洒近二十万字的日记。在此，不妨把给我留下深刻印象的几个片段，与大家分享：

"明天，乃至今后几天，我们的防汛、度汛工作还有很多很多，不可预料的情况一定不少。既然我们'身入'基层，就要'心到'民中，'驻牢'村中。职责所在，担子尤重。工作不少，后果难料，如这夜雨中不远处的大团山一样，浑厚、沉重、神秘！"

"令我在心里深刻认识了'政治'两个字的真谛。所谓的'政'就是人民之事，'治'则是管理之道。'政'与'治'两个字合到一处，就是汇聚民智民力、管好人民群众之事，是我们最好的本分，最坚固的根。"

"农业强、农村美、农民富的关键是产业，核心是人才，基础是硬件。解决'牛鼻子'问题，纲举目张！"

"月光融融，映衬着村办。窗外，一轮半月斜挂西天。此时的东明村显得格外的原始、自然、静谧、美好！"

"别把自己当个什么。自然的风风雨雨能吹打别人，更能吹打自己。其实，你、我、他都一样，只是一名普普通通的人。普通人，就要从小事做起，缺什么补什么，小步快跑，笨鸟先飞。"

"昨天晚饭时，背着两个大孩子，自己偷偷地泡了一大碗方便面，就着一袋不咸不淡的0.5元的榨菜，就算和我的老母亲一起过了个独特的生日。

实在对不起了，条件有限，我的老妈妈！有点想多了，难受！想点高兴的，写点别的吧。"

"蓦然回首：深夜里，窗外的月好亮好亮！月光下的大团山好美好美呀！此时此刻，我情不自禁地从心里吟唱着那首歌：你问我爱你有多深，我爱你有几分，你去想一想，你去问一问，月亮代表我的心……"

高洁为人仗义，做事也低调谦虚。这本书稿他曾经先后发给初中同学、大学同学，还有东明村的老书记、黑河市司法局的领导等，并听取了他们的不同意见，对书稿进行了多次修改。

当然，并不是说这本书已经达到了完美无缺的境地，还存在提高的空间。有些工作过程写得太细，如果能进一步精炼、概括会更好。还存在着过分口语化的情况，有的地方有些重复。

瑕不掩瑜，毕竟是一个驻村第一书记、工作队长的工作日记，我想，读者也会理解的。

（赵国春，中国作家协会会员、中国散文学会理事、黑龙江省散文委员会副主任、北大荒作家协会主席）

目 录

2021 年 7 月 14 日，夜，雷阵雨转多云。

今晚，一轮新月弯弯地挂在西天上，很亮。月光如水，静静地洒在大地上，远处的大团山清晰可见，似乎在诉说着什么……

入驻东明村以来，一晃儿七八天。从和老书记刘艳臣同志的交流中，我对村子的情况有了初步了解。东明村大致位于东距科洛镇 15 公里，西距嫩江市 28 公里处，南北分别与农垦北大荒集团嫩江农场有限公司、山河农场有限公司接壤，沟沟岗岗、起伏有致，属于典型的丘陵漫岗地貌。整个东明村被南岗、东山和北岗、西岗包围着，自然形成了一个小小的盆地。"盆"中有自西向东两道低岗，四条沟子。全村自北向南由土窑子、东明和双发三个自然屯组成。土窑子屯位于北岗坡南，东明屯坐落在第一道低岗南坡偏下，双发屯处在第二道低岗南坡居中，每个屯相距 2 到 3 公里，村部居中，设在东明屯，类似一个巨型天然饭锅的锅底部位。

全村总户数 540 户，人口 1880 人。其中，党员 48 人，占人口总数的 2.56%。2007 年，东明村被列为省级建档立卡贫困村，2018 年实现脱贫。已经有 34 户脱贫，占总户数的 6.3%，脱贫人口 53 人，占人口总数的 2.82%。脱贫困户年收入在万元以上。

目前，全村拥有耕地 32000 亩。其中，村集体耕地 16286.2 亩，占耕地总数的 50.89%，户均 30.16 亩，人均 8.66 亩。国有耕地 15031.8 亩，占耕地总数的 49.11%。机动地 682 亩，占耕地总数的 2.1%，占集体耕地的 4.19%。种植作物以大豆、玉米为主，是典型的传统旱作农业区。

全村有扶贫产业 3 个。其中，光伏发电，大棚木耳种植和羊舍，全年营业收入占比较低。各类经营组织如家庭农场、种植大户和花卉、农作物种植专业合作社等，数量有限，且经营规模和功能都在不断完善之中。

村集体年收入 60 多万元，其中，机动地流转 47 万元。全村总收入2000 多万元，主要是种植玉米、大豆的收入。人均年收入 12000 元左右，人均月收入 1000 元，且多数收入为土地流转收入，经营性收入为零，工资性收入所占比例微乎其微。

而我们——黑河市委组织部牵头派驻到嫩江市科洛镇东明村的帮扶工作队，由黑河市司法局的我，黑河市委组织部的张军同志，市委党校的吕行同志三人组成。其中，张军同志毕业于山东理工大学，吕行同志毕业于哈尔滨理工大学，两个大孩子都是刚刚上班不久的研究生，学识很高，但是没有基层农村工作和生活的经验。目前，因忙于学业和事业，他们都没有来得及谈对象。

面对东明村如此的地理位置、实际人口、有限资源、可数的产业和可以预期的年收入，对于我们这样一支不熟悉东明村情况，也不熟悉驻村工作的驻村帮扶队伍来说，面对农业农村、生活生产、治理发展等诸多村情村况、村政村务，可谓千头万绪、雾里看花、两眼一抹黑。诸多的无形压力、无形责任，如不远处的那座浑圆、浑厚的石头山——大团山一样，担子"山重"，压力"山大"。

天蓝、云重。草绿、树荫。

站在这片陌生而熟悉的土地的高岗上，我深深地沉浸在无垠的思绪中。

大团山能告诉我吗？明亮的新月能告诉我吗？

我们到底应该怎么办？

怎样干？如何干？

2021年7月17日，多云。

我们东明村的土窑子、东明和双发三个自然屯，自北向南，分布在两条沟塘的三个高岗向阳坡上。它们之间隔沟相望，隔塘相守，如同亲兄弟姐妹一般，世世代代，相亲相爱，生生不息。

嫩江至黑河的省级211公路紧贴着土窑子屯，打了个弯弯，自屯子北侧绕过。从嫩黑公路下来，一条村间水泥路像白色狭窄的带子，穿过土窑子和东明，通过"三道岗两条沟"，把三个自然屯紧紧地系在一起。

村子四周被错落有致、连绵起伏的山岗环绕着。尤其东面的山，自北向南一字排开。最北的大团山海拔最高，形如其名，苍苍翠翠。馒头山居中，由南北两个小山组成，中间由东明村内三四条自然沟壑汇集的无名溪水劈开，向东南方向流去。石头山位置偏南，然后就是嘎山。整个山型，自远处看，仿若一把巨型的大刀，横立于苍茫天地间，所以当地人又叫它们大刀背山，也叫东山。

听东明屯的老人讲，"三道岗"没有什么名字。中间的"两条沟"，北边的叫后沟，南面的叫南沟。每个沟子都有一座桥，把"三道岗"连接起来，保证了村路伸展开来，蜿蜒而去，直插天际。

南沟的桥，也不是什么真正意义上的桥。整座桥由四个水泥立柱支撑搭建而成，仿佛一个放在地面上的板凳，表面看较为结实、安全，实则存在着很大的安全隐患。而后沟的桥，只是由一个水泥涵管简简单单搭建而成，似桥非桥，只能算桥涵中的"涵"，且过水总量有限，到了夏季，一旦洪水漫道，滚滚而下，桥也就没了踪影。而洪水过后，桥的两侧沟深丈余，护坡张裂，路面空悬，导致行人无法通过，"桥"彻底成了摆设。用村里人的话说："后沟桥，独眼桥，年年'洪爷'来捣乱，岁岁修葺原来道。"现如今，在后沟桥不远处的道两侧，还摆着几块"危桥，禁止大车辆通过"的警示牌，可惜，也和这后沟桥一样，若有若无、或有或无，没那么准确和醒目。

每次走过这两座桥，看着桥和桥两边的沟沟壑壑，我心中都莫名其妙多出几分担忧、几分期盼。担忧的是那桥真的不安全，隐患太多。如遇暴雨成灾的时候，极容易水毁不说，最怕的是在暴风雨中过桥的人或者车辆，一个不留意就会酿成重大安全事故。一旦突发洪水，汇集成灾，后果不堪设想。期盼的是什么时候，那桥能够引起各方重视，在不产生任何不良后果的前提下，提前修建个牢固安全的放心桥。南沟桥还好说些，不那么急迫，我着急的是那后沟桥，看着两侧的深沟，我心底总有一股无名而强烈的愿望直冲脑门："无论何时，无论如何，要想尽一切办法，把这个'非桥'变成真正意义上的桥，彻底排除埋在人们脚底下的这颗'地雷'。"

有了期盼，就是好事。

如果能够如期实现，这个希望一定是美好的。既然有了，那么我们就要坚持"咬定青山不放松"的劲头，克服一切困难，不计代价地践行、实现它，让它落地、生根、开花，把有限的美好奉献给我的父老兄弟们。

重心亦重行嘛，行动是最好的宣言，更是最有效的担当！

一定。

一定的。

2021年7月18日，夜，雨。

从天气预报看，近三天，也就是18、19和20日，预计东明村所在区域将迎来50毫米以上的强降雨天气，很容易引发较高地质灾害气象风险。即因强降雨，局部可能发生崩塌、滑坡、泥石流等地质灾害。

雨情就是号令，汛情就是命令。今日起，在科洛镇防汛抗旱指挥部的统一指挥下，村两委、市和镇驻村工作队听号而起，闻令而动，二十四小时值班值宿，随时待命，全力以赴做好防汛、抢险、救灾防范应对工作。经我们和村两委集体商量决定，迅疾开展如下工作。

1. 第一时间，组织到位，确保全村防汛度汛工作安全有序开展。首先，我们与村干部集结到村部，靠前指挥，研究、查看和布置防汛抢险救灾系列工作。其次，我们实时掌握雨情、汛情信息，分析研判气象形势，积极做好极端天气的应对工作。即提前备齐防汛物资，组建应急队伍，严阵以待，筑牢防汛应急处置的"堤坝"。

2. 第一时间，落实到位，确保各项防汛措施有的放矢。根据实际工作需要，结合村里的实际情况，按照集体决议，我们临时组成三个应急工作小组。一组、二组各配置一台小车，设置三人，分别由市、镇驻村工作队的我和科洛镇副镇长杨才林同志负责，24小时死看死守后沟桥和南沟桥，禁止任何人员、车辆通行，保证居民的人身安全。三组由村书记刘艳臣同志亲自负责，居中调度，重点防护三个自然屯的泥草房、地面排水泄洪和各家各户防灾安全等具体工作，保证全村居民的生命和财产安全。

3. 第一时间，发动到位。我们明确分工，专人负责，在三个自然屯的微信群中发出紧急通知，要求全体党员、群众克服侥幸心理，提前做好防汛准备，提前进入备战状态，时刻保持高度警惕，时刻绷紧防汛这根弦，随时迎接暴风骤雨的严峻考验。

一整天，我们就这样忙碌而有序地、努力地做着每一件事。到目前为止，可以说我们和东明村的每个人都咬着牙努力着、工作着，竭尽全力，按部就班，忙碌有序。没有发生什么预料之外的事情，也没有什么人、什么财产受到这场突然而来的强降水所带来的严重威胁，当然，也没有因此蒙受损失。只是，南沟桥和后沟桥的险情更加严重了。尤其是后沟桥，水泥路面悬空面积变大了，两侧的沟更深了，雨前加筑的护坡大石头现已脱离路面，下降了一米多，彻底成了行人、车辆禁止通行的危桥。

夜，已经深深。自夜半23时左右，窗外的雨一直下个不停，且越下越大。看起来，今夜，这场大雨没有停下来的意思。

明天，乃至今后几天，我们的防汛度汛工作还有很多很多，不可预料的情况一定不少。既然我们"身入"基层，就要"心到"民中，"牢驻"村中。

职责所在，担子尤重。工作不少，后果难料，如这夜雨中不远处的大团山一样，浑厚、沉重、神秘！

四

2021年7月19日，夜，雨。

今日，一整天的雨下个不停。

下午3时许，雨势逐渐加大，转为暴雨。老天好似漏了底一样，暴雨倾盆而下，持续了两个多小时。

雨势刚刚变大的时候，我给正在土窑子屯处理垃圾的老书记刘艳臣同志打了一个电话。我们商定，马上停下手中工作，由他带人，守住防洪重点后沟桥，而我们负责东明屯和南沟桥。

封路，封村，禁行。

收起手机，我和工作队员张军同志穿好雨衣、雨靴，带上雨伞，义无反顾地走入瓢泼大雨中。

闪电耀眼裂空，炸雷震耳欲聋，一个接着一个，如同炫技一般，你不让着我，我不让着你，看谁最亮，看谁最响。

路两侧的大杨树在狂风中坚毅地站着，树的枝枝杈杈时不时愤怒地抛开树干，砸向路中。树林两边的庄稼一片片地倒伏在地面上，有的不肯屈服，努力着，想站立起来。

一道强光，一声炸雷。小心翼翼走在水中的张军同志，不自觉地向我身边靠来。我们相视一笑，互相搀扶着，继续在没膝深的滚滚洪水中，沿着路的中间前行。

后沟桥，早已淹没在一片汪洋中。对岸，不太高的岗上，有两辆私家小车，像孤岛般牢牢地钉在蒙蒙的烟雨中，那可能是老书记刘艳臣和科洛镇工作队的队长冯波同志各自带着人守护在那里。

张军同志和我向着他们挥了挥手，我们抓拍了几张雨中的现场照片后，把红色的警戒线紧了又紧，起身转向南沟桥。

暴雨，持续着。

站在岗的最高处，南面的东明村就像漂泊在海洋中的一叶小舟似的，各路洪水肆意倾泻，咆哮着，奔腾着，由村北扑向东明屯，顺坡而下，滚滚向南、向南。

好在东明屯处在高岗的向阳坡上，村民的房屋地基较高，肆意的洪水无可奈何，纷纷绕户过家，向着集结地南沟子滚滚而下。

南沟子，早已没有了原来的样子。南沟桥也没了踪迹，只有几根倔强的桥栏柱子，倾斜着身子，站在湍流中。

我们不得已又退回屯中。

在屯中，我们巡视了一周，劝返了几名急于雨中排水的老人，回到了村委办公室中。

雨情就是有声的号角，汛情就是无言的命令。

经过与刘艳臣老书记商议，我们紧急向镇党委和指挥部做了报告。在得到批准后，立即在土窑子屯后出动一辆大型铲车，东明和双发屯各动用一辆农用四轮带斗车，自北向南彻底封桥封路，坚决做到"里不出，外不进"。同时，在全村微信群中再次发出紧急通知。一是因水大、桥毁，村内道路全部封闭，禁止任何行人、车辆私自通行。二是洪水无情，人身财产安全第一，任何人如果没有要命的事情，一律不准私出家门。三是如有急、难、险事，速与村办联系，统一调度，一并处理。

电没了，水没了，网没了。

雨停了，夜幕降临了，就连西南天空的月儿，也羞答答地露出了小半张笑脸。

屯南面的蛙声，北面的洪水倾泻声，和隔壁宿舍内辛劳了一整天的村、镇和市里几位工作人员的鼾声，声声入耳，声声入心。

雨后，挂着星月的夜空，十分宁静。

月光下的东明村，仿若穿越到了几十年前，显得格外古朴，格外安详，格外宁静。

2021 年 7 月 20 日，多云、阵雨。

农民的疾苦，农民的困难，农民的问题是最大的民生问题。

我入驻东明村以来，听到的、看到的、碰到的都是困难，都是问题。可以说，只要你想动动、干干，首要拦路的就是困难、困难，还是困难。

真的验证了那句老话，困难多了，也就不成为困难了。就拿村里的人居环境整治来说，本来是件好事，整治的目的、出发点是为了改善村民的人居环境。按理，应当得到家家户户的积极响应、积极的支持。但是，一上手整治起来，就不是那么回事了。

东家刚刚收拾出来，西家门口又冒出了一堆垃圾。

这家弄了，那家又不干了。

李家刚把坑里的垃圾填上，也不知道什么时候，是哪家的猪粪又倒入了坑里。你家抱怨，他家抱怨，结果环境整治工作弄得谁家都不满意，大家不乐呵。想想也是，不论任何事，凡是没有允许的，对于我们党员干部来说，都是不可为的；而对于广大群众来讲，凡是没有明令禁止的，都是可以做的。

前两天，省里的环境暗访组把我们东明村的一处垃圾填埋点曝光了。老书记刘艳臣同志和我们这些人，没有不上火的。村里的生产垃圾、生活垃圾，相加起来真的不少。集中、运送都能办到，重点是该如何处理，这可不是小事。

想破了大天，唯一的办法，只能是找个地方，简简单单就地填埋。

地方，地方，年年寻找，年年填埋。归根结底，地方有限。

"别着火。"

"别冒烟。"

回过头来，静下心来，好好理理，细细想想。

整治工作没错，大家也没错，可问题出在什么地方呢？

人居环境整治是群众集体性工作，参与度越高，开展的效果就越好。

可是，实际上，不是这么回事。

一是全村 540 户，目前，实际在村的不足百十户，三分之一都占不上，人少，参与度太低了。加上在村的人都是老、弱、妇、童，青壮年劳力少之又少，有心无力的事情太多了。

二是在村的人，自己动手。不在村的人家，房前屋后村里帮扶。

三是这么多年的包产到户，自然而然地形成"一家一户"分散自管的生活习惯与方式，在发展方面，始终没有大的起色，没有收入，没有积累，没什么钱干事，想把全村社员群众拢在一起，难度可想而知。

真有点不敢想下去了。

想多了也没有用，解决不了什么问题。还是"别急躁，别瞎想"，先把心静下来，踏实地做好每一天的每一件小事。

农民无小事，民生无小事！

六

2021 年 7 月 22 日，多云转晴。

2021 年 7 月 18 日、19 日的暴雨，我们村部所在地东明屯出入的后沟桥、南沟桥彻底让滚滚的洪水冲毁了，整个屯子变成了名副其实的一座孤岛。

后沟桥，整个路面塌陷长二十多米，深两米多。直径一米的水泥涵管最外面的一节已经歪躺在坑底，彻底罢工了。南沟桥八米长、六米宽的板凳式支柱的两端引路，各有长二至三米、深约两米的水冲空隙，只有薄薄的、张裂开来的没有一根钢筋的水泥路面，空悬在上面，硬生生地撑着，让人看着都眼晕。

昨日，科洛镇党委书记王钟山同志，自科洛河抢灾现场打来电话说，一会儿，由镇里统一调集，派人派车，紧急抢修，先把后沟桥通开，暂时解决东明屯里不出、外不进的"死"屯问题。

其实，科洛镇很难，王钟山书记、姜忠洋镇长更难。全镇处在嫩江市中南部的小兴安岭与嫩江平原过渡地带的半山区域，面积 2249 平方公里，总人口 1.43 万。由七个村、十五个自然屯组成，大致分布为双泉、东明村在南，科洛村居中，科后、石头沟、富民和柏根里四个村子在北面。科洛河自南向北穿过，沿河的几个村屯灾情严重，相比之下，我们东明村的三个自然屯还算灾情较小，相对平安。

即便这样，王钟山书记和姜忠洋镇长也时刻把东明村刻在心上，总打电话询问情况。想必是，镇领导心里太明白、太清楚，越是相对安全的地方，越容易引发无法及时处置的重大事故的深刻道理。

还行。目前，我们东明村还没有给镇政府添什么乱，村民还算很安全。只是村中两座用于出入的后沟桥和南沟桥被洪水毁掉了，东明屯成了里外不通的"孤岛"。

接过王钟山书记的电话后，老书记刘艳臣同志和我一直提着的心，终于可以放下一小截了。尤其，那个水泥路板悬空的南沟桥，似通非通，我们办法都用尽了，还是禁也禁不住、堵也堵不住。总有个别村民胆子特大，或开着私家车，或骑着单车，或人行，偷偷摸摸，冒险过桥，与我们玩着一场又一场生命游戏。

这真的让我们吃不好饭、睡不好觉，心中的火苗子蹦着高似的，一个劲儿地往脑门子上窜，急不得、怒不得，左不是、右不是。因为，刘艳臣同志是村里的老书记，冯波同志是科洛镇派驻村工作队队长，我则是新来刚好半个月的黑河市派驻村第一书记，我们身上共同肩负着守护一村属地的安全责任，可谓"压力山大"。

好在，虽然应急处置的后沟桥状况不断，但是我们有了坚强的后盾。

昨天，有人有车，修填不到几米，修填料就没了。今天，王钟山书记亲自到后沟桥现场指挥，镇长姜忠洋同志坐镇几十公里外的料场，为我们提供保障。石料解决了，十几辆大车上来了，修填工作有序展开了。

科洛镇党委和政府尽力了。但是，因铲车功率太小，只能一车车排着队卸料，一个上午，修填工作进展十分有限，我们看在眼里、急在心里。下午，王钟山书记又紧急调来一辆大型铲车进行增援作业，工作进展快多了。

傍晚17时许，后沟桥通了，人和私家车可以暂时安全通行。与此同时，南沟桥的南北两侧，也让我们用土堆进行了完全封闭，并插上了警示牌子。

大道如砥，行者无疆。众志前行，虽难必成。经过这几日上上下下不懈地努力，我们悬着的一颗心，终于可以落地了。

村民们乐了，东明屯又和往日一般，热闹了起来。

看来，今夜的月亮还能如昔日一样，那么清新，那么明亮，那么温馨可人！

七

2021 年 7 月 28 日，晴。

自 2021 年 7 月 18 日以来，几场暴雨，几场洪水，"三岗两沟"的东明村也成了不大不小的灾区。

这些天来，在村两委领导统一安排下，我们和村两委成员分别深入到三个自然屯和相关的受灾地块，对涉及的房屋、大豆、玉米、农田道等灾损情况分别进行了实地查看。尤其在抽查相关受灾地块时，农田路本来就是年久失修，蒿草丛生，加之洪水过后，大多数地方的农田路都没了影子，不是在积水里，就是在厚厚的淤泥下，或者淹没在蒿草中，早已经没了道路可寻。而通水的涵管，有的东倒西歪，早早地跑离了原来的位置，"脱岗而去"；有的深埋在大片淤泥中，如果你不仔仔细细地寻找，还以为摆在你眼前的是一小片沼泽泥坑。

这些天来，自报灾情的社员群众个个心焦急迫。报灾群众一个接着一个，若走马灯似的，来了又来，新的情况接连不断。报灾电话响个不停，前屯后屯，东家西家，你挤着我，我挤着你，消息一个劲儿地往村会计李俊华同志的手机里涌，一会儿一个农作物名称，一会儿一个地数。有的地数，我们用了大半天的时间才算弄个大致清楚。更有甚者，一天一个数，弄了两三天，我们才基本上弄清。

好在，社员群众，无一人伤亡。

据此，我们粗略、保守地估计一下，东明村在这次暴雨洪灾中，桥、涵、路、田等直接经济损失达几百万元，人均损失在几千元以上。对于正在起步发展的东明村人来说，这是一笔谁也没有预料到的损失。

今天上午九时许，在得知我们昨天去市里相关部门汇报的这一情况后，嫩江市委书记刘铭同志即刻率领市交通运输局局长孙志航等同志一行人，在镇党委书记王钟山、镇长姜忠洋等同志陪同下，第一时间赶到我们现场，向我们和村两委认真翔实地了解了受灾情况，并对如何抗灾自救进行了全面、详尽的调研问询。特别是市委书记刘铭同志，在我们村南沟桥水毁现场，看得仔细、问得全面，重点对市相关主管部门和镇里，关于南沟桥重建工作提出了严格要求，进行了细致工作安排。

看着市委刘书记、镇委王书记、镇长姜忠洋同志等一行人身心疲惫地乘车远去，渐渐地隐没在山岗的那一侧，我们在场所有人的心热热的、疼疼的。尤其，令我在心里深刻认识了"政治"两个字的真谛。所谓的"政"就是人民之事，"治"则是管理之道。"政"与"治"两个字合到一处，就是汇聚民智民力、管好人民群众之事，是我们最好的本分，最坚固的根。更为重要的是，我真切地感受到了嫩江市和科洛镇两级党委的关爱和支持，如同不远处那两座无语默契、厚重坚实对望的馒头山一样，坚定有力地守护着我们东明村的每一名人民群众！

八

2021 年 7 月 30 日，阵雨。

几日来，忙忙碌碌，时间过得很快。但是，一旦静下心来想想，只感觉有点忙、有点累，也记不清楚都忙了些什么。然而，有一件小事，却很特别，很有纪念意义，十分有必要把它记录下来。

2021 年 7 月 16 日上午九时许，在村委办公室，我们村党支部召开了发展新党员、接收入党积极分子的党员会议。参加会议总人数 28 人，占全村现有党员总数 60% 以上。其中，科洛镇党委副书记李刚、镇组织委员于金龙同志、镇派驻工作队成员、黑河市委派驻工作队成员和东明村实际在村居住的 20 名党员参会，含村两委在家人员。村支部书记刘艳臣同志主持会议。

会议按照相关组织程序规定有序进行，气氛热烈友好。会议的主角是一位清瘦、腼腆的年轻人，名字叫李广杨。最有趣的是他的表态发言，让我们与会的所有党员记忆深刻、难以忘却。

"我志愿加入中国共产党。我愿意成为中国共产党的一名成员。我愿意学习、进步。我愿意为如同我家人般的父老乡亲们服务。我愿意为党组织，为美丽乡村的振兴贡献一切。我愿意！"

几个愿意，简简单单、普普通通，但是，它却如铮铮誓言，撞石成痕，击铁留印，深深地镌刻在会议现场所有人的心里。

在讨论吸纳 4 名入党积极分子的时候，老党员胖二婶最引人注目。

"广杨入党我没意见。但是，老刘书记，我郑重地提一条意见中不？"

大家闻此，都闭上了嘴巴，眼神齐刷刷地如探照灯般聚焦到老书记刘艳臣同志身上。

"二婶同志，你这是说什么外道话。有啥意见，你尽管提吧！都是家里人，还顾虑什么？"

"那我可提了。有一个问题，我寻思了很久了。我想在入党的条件中，我们能不能加上一条，不孝敬父母的人，不能入党，中不？"

看着站立着的一脸严肃认真的胖二婶，大家都陷入了沉默。

没等胖二婶坐下，一阵热烈的掌声骤然响起，淹没了喧嚣，淹没了烦躁，连同室外的酷暑，也无声无息地向远方退去。

会议最终又形成一个决定，向上级党组织正式提出如下反映：

鉴于本村实际发展需要，恳请党组织增加年度入党指标，壮大组织力量，引领全体社员群众一道快速发展集体经济，为全体村民增收增产提供强力组织保障。至于胖二婶提出的建议，我们村支部决定适当考虑，在今后发展对象的确定与考察中加以重视，这次，就不把它列为向上级党组织反映的情况之一了。

原计划开半个多小时的会议，在不知不觉中，让与会的人把时间都给忘记了！

九

2021 年 7 月 31 日，阴。

这个夏季也不知道怎么了，天像开了口子似的，雨水一个劲儿地往地上倾泻。

今天零时多，狂风暴雨又足足肆虐了半个小时。睡梦中，被雷声惊醒的我独站在窗前，吸着烟，看着听着，心情和窗外的那风、那雨一样，急躁、烦躁、焦躁，五味杂陈，非常复杂，一点点睡意都没有了。

前天，科洛镇镇长姜忠洋同志，在党支部群里转发了一个通知。因受台风"烟花"影响，嫩江市 7 月 30 日至 8 月 1 日有强降雨过程，降雨量50—100 毫米，局部将超过 150 毫米，并伴有雷电、大风、强降雨、冰雹、山洪等强对流天气。为应对强降雨，经镇党委研究决定，通知如下：

各包村干部、村主要领导要克服麻痹思想，积极采取措施，做好防汛工作。一是镇值班干部、包村干部、村主要领导在明早8点前要全部到岗到位，做好值班工作，保证24小时在岗在位，通信畅通。镇党委明天分两组下去查看防汛情况。二是各村要将危房户、低洼地带住户、野外放牧人员登记造册，落实包保责任人，并全部转移到安全地带，切记野外放牧人员一定要转移落实包保制度。三是镇村防汛队伍必须达到待命状态，并落实好防汛救灾车辆、物资及居民临时转移地点。每个村落实2至3台大型机械，在办公室门前停放。四是各村要疏通沟渠，确保排水通畅。对水毁路段设立明显警示标志，禁止通行。沿河村屯要对险、弱、断防汛设施进行除险加固。五是各村主要领导要密切关注天气预报和政府工作群，沿河各村要做好上下游沟通，掌握天气变化情况和雨情，积极采取措施，做好防汛工作，如遇特殊情况必须向镇主要领导汇报。六是积极排查隐患，完善软件材料，补齐抗洪救灾短板。

看到这个通知，老书记刘艳臣同志和我，似乎都闻到了不远处那股翻滚而来的独特、腥臭的台风味道。套用一句俗语，"顶风腥千里"，更何况顺风了。这让我想起几日前台风"烟花"初在浙江省登陆时，我当时心里的感受：

"七月风雨腥"。

"烟花炫玉环，舟山人未见。风雨潮叠加，遥湿黑河岸。"（注：玉环，舟山地名，位于浙江省）

想什么都没用，忧虑了、担心了，永远解决不了现实问题。

按照镇党委部署安排，我们碰头商量了一下，根据村里现有的实际情况，有条不紊、扎扎实实地安排、完成各项抗洪救灾的基础性工作。尤其是督查工作，我们必须高度重视起来，包片包点包具体工作，多跑腿，多探查，坚决克服懈怠心理。

今晨的雨，不知道落到了谁家。

东明村依旧炊烟袅袅，依旧隽秀如初，依旧宁静如常。

只是，窗外天色反复无常，我们要时刻警惕。

十

2021 年 7 月 31 日，傍晚，雨。

今天，淅淅沥沥的小雨，从早上下到现在。

看着窗外，远处的树，远处的山，笼罩在似雨非雨、似雾非雾之中，叫人自然想起了"小雨霏霏"的意境。

我深深地吸了一口烟，拿起桌子上已经上报的《帮扶对象家庭收入调查统计表》，看着一串串数据，心情似窗外的天气一般，阴沉沉的。

东明村实有户数 540 户，人口 1880 人。其中，原省级建档立卡贫困户 34 户，人口 56 人，已经实现了脱贫。现边缘易致贫 34 户，人口 53 人，基本解决了"两不愁三保障"，即解决了吃不愁、穿不愁的问题和教育、住房、医疗、安全饮水问题。但是，看看边缘易致贫各家各户年收入的台账，却让人怎么也高兴不起来。

2020 年边缘易致贫家庭 43 户，总收入 65.56 万元，户均 1.93 万元，人均 1.17 万元，月均 975 元 / 人。2021 年预计边缘易致贫家庭总收入 80.86 万元，户均 2.38 万元，人均 1.53 万元，月均 1275 元 / 人。

再看边缘易致贫 43 户的收入来源，十分单一、脆弱。在经营性、工资性、财产性、转移性"四项"收入中，经营性收入一户没有。工资性收入等三项收入 13 户，占 43 户的 30.23%。其中，2020 年实现年工资性收入总额 7.08 万元，户均 5446 元。2021 年预计实现年工资性收入总额 6.73 万元，户均 5177 元，且务工和公益岗位工资性收入各占一半。剩余的 30 户，占 43 户的 69.77%，只有财产性、转移性收入。说白了，就是耕地转包收入和政府兜底收入，再也没有其他收入。再说，43 户中，大部分都属于没有劳动能力的。

如何能够巩固扶贫成果，从根本上实现稳步增收呢？看来，这是一项很艰巨的工作任务。

我看向窗外，雨，依旧下着。

回想不久前，也就是 2021 年 7 月 8 日上午，我们入村的第二天，北大荒集团嫩江农场有限公司总经理关利杰，合规风控部部长沈勇，公司第九管理区书记徐健锋同志等一行4人,在嫩江市科洛镇党委书记王钟山同志陪同下,前来看望我们的那一幕。

记得那天,我们陪着他们一起参观了东明村农业专业合作社和村容村貌,并在村委会办公室与在家的村两委和驻村工作队人员进行了广泛深入的座谈和交流。

在座谈中,村委会书记兼村主任刘艳臣和农场公司第九管理区书记徐健锋同志就2020年的经济发展情况、农业生产情况和人员收入等进行了详细交流,并客观分析了各类农业生产经营组织、土地经营方式和农户收入等优劣形势。通过座谈和交流,大家形成共识,达成如下一致意见。

一是振兴乡村经济,调动集体和个人生产经营积极性,实现集体与个人增收的根本途径,必须坚持实事求是基本原则,团结一切力量,坚定不移地走农业股份经营合作社道路。

二是解决当前存在的实际问题,树立农民和农工对农业农村经济发展的信心,必须在着力保障和改善民生上下功夫。重点积极推动落实党的惠民政策,密切党群干群关系,帮助人民群众解决"急难愁盼"问题。

三是加强党组织对各类组织和各项工作的全面领导,形成合力。工作核心是要充分发挥党组织和党员作用,推动村干部、党员深入学习,增强政治功能、不断提升党组织凝聚服务群众的能力,增强人民群众的获得感、幸福感、安全感。同时,经双方初步商定,自愿结成互帮互扶对子,待日后条件成熟,双方可签订长期合作协议。

初来乍到,心气很高的。不过,现在细细想来,关立杰、王钟山、刘艳臣同志和我的想法还是基本正确的,那就是只能坚定不移地走农业股份经营合作社这条唯一的、正确的道路。

大河无水小河干呀!

个别农民富裕了,不是富。只有全体农民富裕,大家富裕,共同富裕,才是正路!

窗外的雨似乎又大了起来,看来一时半会儿没有停下来的意思。

下吧,想下就下吧。反正,老天要下雨,我们管不了。但是,我们的饭,还是要一口一口地吃。

与困难事斗,其乐无穷!

十一

2021 年 8 月 1 日，雨转晴。

今天是八一建军节，是很有意义的一天。

吃过午饭，姜镇长通知我们，抓紧时间，在下午下班前，把村里自选料场的经纬定位按时上报给镇里。

接到通知后，老书记刘艳臣同志和我都非常非常地高兴，看来，我们村路上被洪水冲毁的后沟桥、南沟桥大有希望重建了。

记得前不久，也就是 7 月 27 日，嫩江市委书记刘铭同志为了修桥的事情来我们东明村调查灾情的前一天，经我们一起反反复复掂量，与镇里沟通后决定，由我和工作队队员张军同志一起到市里汇报，向有关部门全面反映东明村以修桥为重点的受灾情况。

良弓在手，贵在速发。带着村两委和村民的重托，尤其是老书记刘艳臣同志和村两委的真挚希望，我与工作队员张军同志一起，起个大早，匆匆忙忙吃了几口早饭，坐上了开往嫩江市方向的客车。

车到嫩江的时候，还不到八点，距离上班还有段时间。可是，老天不作美，不大不小的雨，稀里哗啦地下个不停。好在我们事先和嫩江市司法局高局长沟通过。他非常负责，虽然人不在嫩江，在外地办事，仍然热心地安排了司法局副局长李志强同志作为联系人，帮助我们协调沟通相关部门。这不，一大早，李志强同志就已经早早等候我们，并带着我们见到了嫩江市委组织部副部长刘云蕊同志。

市委组织部是我们驻村人员的家，尤其对派驻东明村的我们三个人来说，黑河市委组织部是牵头单位，嫩江市委组织部就是我们名副其实的娘家。

到了组织部，我们就像回家一样，是那么的亲切，那么的熟悉。刘云蕊同志更是没有把我们当外人，如老同事一般，非常热情地接待了我们，并与派驻办的张寒冰同志一起详细地听取了我们近期的驻村工作和生活汇报。而后，她指派张寒冰同志帮我们联系相关部门。上午九点多，我们顺利地见到了嫩江市农业农村局局长丁重阳同志。丁局长在百忙之中抽出时间，详细地听取我们关于东明村现代农业生产和灾毁情况的汇报，重点了解了我们东明村的农田基础设施历史、现状、水毁情况及双发屯的巷道情况，并对我们下一步驻村重点工作，尤其对黑土地保护高标准农田建设和双发屯人居环境整治中的巷道修建等情况进行了全面翔实、富有针对性的一系列业务指导。

一上午，在嫩江市司法局、组织部和农业农村局的支持、关爱、帮助下，不仅让我们心生敬佩、心生感谢，更让我们那颗正在燃烧的心收获满满、干劲儿十足。

下午，我们又马不停蹄地赶到了嫩江市交通运输局。局长孙志航同志因陪同市领导实地查看灾情，安排徐永清同志接待了我们。在听了我们汇报，看了我们递交的请示报告和照片后，忙着统计灾情，连午饭还没顾得上吃的她，立即把照片拍了下来，传给远在受灾现场实地查看的孙志航局长，并用手机向孙局长进行了较为详尽的汇报。

现在，来局里的两位同志是黑河市驻村工作队的，代表科洛镇东明村驻村工作队、村两委和全体社员群众，反映洪水毁桥的具体情况。他们那里的后沟桥、南沟桥位于土窑子、东明和双发屯之间通村路上的两条沟子上。后沟桥是由一个水泥涵管简简单单搭建而成的涵管式的老桥。南沟桥是一座几米长的"板凳"桥。夏季，两座桥因过水总量有限，天降大雨或暴雨时，洪水漫道，强烈冲刷涵管和路面。前几日，几场洪水过后，涵管裸露，护坡张裂崩塌，水泥路面空悬，桥的两侧，水冲沟深约 2 米。桥的引路，七裂八瓣，一丁点儿"桥"的作用也没有，严重危害着过往人民群众的生命和财产安全。尤其，7 月 18 日、19 日的暴雨，后沟和南沟两座桥，彻底被沟子两面汇集起来的洪水冲毁，大小车辆和个人一律禁止通行。现在，已经造成两座桥之间的东明屯所有村民"里不出，外不进"的严峻后果，百姓反响十分强烈。今天，他们来的目的就是请求我们局里强力支持，集中有限资金，拆除旧桥，先修便道，再建新桥，解决全体村民迫切希望、迫切需求的实际问题，一次性挖掉埋在东明村民心中的"两颗明雷"。

汇报后，放下手机，徐永清同志长长地喘了口气，喝了一口水，向我们转述了孙局长在手机里交代的意思。"我们局长说了，你们先回去吧，他看完这个现场，就直接去你们那里实地看看，然后马上研究处置，绝对不让东明村的老百姓担惊受怕！"

看在眼睛中，听在耳朵里，暖在热辣辣的心中。

如此效率，如此质量，如此责任，如此担当，强力支撑起来的刚性作为，怎么能不让我们，不，不是我们，是我们百姓把心稳稳当当地放在肚子里！

什么也别想了。只要我们抱定为民信念，发扬钉钉子的精神，脚踏实地，埋头苦干，积少成多，积沙成塔，那么我们就一定能够把压在心上的石头，不，不是石头，是山，一座大大的山，很快地搬走。

开工，干活儿去。

老书记刘艳臣、镇驻村工作队冯波队长和我立马带上工具，带上几个年轻人，开着车，撒欢似的奔向我们早已选定好的两个石料场。

呵呵，咱家的事，马上就有指望了。

2021 年 8 月 2 日，晚，中雨。

7 月 27 日上午，我们又临时召开了驻村工作队工作会议。针对我们开展的工作和所面临的问题，调整了下一步具体工作。

会议上，驻村工作队成员张军和吕行同志结合自身工作先后进行了发言，最后，我说了说。我们一致认为，经过大家不懈地努力，较为出色地完成了驻村基础性准备，协助配合村两委安全完成抗洪抢险、村环境综合治理和民生项目建桥、修路申报争取等重点工作。但是，由于进驻时间有限，我们还存在对农村相关工作并不熟悉，工作环境与人员身份转换暂不适应，相关的专业性政策与知识学习不够、把握不熟练和工作内容客观增加等问题，急需在实践中克服、完善和提高。

最后，我们商定，在认真巩固已经取得的工作成绩的基础上，聚焦问题，紧扣驻村工作"四项职能"，严格按照工作队队员个人分工，积极协助配合村两委，齐心合力，扎实有效地完成驻村工作队调整后的下半年工作计划，以优异成绩为东明村的经济发展、社会进步贡献力量。

一是加强自身学习。深入学习上级部门有关农业、农村、农民的相关政策，学习现代农业建设、美丽乡村建设和在乡村振兴中如何促进村集体经济发展等相关专业理论和业务知识。

二是根据广大村民生活生产和村两委实际工作需要，在相关政策规定内，积极向镇党委和嫩江市相关部门上报争取涉及民生的项目，重点是双发屯巷道建设、后沟桥与南沟桥建设、高标准农田建设（含试验田）和室内卫生间筹建等，妥善协调解决村民生活生产和村集体经济发展壮大急迫需要解决的问题。

三是根据抗洪救灾实际需要，在镇党委领导下，积极配合、支持村两委，做好抗洪救灾的基础准备、应急处置与灾后自救等工作。核心是保护好全体社员群众生命和财产安全，保障全村社员群众生活和农业生产安全平稳而有序地进行。

四是根据村情实际，尽最大努力做好协调统筹工作，按驻村工作队工作计划，完成入户摸底和协助"两委"做好夏管、村务、人居环境治理等工作。重点解决好村民的创收、增收问题，坚定不移地走好村集体经济发展道路。

调整，优化，再调整。

管它双重叠加也好，多重叠加也罢。工作难度大也好，自然灾害重也罢，只要我们不改初衷、迎难而上、勇于面对、矢志不移、全力以赴、绝不退缩，还有什么是我们不可以克服，不可以解决的呢？

答案只有两个字：没有。

不是吗？虽然面对新的环境、新的工作、新的情况、新的任务，我们坚信：在身后有党组织，有我们的派驻单位，有东明村老百姓坚定的支撑，我们一定能够较为圆满地完成驻村工作任务，一定能！

哦，这么晚了，一道强光，穿透窗户，刺入眼帘。怎么有车进了大门？看了看时间，正好晚间七点整。

是什么人，在这大雨天突然造访了呢？

十三

2021 年 8 月 3 日，晚，小雨到中雨。

今日，没完没了的小雨下个不停。一晃儿，我进驻东明村已经 27 天了。白驹过隙，也就不难理解了。

昨天晚上七时多，黑河市委组织部派驻办王旭同志带着张传磊和一名司机来了。名义上是探望我们，实际上，时间这么晚，这样事前不打招呼的突袭式的探访，应该是"暗访"吧？不，用准确的词语解释，应该是"四不两直":即不发通知、不打招呼、不听汇报、不用陪同接待,直奔基层、直插现场的工作办法。

只不过这次有点巧。我们这里这些天都没有网。关于网的事情,我就多唠叨几句。进驻东明村不到一个月的时间,连续停电、停水就是好几天,害得我们吃饭、洗漱都成了问题。网络就更别提了,断断续续,时好时坏,没有一天好用过。截至今天,算算,已经彻底瘫痪了几次。这不,自昨天早晨我们醒来开始,网络就不好。到了中午12时,干脆没了,一下子就把我们送回了几十年前,硬生生地上演了一出身不由己的真实版"穿越"。

断网持续到晚饭的时候,我们不得已才开始打电话催问,几番问询之下得知,通信光缆断了。

怎么回事? 光缆怎么就这样的不结实、不安全呀,说断就断? 再说,这才几天,断了又断?

无可奈何,等着吧。

正好,网没了,电视没了,大晚上的,我们三人都闲不住,都在自己的工位上忙着。这个时候,黑河市委组织部暗访组来了。领导们摸着黑,不辞辛苦,大老远开车,从孙吴县赶过来探望我们,说实话,我们的心里热乎乎的,很感动,很敬佩。

市委组织部派驻办王旭、张传磊同志,在认真、细致查看了我们办公室、宿舍的晾晒大棚后,全面系统地听取了我们驻村工作队的生活、工作情况汇报。

最后,王旭同志非常肯定我们的工作,并鼓励我们要持续发扬钉钉子精神,在巩固已取得成绩的基础上,牢记使命,克服困难,一往直前,高质量完成驻村工作任务,为全市这一轮驻村工作开个好头,打个好样。同时,他坚定地表示:"请你们三人放心,我们回到黑河后,第一时间就向领导请示,为充分发挥带头引领示范作用,不断地改进美丽乡村建设中新的生活方式,彻底取缔传统的农村室内尿桶陋习,尽最大努力,集中我们三个派驻单位的力量,争取一些资金,马上帮助你们在室内修建一个条件好一点的卫生间,彻底解决你们的问题。"

时间如流水似的,在不知不觉中,一个多小时过去了。

目送着没有来得及喝上一口水,也没来得及吃上晚饭的领导们,看着他们疲倦地上了车,消失在茫茫夜色之中,我的心里热热的,但是有点痛。

工作、生活,本来不应该是这样的。

为了生活，为了高标准的生活，为了高质量的生活，你、我、他都在努力工作着、前行着、奋斗着！

"为者常成，行者常至。"不是吗？

窗外的风小了，雨却大了。

雨中的东明村，此时，显得格外美丽、宁静！

十四

2021年8月3日，晚，中到大暴雨。

雨，不眠不休地下着，越下越来劲，看样子好像在和谁较劲似的，没完没了。

东明屯北面的岗子，汇集成浑浊的坡水，不管不顾地顺着岗坡冲入屯子里，呼啸着、咆哮着，如非洲草原上发了疯的黑色野牛一样，到处横冲直撞。

镇党委书记王钟山同志，在镇支部书记微信群中转发《嫩江雨情快报》。"自2021年8月3日15时，过去7小时我市出现降雨天气，南部乡镇中到大雨，局部地区暴雨，其余乡镇阵雨，最大降水出现在鹤山农场，累计降水量78.0毫米，科洛镇49.7毫米。预计未来两小时我市中部、北部乡镇阵雨，南部乡镇阵雨转多云。"

听着窗外越来越大的雨声，看着村部院子里滚滚横流的坡水，我想，后沟桥今天又要出问题了。

两个刚刚研究生毕业的年轻队员，可能是因为疲劳吧，睡着了。我看着他们睡得甜甜的、香香的样子，不忍叫醒他们，就悄悄地穿好雨靴、雨衣，关上大门，打开手机灯，独自走入风雨中。

后沟桥，已经淹没在了茫茫洪水中。

新修葺好的路涵，有一节水泥管歪斜地躺在了洪水里。路面被冲刷得只剩下不足两米宽。新垫上去的砂石，在洪水强力冲刷下四处打着转转，缓缓地顺沟而下。

镇政府刚刚费了好大劲才疏通的东明屯，又一次成了里外不通的"孤岛"。

密集的雨滴在雨衣上的敲打声，路两侧沟子里的流水声，和我踢里踏拉的脚步声，声声刺耳，声声锤心。

小心到不能再小心地蹚过后沟桥，在焦急的心跳声催促下，我尽力加快了脚步，奔向土窑子屯。

还好，在土窑子屯里绕了一大圈，家家户户都很平静。

用了大约半个小时的时间，我又折返到东明屯前的南沟桥，查看了一遍，还好，几天前我们的封堵措施做得还算及时，暂时还算安全。

只是，村部所在地东明屯，屯前封掉，屯后堵住，出村南北两面的路，出也出不去，进也进不来，这么看，这也不是个好办法。

记得前几天，听老书记刘艳臣同志说，在屯子西侧，还有一条几公里的泥土路可以出屯。当时，我就叫上工作队员张军同志，一起前去实地查看。

从屯子西出发，走了 500 米左右，土路打了个弯，一直延伸到岗上，再走约 1700 米，与 211 省路交会。屯西至 500 米处的东西横向土路，基本上都是淤泥，深深浅浅，一步一陷脚，极难前行。看样子，不管小车还是大车，一定是上去一台陷进一台。沿坡南北坡向的一段土路，可以走人，但是，沿路都是顺坡深浅不一的冲刷沟，一不小心，行人就得滑进沟底。

站在岗上 211 省路的高处看，全长 2000 多米的土路，南北长，东西短，大致呈"L"型镶嵌在茫茫碧绿之中。

再看张军同志，一条短裤，上上下下都是泥。短裤下露出的双腿，到处伤痕累累。拖鞋、脚丫、小腿一个颜色，黑黢黢的，挂满了泥土，哪里还有一点点文绉绉的读书人的影子呢？

我看着他，他看着我，我俩在对视中无奈地咧咧嘴，笑了。这笑里虽然有些苦苦的味道，但更多的是"苦中寻乐"的滋味。

别说，开创东明屯的先人还真的很聪明，着实令人羡慕，令人敬服。这条土路，没有过深的沟子，只有几处烂泥洼子。如果作为东明屯出入的第二条备用道路，倒是不二的选项。只是，这修筑起来，可是一笔不小的投入。再说，目前的东明村也确实没有这样的经济实力。

走在雨中，转回村部的我，想着想着，不由地笑了。

有了，先修桥，再搞农田路。

先从发微信开始，再做工作，说干就干。

镇委王书记，你好！刘书记和我商量了一下，把后沟桥被毁情况，用微信形式，报告给嫩江市交通局副局长，全文如下：

徐局长，你好！我是派驻科洛镇东明村工作队的高洁，向你报告一下后沟桥的事。

自今日下午，村路上后沟桥新修葺好的路，有一节歪斜地躺在了洪水里。路面只剩下了不足两米宽，我们对东明屯已经采取应急封堵措施。现在的东明屯，又一次成了里外不通的"孤岛"。

此报告。即日。

然后，再摸实全村农田路水毁情况，积极向上争取政策，从根本上，一并解决东明洪水淹全屯、出屯无路和农田路建设等问题。

哈哈——

大雨，你要下，就只管下吧！

坡水，你要流，就尽情地流吧！

反正，我们现在用尽了办法，也管不了你们。但是，相信，用不了多久，猖獗的你们，一定会乖乖地收起狰狞可恶的面孔，一定会！

不要忘记一句很经典的话："世上无难事，只要肯登攀。"

十五

2021 年 8 月 4 日，晚，小雨转晴。

雨，下得"黏黏糊糊"。

水，将村、屯、农田和农田路冲得横七竖八，乱糟糟，狼藉万分。

让人看在眼里，恼在心里，疼在心底。

村容、村貌，生产、生活，秩序、程序、规矩，等等，全都乱套了。

是呀，不能忙乱。静下心来想想，还是该做什么就做什么去。事情总得一件一件地努力去做，努力去完成。

只说不行，还是先实地看看这恼人的后坡水，到底是如何进屯的。

打定主意后，我换上大短裤，穿上拖鞋，打把雨伞，在小雨霏霏中，走向东明屯后。

自村部后面，由东向西，是一条坑坑洼洼、非常狭窄的农田路。路南，是村民住户的后园子。路北，是大片大片的农田。路两侧的庄稼，几乎都种在路上。例如，有一苗木种植户，紧挨着路种了一片树，估算有 100 多棵。一条若隐若现的沟子，在路的南侧，什么作用也没有。倒是路的中间，让水冲出来一条浅浅的沟子。

路西高东低，长约 700 米，在屯西向南打了个弯，与出屯的土路相接。由此看来，整个东明屯西北高，东南低，坡水是由西北、正北两个方向漫过农田路，冲过屯子，汇集到屯的南面、东南角的南沟子里。

如果能把这条农田路拓宽，修筑一条标准的砂石路，在路南掘沟，再顺沟筑起一条矮矮的土坝，将坡水在屯东北角向东、向西两侧进行分流，一定能从根上解决洪水淹屯的问题。

想法不错，但是修筑起来，麻烦一定不少。首先，大家已经沿路种好了地，必须挨家挨户商量，哪怕有一户不同意，再好的想法也白费。其次，是那个苗木种植户种的那片不大不小的树，我们要干，就必须移走那片苗木，应该要浪费不少的脑力和心思。最后，也是硬核，就是修路筑坝的费用问题。大致估算一下，700 米长、3 米宽的路，700 米长、1 米宽的沟，加上底宽 1 米、高 0.5 米、上宽 0.5 米、总长 700 米的坝，修筑起来，怎么也得几十万元。

我越想越头疼，如这似雨非雨、似雾非雾的雨，恼人、烦人、闹心。再看看我这脚、这腿、这短裤，满满的淤泥和污水。

还好，看看周围，只有风和雨，一个村民也没有。

无奈，我苦笑了一下，还是悄悄地回到村部去，打算洗一洗，连同心情和这件事，一定能洗得干干净净的，一定能！

呵呵，管它呢？只要尽心尽力，相信一切都有可能。路，是人走出来的；事，是人做出来的。但凡谋事干事的人，不是不知道困难的人，而是愿意带着希望面对困难并继续奔跑的人。

是呀，说什么也没用，还是慢慢地干吧！

十六

2021 年 8 月 10 日，晴转阵雨。

驻村已经一个多月了。回想起来，我一天天忙忙乎乎，身体没胖也没瘦，心里倒是很充实的。

该办的事坚决要办，绝对不能拖；能办的事马上要办，绝对不能等；难办的事想办法办，绝对不能放；需要合办的事协作办，绝对不能推。这四个"不能拖、不能等、不能放和不能推",是多年来形成的习惯。好与不好,任他人去说。反正就是坚持一个原则:只要行动起来,一切皆有可能。

是呀,该行动的时候就行动,绝对不迟疑。

穿好雨衣、雨裤和雨靴,与老书记刘艳臣同志一起,在种植大户吕京胜及其两个儿子的带领下,我们一起坐上两辆"小猫车",也就是弓着腰开着的农用小马力四轮车,奔向东山,查看农田道水毁情况。

过了东明屯的南沟桥 500 米处,"小猫车"向左拐了个弯,顺着岗坡驶入农田道。

说是农田道,其实就是一条深浅不一的冲刷沟,一条标准的水道。小小的"小猫车"颠簸着,如小时候场院里见过的老旧筛子般,吭哧吭哧地甩着淤泥,缓缓地向前爬行着。车的一侧是玉米地;车的另一侧是大豆,长势不错,高高的、平平的,如碧绿的挂毯一般,悬在黑土地上。看来,今年大豆的产量一定很喜人。

美丽乡村都发展到乡村振兴阶段了,传统农业都步入全面建设现代农业阶段了,可这道——这农田道也太原始了!大家都在说,农业生产是农业农村现代化建设的根基,农田道等基础建设是农业生产根基的老根,可这儿的实际情况却是原始得不能再原始了。

"小猫车"越走越颠簸,油门声越来越大,车轮转速越来越快,车速却越来越缓慢,飞溅起来的泥泥水水四下里迸着。车上的我们,心中都暗暗地替这两台"小猫车"使劲,生怕它耍起脾气来,和老黄牛一样,趴在泥里不动了。

铁牛,就是铁牛。"小猫车"喘着粗气,使尽了牛劲,终于,把我们带到了馒头山脚下的一道深沟前。

看着眼前顺着山梁而下,一眼望不到尽头的,沟底四五节水泥涵管横七竖八趴在底部的水涮沟子,令人生畏,令人心痛。

大家都下了车,小心翼翼地下到沟底,爬上沟子的另一侧,沿着山边,向后沟子方向前行。大约行走两公里,我们到了馒头山南北之间的后沟子。

农田道在后沟子处彻底断了。水流淙淙,宽约十几米,洪水形成的冲击面达二三十米宽,几个甩湾,一个扣着一个,冲击面更为宽裕。两侧的农田,已经看不清生长的是什么庄稼了。可想而知,当时的洪水是多么的凶悍无比,多么的肆无忌惮。

据种植大户吕京胜父子三人介绍,在这两座山之间,沟子两侧,20 世纪 80 年代末开垦出来的山荒地，只有这唯一的一条农田道用来进进出出，再无其他路可走。

站在后沟子的水中，老书记刘艳臣同志看着我，我看着他，默默无语。但是，我在内心深处一直忖度着：这是路？还是沟子？抑或……有十几处被洪水冲毁，形成了多个淤泥塘，整个路面都需要用大型挖掘机进行修葺。别说按农田路的标准修复，就是简单修理修理，大型挖掘机这儿挖几下、那儿挖几下，能使秋天作业车辆勉强通过，也得几万元现金的投入。何况，这只是我们全村农田道中的一条。据灾后统计，全村农田道水毁里程达几十公里。这儿几万元，那儿几万元，东对付对付，西对付对付，对付到一起，就是一个村的财力根本承担不起的数字。一路上，说话的只是种植大户父子，而老书记只是走着、只是看着、只是听着，想来，老书记此刻心里的愁云可能比这天上堆积的乌云还要厚重，毕竟，到目前为止还想不到什么办法，能从根本上解决问题。

想到此，我暗暗下定决心，不管多难，我们工作队必须尽全力求助上级组织和部门，积极争取国家政策，彻底解决我们原始的农田道这个难题，连根拔出几十年来横亘在老百姓心中的无形大山，让他们由衷地笑出声来。

我们返回停车的地方，起风了。老刘书记终于长长地出了一口气，硬生生地蹦出了几个字："上车，我们回去。"

听他这话，我会心一笑。

是呀，为了土地、为了粮食、为了农户，有钱，干有钱的活；没钱，也得开工干活。实在没有办法，我们就想其他的辙，办法总比困难多嘛。

我们一边走，雨一边在车后面追。

人、车、飞溅的泥泥水水和后面不远处追赶着的风雨，真是一幅很可贵、很难得的画面！

十七

2021 年 8 月 11 日，晚，晴。

生活，"哪有什么岁月静好，不过是有人替你负重前行"。

驻村一个月了，正赶上今日通信网络第三次熔断，宿舍里没有电视。

我独自待在村办里，想起这句话，索性记录一下我生活的点点滴滴。

记得刚来那时候，与我一同驻村的有两个人，我叫他们大孩子，一个叫张军，另一个叫吕行，两人都是去年黑河市统一招聘的研究生学历以上的引进人才。

张军，三十出头，山东人，未婚，研究生毕业于山东理工大学。他个子高高的，健壮结实，派驻单位是黑河市委组织部信息中心。

吕行，三十四五，黑河市人，未婚，研究生毕业于哈尔滨理工大学。他个头一米八以上，白净寡言，是黑河市委党校派来的。

年轻，高知。

聪慧，睿智。

这对于一个教师出身、大学学历且上了年纪的我而言，妥妥的"一老两小"嘛！

听村里人说，东明村部位于东明屯东北角，村路自北向西在村部大门前绕过。村部办公室正南正北朝向，是由原来的一栋约500平方米的平房学舍改建的，墙体单薄，没有暖棚，"夏热冬冷"。办公室与院子大门间是原来学校的操场，水泥铺面，平平坦坦。办公室大门开在一栋房中间偏西的位置，进门北侧，一条走廊贯穿东西。办公室东侧基本空闲，个别室内暂时堆放着些杂物。办公室西侧为地铺电暖的办公区，有办公室、会议室等。我们的宿舍在办公区最西侧。来之前，村里为我们在村部准备了一间办公室、一间宿舍和一个厨房，三个房间并排紧挨着。宿舍内每人一张单床、一张小桌，简简单单。

室外公厕独立在村部出门的东北侧，男女各两个蹲位，由蓝色彩钢建成。从我们住的地方，往返一次百八十米远。

张军同志与我同住在一个宿舍。吕行同志，因我与张军吸烟的缘故，没住宿舍，没住办公室，住在我们宿舍隔壁的厨房里。

厨房，应有的餐具，一应俱全，看了就让人喜欢，让人有家的感觉。可惜，我不会做饭，两个大孩子也不会做饭。好在，村里有一处固定的伙食点，就是村里临时加班、来人时集体吃饭的地方，设在一户低保户家里。我们三人商量后决定，集体吃"定伙"，即一天每人早10元、午间晚间各15元，二十天一结算，按实际就餐数，由个人现金支付。

总算吃的、住的都安顿下来了。可到了晚间，意想不到的事情却都涌来了。

领导，这地板砖上怎么都是水珠啊？我也没在屋里弄水呀！

领导，那厨房怎么和水牢似的，湿漉漉，咋弄也没有干燥的地方？

领导，这电视怎么和电视剧似的，断断续续，卡得厉害呀？

领导，晚间起夜小号怎么办？大号怎么办？

领导，这屋里苍蝇、绿豆蝇、蚊子怎么打也打不完呀！这里的蚊子、"蚱蜢"个头怎么这样大啊？

领导，我被窝里有东西，是草爬子。我的也有，盖盖虫子都爬我脸上了！还有蜈蚣，块头不小呀！

领导，地上这是什么东西？黑乎乎、一堆堆的，是小咬吗？地上、墙上、棚顶、窗户的玻璃上，哪哪都是虫虫呀！

领导——

入驻的第一个晚间，就是这般如此、如此这般挨过的。

可能是长时间没人居住的缘故，导致潮湿、生虫、电视不好用等事情连着串儿发生。

入驻第二天，我们开始了第一项驻村工作集体行动。

一是借鉴农户热炕的经验，开窗开门通风加地热，解决潮湿问题。二是蚊香加拍子，自己动手，解决虫虫问题。三是认真理清网线，解决电视问题。四是分工负责，解决室内卫生问题。五是难解的题——晚间起夜的问题。

总不能弄个落后陋习标志之一的尿桶，放在屋里或者放在办公室的走廊里吧！

对于这第五个问题，近期内，大家克服点困难，白天，不论大小号，不论阴雨冷寒，一律公厕解决。晚间大号，必须公厕解决。小号，注意一点，在室外无人处随便解决。暂时，没有什么好办法解决。待条件成熟后，我们尽全力，争取在厨房内修建一个室内卫生间，彻底解决我们和来村办公室办公和办事人员如厕的问题。

如此这般，一天、两天、三天后，我们的生活才基本算真正地安顿下来了。

其实想想，生活与工作，劳作与休憩，就是一枚钱币的两面，天成一体。如果哪面有了瑕疵，都成了问题，至少属于残币，不再完美了，失去了原来固有的存在价值。

不想了。室内，两个大孩子没了动静。窗外，夜色下的东明，早已处在了深深的、甜甜的梦境中。

十八

2021年8月12日，晚，晴。

网，还断着。打电话得知，这次没网的原因是雨水太大，光缆被冲断了好几处。目前，市里有限的网络维护人员正在嫩江市海江镇那边抢修，稍晚一些时间，才能轮到我们科洛镇。

估计，今晚也没戏。

记忆中，忘记了是谁说的了，"梅花香自苦寒来"。虽然我们的学习、工作和生活环境不是什么所谓的"苦寒"，但是，就当今发展中的经济社会总体环境来说，这种环境也不能说是太好，何况积年累月生活在这种环境中的最亲爱的广大社员群众了。

不想了，想多了也解决不了实际问题，更是劳神、伤神，没有一点点作用。回头看了看，我们的两个可爱的大孩子，早早地爬上了床，已经睡觉了。

记得，初次在村里见到他们两个人的时候，我的印象很深刻。

吕行，娃娃脸，文质彬彬，一副学生样，不爱讲话，略显内向。

张军，国字脸，温文尔雅中流露出一股初生牛犊气，强悍内敛。

时间是一个好东西，虽然默默无语，如流水般滴滴答答走个不停，但是，它却无偿地给了我们不同人不同的答案。一个多月的时间，不算短，也不算长，对两个大孩子来说，确实难能可贵。

因为，在这有限的时间内，他们每个人在不知不觉中都似乎长大了许多，充实了很多，丰满了不少。

记得刚入村时，我就给他们提出了几项硬核要求。首项是抓紧时间物色个人对象。谁要是回家相看对象的话，不用请假，多少天都可以，力争在驻村两年内优先解决个人婚姻问题。第二，抓紧机会和时间，学习、学习、再学习，明确拟定个人计划，好好把握利用驻村的两年时间，为自己充电，最好多准备几个电瓶、充电宝，全部满电，全方位满电，为两年后的学习、工作和生活夯实一些良好有益的基础。第三，边改造、边成长、边提高。凡事大胆想，想好了，立马上手干，别顾虑，做到了是好事、喜事和成绩，做不到也没什么，反过来说，是教材、动力和激励，以利再战，好事多磨，好事不忙。

据我的观察，这两个大孩子虽然没有多少语言表露，但是，其行，却一笔一画、认认真真地刻录在我的眼里、我的心中。

猛然之间，我生出一种强烈且莫名其妙的冲动，有几个字、几组词和几对关系应该严肃、认真地排列、排列。

点、横、竖、撇、捺。

学习、生活、工作。

成家、立业、发展。

父母、爱人、兄弟姐妹。

同志、同仁、朋友……

十九

2021年8月14日，晚，多云。

自2021年7月7日以来，我们市派驻村工作队接替了上一届驻村工作队，正式开始新一轮驻村工作已经有很长时间了。晚饭后，我闲来无事，把工作捋顺，为以后工作总结准备一些"弹药"。

上一届驻村工作队，在市、县、镇三级党委强力领导下，在扶贫攻坚、强化党对基础组织建设全面领导、农业农村发展、乡村治理和民生建设等各个方面，都做了很多扎实、出色的工作。相比较之下，我们的努力逊色了不少。

按照这次驻村工作的"强组织、兴农村，强治理、为人民"四项职能要求，我与两个大孩子主要开展了如下工作。

1. 结合实际，打牢基础性工作。入村以来，在妥善解决入村后的生活问题基础上，我们一边学习一边熟悉驻村工作。在2021年7月15日，我们通过召开驻村工作队会议的形式，讨论通过了《驻村工作队工作职责》《驻村工作队人员分工》和《驻村工作队下半年工作计划》。目前，我们累计参加、召开各类工作会议17次。其中，参与、组织了嫩江农场与东明村村座谈交流、村集体经济组织股东代表大会、村支部党员大会和黑河市委组织部暗访组工作汇报会议等。

2. 协助"两委"，推进党建工作。在完成科洛镇党委规定的系列工作的同时，结合村里实际情况，我们与东明村"两委"密切配合，团结全体党员群众，积极组织召开会议。7月8日，我们和东明村两委组织全村党员代表和两委成员共同学习和讨论。大家一致认为，学习的关键在于理论联系实际，学以致用，以学促用，学用结合。现在，我们学习党史，就是为了以史为鉴，汲取营养，用理论武装头脑，丰富才智，强力推进党建工作，更好地解决实际工作中的新情况、新问题和新矛盾，积极主动地营造推动美丽乡村振兴与高质量发展的新局面。

3. 积极参与、共同推进村务工作。入村以来，严格按照镇党委工作部署，全力以赴配合支持村两委开展下述工作。一是积极开展抗洪救灾工作。目前，我们已经投入5万多元，积极开展以农田道抢修、保障农业生产为主的自救工作。二是我们按照年度工作计划，已经全面开始了入户普查工作，并积极参与了人居环境整治和其他工作。借助省里的环境暗访组契机，我们大力开展了村里的生产垃圾、生活垃圾和人居环境的整治和粪污处理资源化利用工作。目前，完成入户走访63户，并分别建立了含家庭人员基本构成、农业收入、畜牧收入等为核心的详细台账。

拢一拢工作成果，说实话，竟然把我自己吓了一跳。

在这短短的驻村时间内，我们也做了一些接地气的工作。

从陌生到熟悉，从了解到把握，从简单到复杂，总是有一个认知、熟练的过程。我和两个大孩子，由黑河市来，到最基层的村和屯，本来就是"陌生的地方，陌生的环境，陌生的人，陌生的工作"，但是，现在看来，大孩子们真的不错，真的优秀，要不，我们也不可能熟络了起来，完成这许多工作。

学习，锻炼，成长。

在学习中锻炼，在锻炼中成长，在成长中再学习再锻炼，如此往复，两个大孩子的将来，一定会更加优秀、更加灿烂，一定！

天，从来不负有心肯干的每个人！

二十

2021年8月15日，夜，多云。

机会，总是留给有准备的人。

这话说得有道理。昨晚，我闲着无事整理工作，今天活儿就来了。

接到通知，2021年8月16日开始，市委组织部将派出工作组深入各县（市、区）、风景区开展"三个一遍"走访调研，同时对乡镇（街道）事业编制招聘到村（社区）任职人员发挥作用情况、村（社区）两委换届工作成效、农村（社区）经费保障、公立医院、民办学校党建工作、党建年度重点工作任务完成情况进行督导检查，请各县（市、区）、风景区结合本地"三个一遍"走访调研及相关督导检查内容形成书面汇报。

另有通知，明天，黑河市督导检查的首站为嫩江市塔西乡两个村，之后是科洛镇石头沟村和东明村。我们是市委组织部牵头的驻村工作队，到我们村主要督导检查脱贫攻坚和到村任职大学生工作情况。重点就是看看我们这两个研究生毕业的大孩子村干部当得怎么样，实际学习、工作和生活得怎么样。

一片冰心在玉壶啊！

说真的，两个大孩子的学习、生活和工作都很不错。不是我过誉，如果让他们锻炼一段时间，挑起村里工作的大梁，相信用不了多久，东明村一定会彻底改变模样，成为远近闻名的富裕、文明的现代农业农村示范村。

年轻肯干必有为。

其实，东明村产业发展有独特潜力。它的主业是传统的农业种植业。3.2万亩耕地，国有、集体各占一半，机动地600多亩。以大豆、玉米种植为主，年均总产约万吨左右，产值在3000万元左右。畜牧林业，目前只有几个大户，在自家院内养殖猪、羊。规模几十只到百八只，年出栏有限。苗木合作社一个，个人经营，规模不大，实力很小。村集体大棚12栋。黑木耳种植用棚4栋，其中，地摆1栋，吊袋1栋，晾晒2栋，总面积1000多平方米。今年，木耳养殖2万段，预计产量不足六七百公斤，总产值不足7万元。光伏发电站1个，占地近6000平方米，年均供电38万度左右，年收益28万元左右。每年可给34户脱贫户分红总额超4万元，户均1000多元钱。羊舍占地1000平方米，有殖圈舍4栋，库房1栋，可养殖肉羊800只。目前，已经低价转包。

从上述情况和一个月时间的所见所闻，不难看得出，制约产业发展的根本性问题很明显。

1.农业种植方面，从资源现状、要素构成、基础条件和组织形式分析，主要制约问题如下。一是耕地资源不充分。在3.2万亩耕地中，国有耕地1.6

万多亩，土地每公顷1400元的发包费用，由嫩江市财政直接定价收取，村里代收，只收取发包费用总额的7%，村里没有经营自主权，实属"过手财神"。村集体耕地只有1.5万亩多，村集体的机动地和社员的地很少，人均耕地、机动地占比少之又少，且85%的耕地都进行了流转，90%以上的社员根本没有土地收益。二是农业经营组织分散、规模小、经营力几乎没有。农业机械不配套，马力配比不科学，处在单打独斗状态。且种植技术落后，人、机、地和资金要素配置不合理，种管收生产管理和农产品营销运营不科学，不成规模，直接导致农业经营组织能力受限，目前，处在艰难的经营之中。三是农业基础设施原始落后。沿村路两侧延伸的总长20000多延长米的20余条农田路，几乎都处在三四十年前的水平，年年为了保障农业生产，年年村里小打小闹修修补补，只生产不投入，导致所有的农田路几近恢复到了原始状态。

2.其他产业方面，黑木耳的菌棒生产、木耳销售两端在外，木耳种植技术、生产管理等很传统落后，"跑、冒、滴、漏、丢"，各有表现，导致高成本、低效益或亏损严重问题至今无法解决。光伏发电，项目很好，但是经营权在市里，年年只有几十户脱贫户分红补助外，村集体一点收入也没有。羊舍，七十万元的投入，却是一个未完工程，谁经营谁必须再支付十几万元的再投入费用。再说那村里的空置大棚，用苗木专家的话说，谁干谁赔钱。

3.产业单一，村财政有限。农业种植业几近100%，其他产业，尤其养殖业、苗木种植等特色产业，可以说是小到不能再小，几乎可以忽略不计，产业比严重失衡。村集体每年五六十万元的收入主要在机动地上，其他再也没有收入。收入单一、收入少，除去必要的支出，再也没有能力发展什么，更谈不上培育和支持什么产业发展了。即使有好时机培育发展点东西，也没法抓，没有实力投入。

通过几个问题的简要分析，反映了东明村的发展现实。可以说，目前，我们面对的困难很多很多，但是理清了、理顺了，我们的心里就不再忐忑。因为困难就是纸老虎，戳破它，就会发现其中蕴藏发展、突破的无限天机。

农业强、农村美、农民富的关键是产业，核心是人才，基础是硬件。

解决"牛鼻子"问题，纲举目张！

月光融融，映衬着村办。

窗外，一轮半月斜挂西天。此时的东明村显得格外的原始、自然、静谧、美好！

二十一

2021年8月17日，晚，晴。

今天早晨，在黑河户外运动联盟微信群中群发《七夕，我们在马鞍山顶》视频。看着、听着，心中自然而然涌出一股溪流。

美为何物

千年一回，伏脉万里。

银赤辉映，欣欣生意。

白蛇青线，山水情谊。

自尔佳节，天地一体。

其实，生活就是劳作，劳作即生活，只不过态度、观念、实现方式和方法不同而已。

"耕作在广袤的田野上，生活在美丽的村庄里。"这是多么美好的梦想！可现实还是有一定距离，需要我们不懈地探索和实践。

几天前，黑河市司法局局长戴春雷同志，也就是我的直接领导打电话过来进行慰问。在充分肯定了我们四十多天驻村工作的同时，由衷地鼓励我要尽全力带好两个研究生，照顾好他们的生活和工作。最后，他说："老高，我很认真地读了你写的工作日记，从中读出了你们工作、生活都不容易。尤其是在生活方面，连个室内卫生间都没有，真的辛苦你们了。关于卫生间问题，我在想，你先拿出来一个预算，我们做做工作，尽最大努力筹集资金，争取在短时间内帮你们解决这个生活上的实际问题。"

关掉手机，紧握在手里，站在原地，我沉默很久很久，心里热乎乎的，很难平静。

是呀，黑河市司法局相对于市直各部门来说虽然不是一个很大的部门，现有副处级以上干部10几个人，科室15个，在编在岗80多人，但是就部门职能来讲，是很关键、很重要的部门之一。尤其，在法治黑河制度体系和能力建设中发挥着至关重要的作用。作为党组书记、局长的他，在百忙之中，能将我写的工作日记全部看一遍，并将工作日记中我们要修建卫生间这种生活琐事都看在眼里、放在心上，可见，春雷同志是多么体贴、多么用情、多么用心!

其实,小事见人心,能从小事上给予他人温暖,替他人着想的人,一定是一位了不起的热爱生命、热爱生活、热爱劳作的人。作为一名优秀的领导干部,别的不用,有时候,你的一个实际行动,一两句暖心话语,就能深刻到让人入眼、入脑、入心,令人敬佩、叫人信服。有的时候,甚至可以让人记忆一生。

实在对不起,筹建卫生间的事情,给局里的领导和同志们添麻烦了。

昨天,我利用别人去科洛镇里办事的机会,搭了个便车,到北大荒农垦集团山河农场有限公司去了一趟。在公司合规风控部、办公室的帮助下,我找到一个都姓师傅,一起回到东明,做了一份详细的修建5.88平方米室内卫生间的预算。

一件小事,预算看起来着实不少,我有点心疼。但是,驻村工作是项长期工作,将来还会有新的同志带着一腔热情来,为振兴乡村做贡献,为推进村里生活习惯和生活方式的根本性改变,发挥潜移默化的作用,是值得的。

在生活中,即使是无人在意的细节,微不足道的小事,我们都要认真对待,并努力做到更好。尤其,对于我们每一位驻村帮扶的干部来说:村民无小事,我们无小事。

2021年8月25日,阴。

几天来,我忙忙碌碌,没有时间记些什么。

今日又停电了。这就像窗外的天气一样,天气预报说阴,但是实际上,老天连个招呼也不打,既刮风来又下雨,没个准头儿。也难怪人家,本身就是气象预报,预报预报,总有些大差不差的。

我难得有一大块空闲时间,想想如何帮忙做做村里振兴的事情。

前两天,黑河市委组织部的同志前来慰问我们时,语重心长地叮嘱我们:"在巩固好脱贫攻坚工作成果的同时,务必尽心尽力,协助、支持老刘书记他们发展壮大村集体经济,提高村民收入,扎实做好东明村的振兴工作。"

为这，8月17日，我特意领着村委会的同志和两个大孩子，利用一小天的时间到北大荒农垦集团嫩江农场有限公司第九管理区进行了参观和学习。在管理区办公室，嫩江农场有限公司的同志们热情地接待了我们，并详细介绍了管理区实际状况、领导组织建设情况和现代农业生产经营情况等。下午，在他们陪同下，我们驱车实地参观了他们第九管理区的特色种植酒用红高粱基地。

站在一眼望不到尽头的红高粱地前，我的心情格外的激动。

红红的、矮矮的、齐刷刷的、籽粒满满的高粱，在微微的秋风中向我们点头示意着，仿佛在说："你们好啊。欢迎你们前来看望我们。因为，这个秋天，我们一定会用饱满的果实为勤劳养护我们的农工们奉献一个美好的、喜人的收获时节。"

是啊，嫩江农场有限公司第九管理区的农、经、饲种植比例，大豆，玉米和经杂科学种植"三茬轮作"，土地的适度规模、经营模式，耕地"两田一地"承包经营基本制度，大豆、玉米、红高粱为主的"订单农业"产前营销方式，新型农业生产经营主体组织建设等，要素齐全，科学配置，综合配套，已经形成了高速、高效、高质量发展的现代生产关系与生产力的良性组合和循环。

而我们，我们的东明村呢？耕地规模与第九管理区差不多，人员、劳动力比第九管理区多，农机设备数量和总动力与其不相上下，但是，村里的几个农业专业合作社和6个家庭农场，你也干、我也干、他也干，各干各的，单打独斗，分散且碎片，一点点现代化管理的影子都没有，更别说能力了。就目前看，村里的农业组织体制和体系基本上处于原始、起步阶段，距离现代农业建设体系的起跑点尚有一段不可视的距离。这只是一个小小的点，其他呢？

国家的目标，农业农村现代化。

没有比较，就不知道差距。想着想着，我激动的心越发沉重起来。

带着问题，满怀希望，这些天来，我都在焦虑着、思考着。

东明村发展和振兴的切入点在哪里，着力点在哪里，突破点又在哪里？

正所谓欲戴王冠，必承之重。我们东明要想发展，要想振兴，必先蹚路。走自己的路，心才踏实，意才致远。

窗外，天，阴阴沉沉。秋风阵阵，一气儿接着一气儿送凉。看这老天，似乎有意为之。

潮湿、阴凉是暂时的，躲进云彩里面的热滚滚的太阳，一定会赶走这一切，并送还给我们一个晴朗朗的秋。

2021 年 8 月 27 日，午，阴。

太阳，时隐时现。灰褐色的云，说不准哪里就落下雨来。真可谓，一片云彩一场雨。

昨天，北大荒农垦集团农场经济管理研究所所长王大庆同志打来电话，说是他带着一个规格很高的调研工作组自哈市到了九三，问我是回九三见他，还是他来村里见我。

王大庆，年龄不到五十岁。东北农大毕业，在意大利读的博士，有在德国生活的经验。有学问有能力，从农村基层干起，求真问效，博学笃行，无我求索，敢打敢拼，浑身牛劲。除了"三牛"之外，在我心里，又给他加了一项："真牛。"人品德行，相识至今，孝种在心，忠诚在根，信字真情，爱憎分明。愤世嫉俗，暗藏眉宇之间；法纪红线、道德底线，线线紧绷。在我心中，他是一个典型的高知、高智商、高情商，有血有肉的好男人。用他的话说："我和他是一生一世的朋友。"

按理说，他来了，就算是千忙万忙，什么都别讲，我应该立马、即刻赶去九三见他。但是，工作暂且不说，就目前的实际情况，东明村到九三就是七八十公里的距离，我真的回不去呀！

嫩江市到五大连池市的公路目前正在全线铺沥青，通告上说封路到九月底。加上今年的雨量实在过剩，所有的农田路都回归了原始状态。要想去九三，就得绕路，穿越在各种农田路之间。两天前，村书记老刘大哥回了一次嫩江市，仅四十公里的路程，绕道两个多小时不说，新买的日产越野车，在某个农田路上，后保险杠硬生生被刮开了一个大口子，心疼得他一个劲儿地跳脚，指天发誓，道路不全部修好，他再也不开车回嫩江了。

我要是到九三去，怎么去呀！去了又怎么回来呢？

对不起了，所长老弟，我真回不去了，我们下次再见吧。说完这句话，我的心像是被压在一块大石头下面，什么滋味我不知道，反正就是个难受，不得劲。

昨天下午，九三合规风控部部长费秀杰打来电话，告诉我大庆组长调整了整个调研工作路线，明天下午要到山河农场有限公司去，点名约我参加。

这颗心，如窗外云间偶尔露出的秋日，透亮、炙热，谁能忍心推开呀！

放下电话，我由衷地感到，今儿个这天气暖烘烘的。

今日临近中午，费秀杰又打来电话，说嫩北农场有限公司到山河农场有限公司的两条路哪条都不好走。尤其是我们乘坐的轿车，根本过不去。大庆说："你和山河农场有限公司的人，一起来嫩北呗。"

还能说什么？夸张点说，就算是没有车，就是拿腿走，我也得走过去。再说了，我见大庆，也有点私心，想就关于东明村集体经济发展的几点想法和他当面唠唠，让他这个北大荒集团的大参谋、大助手，替我们东明村的发展把把脉、拿拿方子。

山河农场公司合规风控部小齐同志开车来接我了。

走。拿起衣服，说走咱就走。

二十四

2021 年 8 月 28 日，晚，多云。

下午，正好有时间，我将垦地合作、共同发展现代农服经济的实施意见改了又改，把几天前与嫩江农场有限公司党委书记、董事长冯晓辉同志电话沟通的意见，和昨日与北大荒集团农场经济研究所所长王大庆同志一同商量的意见，糅合一起，最终成稿如下：

为加快垦地融合，建设新型农服，提高企业、村集体和农民收益，共同推进区域经济高质量发展，经科洛镇与北大荒集团嫩江农场有限公司研究、商议，就东明村和嫩江农场有限公司第九管理区合作建设现代农业示范区有关事宜，形成如下实施意见。

一、东明村在机动地中挑选一整块 10 公顷耕地，用于现代农业建设示范区建设（以下简称示范区）。地理位置在东明屯、双发屯之间，通村路东侧。

二、合作采取整体托管方式建设示范区。托管方东明村股份经济合作社，受托方嫩江农场有限公司第九管理区。

三、合作期限为2年。即2021年10月15日至2023年10月14日。

四、合作事项

按照"高产、高效、标准、示范"原则，共同推进东明村示范区建设。

1. 东明村负责有偿提供不少于10公顷耕地。年收益（包括土地各类补贴，以下同）不少于当年村集体机动地平均发包地价。即假设当年村机动地平均发包地价为7500元/公顷，那么10公顷总收益为75000元。

2. 嫩江农场有限公司第九管理区按照"帮扶、支持和经济"原则，负责10公顷示范区的生产、管理和经营。具体负责示范区的种、管、收、销等工作，即只收取示范区内种子、化肥、农药、机耕、农产品营销费用等直接生产经营成本。示范区内所有农产品，经合作双方共同检斤检质签字后，由嫩江农场有限公司按高于当日市场实现价格0.02元/斤回购。

3. 建立保证金制度。为保证东明村集体稳定年收益，建立保证金制度。年保证金为5万元整，由驻东明村工作队自愿提供。在托管双方正式签订合作协议之日，保证金一次性以现金形式交到东明村集体账户，单户储存，按一年利息计息。待合作协议依法解除后，按保证金实际剩余额（含利息）返还。

4. 利益分配。坚持科学、公平原则，示范区年纯收益（含土地各类补贴）归东明村集体所有。即示范区当年各类土地补贴加所有产品收益减去生产经营直接成本，等于年纯收益。如果年纯收益低于当年村集体机动地平均发包低价时，差额部分由保证金等额抵补。如果年纯收益高于当年村集体机动地平均发包低价时，超额部分，按下列方式进行分配。

一是超额部分60%，收归村集体收入。

二是超额部分40%，用于村委会人员工资补助（7名人员）。补助标准为村主任为村委会其他人员补助的2倍。例如超额部分40%为2万元，村主任补助金额为2万元除7乘2，剩余部分由其他6人平均分配。

五、建立协调领导保障机制。示范区建设工作领导小组由科洛镇和嫩江农场有限公司相关领导、相关部门组成，全权负责示范区建设。示范区建设工作领导小组下设办公室，设在东明村村部，主要成员由驻村工作队、东明村委会、嫩江农场有限公司第九管理区相关人员组成，负责执行、落实工作领导小组的决策和部署。

六、其他。

1. 坚持互助互学互动原则，驻村工作队和东明村委各指派1名同志，全程参与示范区整体托管生产经营活动。

2. 本意见未尽事宜，按示范区建设工作领导小组决定执行。在此意见基础上，托管方东明村股份经济合作社与受托方嫩江农场有限公司第九管理区另行依法签订的合作协议，具有独立法律效力，合作双方必须认真履行。如有变更，经合作双方商定，按相关法律法规，可另行签订补充协议。补充协议与合作协议同具法律效力。

意见出来了，若呱呱落地的婴儿，希望满满的。但是意料外的困难还是不可忽视，至少还需按照相关程序，依法进行审核、批准，才能加以实施。

有了希望就好。看窗外，秋阳夕照，微风送爽。虽说已经入秋，各类植物都拼命生长，但是距离成熟、距离结果，还有一大段时间和未知。

希望，一旦如种子般种植在现实的土地上，早早晚晚必定会萌芽生根，苗壮成长，结出果实的。

必定。

二十五

2021 年 8 月 29 日，夜，阴。

今天上午，我与两个大孩子一起开了个驻村工作队工作会议，认认真真地研究、通过了与北大荒集团嫩江农场有限公司合作的实施意见。

会后，我单独和老刘书记商议一下村区合作，共建现代农业示范区的事情。他看完我们的实施意见后，十分兴奋。"这些年了，我就想干这件事，但始终没干成。你们弄的这个意见好，就是地少了点，把那边的一整块地全弄了吧，一共也就是不到 16 公顷，啥挣钱，咱们就种啥。"

看他那个样子，蛮高兴、蛮自信、蛮可爱的，我心中的顾虑一扫而光。

下午，我和老刘书记一起，三个屯子挨个走了一遍，看看各屯巷道情况。在土窑子屯回村部的路上，我们顺路接上个在哈市卫校上学的小女孩，把她护送回了 4 公里外的双发屯。

晚饭的时候，科洛镇文化站大张站长来到了村部。大张，一米八几的个，不胖不瘦，48 周岁。他说话时，一说一笑的。平时不怎么爱吱声，看上去就是一个默默做事的人。今天进村，没什么大事，就是为我们按部就班地放映几个党史教育的片子。半夜 11 时左右，他收拾完放映机器，开着车回嫩江市里了。

想想这一天，没有大事，小事不断，处理一个又一个，哪件小事都得严肃认真地对待。

是呀，事情不在大小，只要肯做，一定都是很有意义的。因为只要我们努力，就一定会无愧于收获到的每一份善良心意。

记不得谁说的了，把小事做到极致，化为专业力量，是最能干事的聪明人，令人尊敬，令人钦佩。

不是吗？这种聪明，不是说有多么高的地位、多么耀眼的学历、多么丰富的经验，而是，这种人真正懂得怎样拉开人和人之间的差距，是真的聪明、真的慧智、真的实干。

而现实，尤其当下，独生子女时代已经来了。那些自诩聪慧、自诩聪明的"高知"，太多太多了。特别是各种名校毕业的，一抓就是一把，张嘴闭嘴、高谈阔论、国家社稷、头头是道、纸上谈兵，听上去很有抱负，看上去很有能力，就连《三国演义》中的马谡，要是活到现在，也会自叹羞愧难当。但是，事与愿违，现实很骨感。那些自诩聪明的人，一旦碰到现实生活、碰到现实工作，那想法、那行为往往叫人眼镜大跌，十分崩溃。

他们几乎无法处理好工作或者生活中的任何一件小事。或者说，是不屑于用心去学、去做好每一件小事，反而"满嘴跑火车"，满脑子"弯道超车"的投机思想和野心，却没有一丁点脚踏实地干事的耐心和钉钉子的精神。

于是，就抱怨这个、抱怨那个，或者干脆躺平，得过且过混日子，做一天和尚撞一天钟。无论是在家里，还是在工作单位，把摸鱼当作真理。

别把自己当个什么。自然的风风雨雨能吹打别人，更能吹打自己。其实，你、我、他都一样，只是一名普普通通的人。普通人，就要从小事做起，缺什么补什么，"小步快跑"，笨鸟先飞。

只要在别人觉得没有必要的地方，多负一点点责任；只要在别人草草了事的地方，多往前迈进一小步；只要在别人迷茫的地方，多深入探索一、二下……所谓人和人的差距，就是这样一步一步拉开了。

智者追求卓越，普通人都在细微处下"笨功夫"。

"多为少善，不如执一。"哪怕一辈子只干一件事，也力求做细做精，这就胜过干一堆如山的平庸事。你说，这样的普通人如果没有价值，那么这社会还有谁更有价值呢？

记住一句话：有多大担当，就能干多大的事。连小事都不敢担当，就不要说什么"天生我材必有用""天将降大任于斯人也"，更别说厚德载物了，何况担当与作为是一体双意、一币两面呢！

夜已深深。月亮也出来了。

明天的东明，一定是一个秋阳高照的大晴天。

二十六

2021 年 8 月 31 日，晚，晴。

白驹过隙，草木一秋。

再见了，八月。亲亲，我们的九月。今天，难得一个晴朗朗的天，最高气温又回到了零上 25 摄氏度。

我一大早起床，吃过早饭后就开始洗衣服、洗床单被套、刷鞋子，宿舍内外，忙活，一个上午，没消停。

下午，和老刘书记商量完明天晚上召开的村党代表推荐会议事宜后，我看时间还够，就独自步行去了三公里外的双发屯，实地看看我们单位黑河市司法局捐赠的室外法治宣传牌子安装的效果怎么样。

去年，我们黑河市司法局就捐赠给村里 6 块价值近万元的，高 4 米、宽 3 米多的室外法治宣传大牌子。一直到我们进村，也没有安装到位。驻村后，我和老刘书记商量，土窑子、东明和双发三个屯，不偏不向，每个屯安装两块。这不，昨天我们刚刚选定地点，黑河市装修队 4 人就前来开始安装，今天上午干净利落地结束了"战斗"，返回黑河。

到了地方，我看了看，还好，总算没有辜负我们局里领导和全体同志的一片心意。活儿干得挺利落，图版宣传内容很合适，宣传牌子整体效果也还不错。

回来的路上，我看着南沟子对面岗上的东明屯，错落有致，蓝天白云、绿树红砖，别有一番情致。

是呀，入驻东明都快两个月了，忙忙碌碌中，真的还没有在恰当的高度、恰当的地点、恰当的角度，细细地品味一下东明的秋之味道、秋之风韵、秋之美丽。尤其，今日，八月将尽，九月马上降临。

九月，通常给人最大的感觉就是凉。素有"春捂秋冻"的说法，人们普遍认为天气一天天转凉，适当的"秋冻"有助于锻炼耐寒能力。加之，转眼间中秋即将到来，应该是个难得的阖家团圆、收获幸福的月份。

窗外静悄悄的，只有远处几点似星似灯的橘黄色的光在漆黑夜色中闪烁，给人以温暖，给人以希望。

九月你好，我不想太多了。

大豆熟了，高粱红了，漫山红遍，层林尽染，天高云淡，大雁南飞。

九月应该是一个收获的季节，不负相逢。因为，一场秋雨一场寒，一场收获一场暖，相逢就是缘。希望我们都能认真做好自己喜欢的事情，不忘初心，方得始终，心中总有阳光，脸上总有微笑。九月，不会辜负每一个用心努力的人，留一份美好，铭记一份暖意，往前走，总会有许多惊喜和美好在等着你。

九月应该是一个希望的季节，不负此生。因为，望天空云卷云舒，看田野收获在望，梦就在前方。希望时光温柔，把温暖放在心间，时刻为自己加油充电，踏实干好每一天，过好每一个日子。九月，不会辜负每一份真情、每一个愿望，时光荏苒，许你安然；流年似梦，总会有一些美好，一定会在心头吐蕾、芬芳。

二十七

2021 年 9 月 19 日，晚，晴。

九月，真的很忙碌。

9 月 3 日，九三大豆节，精彩连连。各种各样的大豆，色彩缤纷。琳琅满目的农副产品，令人惊叹。从大农业的种管收，到农产品的大营销；从原字号的米麦豆，到独具特色的各类餐桌，处处洋溢着九三农垦现代农业、绿色农业、有机农业的浓郁馨香的味道。

9 月 6 至 8 日，黑河市委驻村第一书记培训学习，及时且十分必要。集中学习，如饥似渴；分组讨论，亮点纷呈；实地参观，各具特色。从新时代基层党组织建设，到过渡期乡村产业振兴；从现代农业发展，到十四五美丽乡村建设。听，听到的，声声入耳；看，看到的，处处靓丽。尤其实地参观，黑河市爱辉区外四道沟村的文化旅游、爱辉村的农业种植专业合作社和西岗镇驿站、稻草公园，村村处处都强而有力地彰显了什么是农业现代化、农村现代化。

9月10日开始，筹备修建一座室内卫生间项目终于开工，标志着我们驻村工作队生活不便的问题已经解题了。

说起卫生间时事情，我还得多啰唆几句。

黑河培训结束后，我回到了自己的单位。虽说驻村才两个月多点，但是回到单位，坐在自己的办公室里，我实话实说，见到每个人都像亲人一样，心里暖暖的，看哪里都亲切，真的不愿意再迈步子、再走了。

对门的田艳华大姐，隔壁的耿文华老妹，斜对门的蔡运良老弟，三楼的焦丽君老妹、杨光辉老弟、张宝林老弟和王道宏老弟等，都是我工作中的好领导、好同志、好姐妹兄弟。

按理说，我应该亲自逐个去喝点水、唠唠嗑，汇报一下工作。不巧，当天下午，正赶上局里六楼开视频会议，大家都在忙各自的工作。我寻思了半天，还是悄悄地给局长发了一条短信，约定了汇报工作的时间，就把自己关在了办公室里。视频会议结束后，我用最短的时间向局长全面汇报了驻村工作情况。局长充分肯定了我们的工作，并在详细了解了我们的生活情况后，正式决定为我们解决卫生间修建问题。

带着不舍，带着眷恋，第二天，我就离开了黑河。

回到东明，在村两委支持、配合下，我们的室内卫生间终于开工了。

目前，卫生间的下水基本成型了。但是，每当一个人静下来的时候，想想黑河一行实在太匆忙了，我有点小后悔。市委组织部如家一样，待我们格外亲切。司法局，我的家，自不用多说什么。按理该多停留几天，看看同志，看看亲人，然而，然而……

等下回，等过了秋天，再回去的时候，多点空闲，多点时间，好好地回家看看。

再过一天，就是中秋了。两个大孩子都让我"撵"回家去过节了，我就自己驻村，好好地值班吧。

窗外的月儿已经升到树梢了，很圆，很亮。忽然间，想起北宋时期的苏轼他老人家了。

明月几时有？把酒问青天。不知天上宫阙，今夕是何年。我欲乘风归去，又恐琼楼玉宇，高处不胜寒。起舞弄清影，何似在人间。

转朱阁，低绮户，照无眠。不应有恨，何事长向别时圆？人有悲欢离合，月有阴晴圆缺，此事古难全。但愿人长久，千里共婵娟。

好个"此事古难全"。

可惜，无酒。那就用水替代一下吧，与所有亲人、同事和朋友共勉！

二十八

2021 年 9 月 21 日，夜，阴。

过节了。

村里的工作人员在我的劝导下，上午就全部回家过节了。给我们修建室内卫生间的两名师傅为了能早点回家过节，也牺牲了午休时间，把今天的活儿早早地抢了出来，在下午 4 时多，也匆匆忙忙地赶回家里了。实在不好意思，为了不打扰村伙食点老辣椒大姐一家人过个团圆节，我故意撒了个谎，简简单单地泡了点方便面，一个人躲在宿舍里对付了一顿晚饭，就算自己给自己过了个特殊的节。

村部的院门，是个笨重的滑道铁门，我费了点劲儿，缓缓地把它关好。晚上十点多，村部大门"咣当"一声，格外响脆，将我从床上惊起。原来是住在村部前院，负责日常打扫卫生的徐老大哥过来看看。我们唠了一会儿嗑，送走他后，我关好了所有门，返回了自己的办公室。

此时此刻，六百多平方米的村部，只有一个太阳灯的办公室空旷、无声。与窗外的东明村三个屯一样，祥和、宁静。正如唐代诗人刘禹锡《八月十五夜桃源玩月》中"尘中见月心亦闲，况是清秋仙府间"的意境一样，清爽、寂静。只可惜，今年窗外不见月，星辰淹没阴云里。但是在我心中，也确实难得有一大块空闲时间，享受这份特有的静谧。

想春、夏、秋、冬，四时成岁。

念孟、仲、季，三月为季。

好在仲字融入秋中，中字嵌在秋里。

想家家户户在节日里团聚，老小几代吃着月饼、品着香茗，言笑晏晏，享受着生活的幸福美满。团圆、安详、和睦三个词，最应景中秋了。不是吗？每年八月十五，中秋之夜，天上月是心中月，脉脉清辉，何曾漏下过哪一家、哪一户、哪一人？

是啊，我们的中秋自古便有祭月、赏月、拜月、吃月饼、饮酒团圆等风俗习惯，千年流芳，传承至今，汩汩不息。元代名仕张养浩有词为证："一轮飞镜谁磨？照彻乾坤，印透山河。"尤其在"此夜一轮满，清光何处无"之际，又寄予了多少人对美好、健康、幸福生活的祈盼和祝福。可能因为这种缘故吧，中秋，以月儿之圆，兆人之团圆，寄托无垠的思乡思人，祈盼丰收美满，期盼健康幸福之情，早已成为铭刻在我们绝大多数人骨子里的丰富多彩、弥足珍贵的重要节日之一。恰如明代徐有贞的《中秋月·中秋月》："中秋月，月到中秋偏皎洁。偏皎洁，知他多少，阴晴圆缺。阴晴圆缺都休说，且喜人间好时节。好时节，愿得年年，常见中秋月。"

"秋月圆圆世间少，月好四时最宜秋。"团圆之愿，早已深深地植入我们的心中，融入我们的血液里。即使"隔千里兮共明月"，也会有"天涯共此时"的同频。尤其你、我、他（她），这种情形，这个年龄，倍加珍视团圆，倍加珍视家与国的团圆，无论在什么条件下，都一同向往着、期待着我们的生活，我们的明天更加美好、更加富有、更加幸福。

因为，团圆的本质就是一种趋向、一种共同。团圆让人向美，团圆叫人珍惜，团圆催人奋进。无论一家一户、一个地域还是一个国家，只要大多数人心往一处想、劲儿往一处使，团结向前，坚持不懈地求索下去、实践下去，乡村振兴、共同富裕、国家统一、民族复兴等梦想的实现，应该不是什么不可以攻克的经济社会发展大难题。不是，真的不是。

夜已深深，看窗外，似乎有雨的迹象。想来，今年"八月十五云蔽月"，明年必定"正月十五雪打灯"，这是自然规律。

有点乱，不想了。引用唐代名人曹松的一首诗《中秋对月》，与所有亲人、同事和朋友共勉：

无云世界秋三五，共看蟾盘上海涯。

直到天头天尽处，不曾私照一人家。

二十九

2021 年 9 月 23 日，夜，晴。

今日，秋分，实在难得，一个晴朗朗的天，一轮金橙橙的月。要是放在十五、十六，那该是多么称心如意的事。

可惜，天不由我。

早上起来，拉开窗帘，融融秋日，片片晴翠，扑入眼帘，融入心底。真可谓"潇潇叶落，秋分已至，正是一年最美时节"。此时，一黛远山，几处杨林，满眼斑驳。秋，在今日才有了特殊的意义。

"金气秋分，风清露冷秋期半。"据《春秋繁露·阴阳出入上下篇》记载："秋分者，阴阳相半也，故昼夜均而寒暑平。"秋分之"分"，在此有"半"之意，秋已近半。这一天后，是白昼渐短，黑夜渐长，昼夜温差渐大，一夜冷过一夜；更是草木泛黄，水细远长，五谷飘香原野，三秋农事正忙。正因如此，2018 年 6 月 21 日，国务院关于同意设立"中国农民丰收节"的批复发布，自 2018 年起，将每年秋分设立为"中国农民丰收节"。

时至今日，算一算，今年已经是第四个农民节了。记得中秋节前夕，科洛镇党委书记王钟山同志专程带着全体领导班子 9 人，与我们村的各位党代表一起开了个很有意义的座谈会。会上，王钟山书记代表镇党委慰问了全体党员和村民，并重点讨论了东明村未来乡村建设五年规划实施工作。从村容村貌综合整治，到高标准农田路的基础建设；从村文化广场的整体设计，到双发屯巷道立项改造。逐一敲定，事事有声，件件生根。真的是一处处愿景，一场场美丽，一个个欢喜，让人期盼，叫人高兴。一如唐代文人刘禹锡《秋词》：

> 自古逢秋悲寂寥，我言秋日胜春朝。
>
> 晴空一鹤排云上，便引诗情到碧霄。

是呀，能不令人放歌"到碧霄"吗？尤其，双发屯的 2.2 公里的水泥巷道，土窑子屯的几千平方米的文化广场，东明村几万延长米的砂石高标准农田路等几个重点项目，个个重大，事事都是东明村人翘首以盼、急需解决的民生工程。

是的，民生，连着民心，是我们所从事的一切工作的基础。目前，我们已经进入新时代，广大农民追求美好生活的愿望十分强烈、十分迫切，民生工作显得尤为重要。把系列的民生工作做好了，广大农民生活有保障，基层和谐稳定，也就是在为夯实党的执政根基和增进人民福祉上添砖加瓦。特别是在聚焦农业农村，聚焦重点民生，聚焦农民关切，更加优质高效地履行基本民生保障、乡村社会治理等职责上，我们以舍我其谁的责任担当，奋力谱写新时代驻村工作的新篇章，这些一定是精彩无比的，一定是。

由此看来，秋分过后，今年这个"秋"是属于我们的，属于我们东明的。因为，这个秋饱经了春的萌动、夏的茂盛及大水的冲击。目前，已经厚重，已经成熟了。要不我们怎么人人都在说，秋是希望的季节，是充实的季节，是收获的季节呢？一如有人做了个比较形象的比喻"人生如四季"。即若把春比喻成童年，把夏比喻成青年，把冬比喻成老年，则秋就是创造事业、取得成功的中年。只有我春天勤劳地耕种，夏天辛勤地劳作，才能在秋天收获累累硕果。

不想了。有点累，我随手点燃了一支地产龙牌烟，深深地吸了一口，格外香甜！

放眼看窗外，秋分的月也很圆、也很亮，真是熠熠清辉撒全村，一片寂静与安宁。忽然，我的脑海中浮现出一首清代宋聚业的诗《宿沅江驿楼时秋分夕》：

> 沅水三更月，燕山万里云。
> 梦随天共远，人与序俱分。
> 风景殊蛮落，音书断雁群。
> 可堪秋节半，兰畹正清芬。

秋越深，夜越凉，人儿越芬芳。从今以后，我深望，不，我恳请各位亲朋好友及亲爱的同仁和如我们一样的驻村战友，记得及时添加衣裳，谨防感冒着凉。

三十

2021年9月24日，夜，多云。

生活，本就丰富多彩。今天上午忙忙碌碌的，不知不觉就过去了。中午，在去吃饭的路上，我遇见一位老人，女性，名字叫李德敏。她个子矮小，身体瘦弱，手里拄着比自己高出一大截的木棍。

"李老人家，您这是去哪里呀？"

她侧头看了看我，用棍子指了指在村部负责保管兼打扫卫生的徐老大哥家，回答说："我去他家看看。"

"您今年高寿了？"

"我呀，八十九了。"她笑了笑说。

"老人家，看样子，您身体很结实呀。"我由衷地赞叹着。

"还好，还好呀。我这是托你们村里福，托共产党的福了，高队长。"

"哦？"

她见我有些疑惑，又补充说："村里给我买了房子，让我白住，还很照顾我的。"

"噢。"我点了点头。

"我到了。"老人家说完，就拐向老大哥家。

目送老人家走进院子，我转头走向了我们的伙食点。

伙食点设在一户脱贫户家里。女主人叫蔺岩，属蛇，年龄70周岁，与我的大姐几乎同龄。她个子不高，身体偏瘦。眼睛不大，较为有神，语速很快，音量式大，性情如她的名字似的，属于典型的"刀子嘴，豆腐心"型女汉子。我们相处时间长了，我就送她个外号，亲切地叫她"老辣椒大姐"。

"老辣椒大姐"的丈夫是在四年前病逝的，他们育有一儿两女。如今她与大女儿、姑爷及外孙，一家四口住在一间两开门的96平方米的砖瓦结构的平房里。因姑爷在三年前身患尿毒症，才变为了低收入家庭。自姑爷得病后，老大姐就一直任劳任怨地帮助着大女儿一家人。想想，七十几岁的人，本应住到现代化城市中的儿子或小女儿家，无忧无虑，颐养天年，可是为了儿女，她与我的大姐一样，心甘情愿住在村里，照顾着女儿一家。不说别的，单单这份老母护犊之情，足以让人情动、令人心动。从小到大，我一直打心底敬佩这样能干、淳朴、善良的女人，就如敬佩自己的母亲。

吃过午饭，我和住在双发屯的网格员葛文喜同志通了电话，进一步核实2.2公里的巷道问题。

双发屯，也叫山东屯。顾名思义，就是屯中山东户籍的村民很多。现在，屯里有村民100多户，共500多人。其中，常住村民30户左右，60多人，其他人大部分在山东屯和嫩江市里居住。

站在远处岗上看，整个山东屯坐落在两岗夹一沟的北岗上，屯子自北向南顺坡铺展开来，不论朝向屯型，还是家家户户的户型院落、巷道走向与设计，无不体现山东人自有的特色。打小我就知道，山东人勤劳、勇敢、忠厚。随着年龄的增长，工作的变化，我对山东人又有了更为深刻的认知。

有一种精神，叫作闯关东精神，应该比较全面客观地体现了山东人的特质，这种精神以自强不息、艰苦奋斗、尚仁重义、博大宽容为基础；以敢闯敢创、艰苦创业为核心；以忠诚守信、顽强拼搏、勤俭节约为特点。无论从事三百六十行中的哪一行，都始终坚持干一行、爱一行、专一行，在与当地居民交往中，始终坚持将心比心、将心换心、以诚相待、守信重诺，妥善处理好与当地人民的人际关系。无论是从事农耕，还是从事采参、伐木、淘金等行业，都要持续发展好山东人自身的乡土情结，注重联系同族同乡，与其荣损与共、共同面对困难和挑战，尽最大努力与当地人和谐共处、共谋发展，为闯关东精神源源不竭地注入新鲜的血液和动力，铸就独特、鲜明的地域标志和标识。因此，我更愿意叫双发屯为山东屯。

山东屯巷道总长约2.2公里，南北纵向有3条，其中，水泥路1条。东西横向5条，其中，水泥路1条。除了2条水泥路外，其他6条路都是"晴天一脸灰，雨天半腿泥"的土路。说起来也真可恶，两年了，山东屯的土巷道，除了村民自发垫点土外，一粒沙石都没有垫过。村民要求修路的电话一个接着，尤其今年，这个夏天雨大，村民都快急疯了。前几天，就有村民来村部强烈要求修路，大闹了一场，弄得我们无可奈何，一点办法都没有。

记得一个月前，因全村水毁严重，镇里通知，让我们自己选定两个沙坑。接到通知、选好沙坑后，我们确实兴奋了一阵子，铺路的沙子问题终于可以解决了。然而，时至今日，泥牛入海、大雁远去，一丁点的消息都没有。请示也请示了、报告也报告过了，怎么都杳无音信呢？到底怎么回事！

说实话，真的令人担心、叫人忧呀。马上收秋了，如果再不妥善处理好此事，说不准哪天就会发生村民强行挖沙的事情。

但愿我们的村民都知法、懂法。

看窗外，不时有几颗雨滴落在玻璃窗上。今天的气象预报不是说多云吗？怎么又转为雨了？

天有不测风云呀。夜深了，我累了，回屋休息一下吧。

三十一

2021年9月26日，夜，多云。

今日还行。虽然有风，但是太阳终于露脸了。

吃完早饭后，老书记刘艳臣同志来了，说了一下山东屯巷道用沙的事情。今早在上班的路上，老书记和王晓燕副书记带着昨日科洛镇王钟山书记的交代，一起去了一次四十里河林场，与林场的相关领导协商修路取沙的事情。还好，林场的同志也很支持，答应今年山东屯维修巷道可以取沙，但是不能扩大沙坑面积，只能向深处取沙，且取沙数量有限。商量好取沙工作以后，老刘书记就匆匆忙忙地赶赴山东屯，着手组织实施巷道维修工作。

开干了，好事。

老刘书记动身后，我回到办公室，怎么琢磨，怎么感觉这事不对味儿。寻思寻思，哪不对劲呢？回想一下，为了解决取沙修路的事情，镇里没少下功夫。一次次上报，上面就是批不下来。这回林场的同志让我们取沙修路，也是镇党委书记王钟山同志事前做了工作，才允许我们开干的。否则，我们山东屯的巷道铺沙维修工作更没谱了。

想想，为了取沙修路，镇里也打招呼，村里也去求人。人家高兴呢，你就拉点；人家不高兴，你就拉不成，这不变相等于我们在四处托人、求人办事嘛！本来垫道铺路属于公益性的事情，反倒成了如此这般，这叫什么事？再说，这也不是长久之计，解决不了村里年年公益用沙的根本问题。

不行，得认真理顺理顺。沙坑属地管理归谁，审批权归谁，执法权限又属于谁？哦，明晰了。属地必须在东明村内，审批必须找国土资源管理局，执法应该找林草局。

好，理顺了，也想通了。想通了就好，通了，我们马上就干。

一气呵成，写好报告，明天，给老书记看看，研究定下来，多打印出几份，抓紧时间报上去。

窗台上的太阳能灯有点打不起精神，还不如电脑的屏幕亮。再看看窗外，很黑，只有一两颗星星在天空中晃动，好像是被凉凉的秋风吹的，一个劲儿地眨眼睛，很冷的样子，明早，低洼的地方可能会有轻微的霜冻。

哦，快到晚上十点了。关机，熄灯。

三十二

2021年9月27日，晚，晴。

今天，难得一个晴朗朗的天。只是秋风有点大，吹得落叶萧萧下。

吃早饭的时候，当我刚刚走出村部的院门，院门西侧的老杨树上一大段枯死的树枝，顺风落在我的身后，砸在地面上。看着这落地的树枝，再看看那棵已经枯死的老杨树，我的心里七上八下的，不是个滋味儿。记得，刚刚入村那一阵子，老刘书记和我就商议如何处理这些老杨树的事情。我们打电话咨询，问了这儿，咨询了那儿，每个人说法都不一致。幸好，前几天科洛镇政府通知了我们，说是可以伐除了，但是需要我们弄个东西。我和老刘书记都很高兴，商量后，第一时间就给科洛镇政府打了个报告。镇政府经研究，很快批准了我们的申请，同意我们的意见。只是，目前，刚过秋分，还没有封冻，需要等上一段时间才能妥善地处理这些老杨树。

上午十时前后，嫩江市科洛镇选举委员会主任、镇人大常委会主任胡宝森同志一行来到我们东明村，对换届选举工作进行检查指导。我和老书记刘艳臣、副书记王晓燕、村委委员李俊华、驻村工作队队员张军同志陪同。老刘书记全面介绍了村里相关工作的开展情况。

通过胡宝森主任介绍，我们了解到，嫩江市自2021年7月至2021年12月进行县乡两级人大换届选举，选举日确定在2021年10月20日。按照黑河市市县乡三级人民代表大会换届选举工作方案和嫩江市县乡两级人民代表大会换届选举工作方案的要求，科洛镇党委全面强化组织领导，把换届选举工作列入重要议事日程，高度重视，统筹安排，全力推进辖区内换届选举工作。胡宝森主任强调，这次逐个村进行检查指导，目的就是全面贯彻落实镇党委要求，在这次换届选举工作中，各村要坚定"四个自信"、做到"两个维护"，坚持党的领导，充分发扬民主、严格依法办事，确保换届选举方向正确，确保政治生态风清气正，确保选举结果让人民群众满意。

送走了人大选举工作检查指导组后，我们进一步研究明确，下一步工作重点是要进一步明晰选举工作的步骤，逐步完成选举准备、选民登记等各项工作。

又快到晚上十点了，窗外一轮半月斜挂星空。今晚，银汉横空，繁星绚烂，清辉万里，好似我们这些驻村干部默默付出的爱，奉献给每一名老百姓。

2021年9月28日，晚，多云。

昨晚还好好的一个大月亮天，今早起来，风起来了，云也铺天盖地跟上来了，天色说变就变，气温说降就降。看来，一场较大霜冻即将来临。打开手机查查嫩江市的天气预报，果然，今天最低气温3摄氏度，明天0摄氏度，后天就是零下1摄氏度了。不过今年还行，目前，已经9月末了，深秋的第一场雪还没有莅临，已经是老天最大的照顾了。

三春不如一秋忙。农民们开始收获了。我们的土窑子屯、双发屯的土巷道也开始维修了。然而，刚刚开始修路，意想不到的事情就随之而来了。今天上午，因上级要求检查，林场的同志突然催促我们拉沙修路工作只能在这两天干完。两天，怎么可能干完？没有办法，老刘书记和我紧急商量一下：活可以慢慢干，砂石不能没有，干脆我们寻找一个场地，先把砂石拉回来储存起来再说。

说干就干。老刘书记拉着我看东明屯的老水房，地方倒是可以，但是拉沙车不好进出，不行。我们又去了双发屯至嫩江到黑河的省级211公路附近一块荒草地，地方不错，谁也不影响。于是，老刘书记打电话叫来铲车，进行路面平整工作，准备存放砂石料。

铲车来了，平了几铲，蒿草没了，可露出地表的全都是水。不对劲，这不是一个大水洼子的泉眼坑嘛。如果我们辛辛苦苦弄来的砂石都填了水洼，那不等于白忙乎了吗？不行，还得换地方。最后，还是与土窑子屯农资供销合作社的农户商量，决定把修路的砂石暂时存放在他们的院子里，以解燃眉之急。

下午三时多，嫩江市委组织部张寒冰同志一行，在科洛镇党委副书记李秀同志等人陪同下，到我们东明村来，对我们驻村工作队第三季度工作进行考核。老刘书记因忙双发屯修路的事情，没有参加。我、村副书记王晓燕、村委委员李俊华和工作队队员张军同志一起接待了他们。张寒冰同志充分肯定了我们的工作，并将我们东明村向嫩江市科洛镇政府、嫩江市土地资源管理局和林草局打的报告带回一份。同时，张寒冰同志答应我们，等过完"十一"，就积极协调相关部门，帮助我们解决修路取砂石问题。

人家都说，建桥、修路是好事。事实证明，我们修路真应了那句老话——"好事多磨"。

是呀，凡事想要做好都需坚持。尤其是这些淳朴的农民，即使有了些好的想法，大都先蹲在自家屋里，寻思来、寻思去，好不容易想好了，也下定决心去干了，往往还是碰到诸多的"想不到"，遇到很多绕不过去的坎。导致许多挺好的事情常常因不得已而半途而废了。想想也是，像我们这样的人，在我们身边乃至全国还是很多的。不是吗？算一算，起码得有几个亿吧？记得，自1980年以后，根据产业重点，我们农民被冠以各种称呼。一种是粮农，指以粮食生产为主导的农民（农户）、生产组织。一种为果农，是以水果种植为主的农户、生产组织，有瓜农、桃农等。还有菜农、花农和棉农等，都是以蔬菜种植、花卉种植、棉花种植等为主的农户。反正，都是以农业种植为重及以耕地谋生为主的人，泛指我们农民。

而如今，国家已经完成了扶贫攻坚任务，已经步入了小康社会，已经进入了全面建设农业农村现代化的新时代，那么我们农民也该彻彻底底进行一下新时代的改造了。"我们是'小农经济'，必须正视这个现实，我们现在还有一半人在农村，约六七亿人，这是全世界最大的农民群体，那怎么解决？必须要实现新型城镇化、新型工业化，我们要实现农业现代化。有人认为，最简洁的表述就是我们把中国的农民数量减下来，至少减到20%以下。当我们减到10%的时候，我们的农业现代化就成功了。"

根据目前的实际情况及未来发展趋势，如果要如期实现农业农村现代化，达到共同富裕的宏伟目标，我认为，在人这一要素方面，至少应该在30%最为适宜。因为，我们的红线耕地数量是定数，不论机械蕴含有多大潜力，还是科技应用得多么无限，人、机、地、技设置配备都应该适度，都应该持续坚持发展下去。

呵呵，有点想远了。总之，农民不容易。守着低收入的人们，却始终坚持着热情、勤劳、朴实的本性，这是多么难能可贵的品质啊！

我们是农民，但我们很自尊。希望，不，不是希望，是恳求，恳求不是农民的人多多了解农民，多多理解农民，多多支持农民。我们的农民，都是最实在、最可爱的人。我们必须改变农民"顺着垄沟找豆包"的现状，用现代农业的发展，让我们的农民早日实现"耕作在广袤田野中，居住在美丽村庄里"的共同富裕梦想，过上真正有尊严的日子！

三十四

2021年9月29日，晚，多云。

还有一天，就是"十一"假期了。起床的时候，山河农场有限公司的都师傅就带着几个工人来了，说是今天就把室内卫生间弄利落。别说，建一个卫生间也不省事。前前后后，十多天的时间，一波一波的工人，你来我去，下水、上水、土木、电工，一直干到今日天黑，可算达到了试水状态。但是，因冷热水龙头、热水管、热水器插座等仍需等待、更换，还需几天施工时间，才能达到正常使用状态。

吃过早饭后，老刘书记来了。看他情形，有些与往常不一样。我和他聊了聊，才知道今天早晨，他去了我们拉砂石的现场。刚到现场，另外一伙人与我们村的人因争抢砂石发生了争吵。老刘书记经了解，得知另外一伙人是镇里派的，没有事前通知我们，才导致我们的村民拉砂石的秩序乱套了。了解清楚事实后，经老刘书记与镇里的相关领导协商决定，今天一整天，由我们先干，镇里的人员马上撤回。明天一整天，我们的人马撤回，由镇里的人员接着再干。后天，谁也不拉砂石了，全停。

没办法，我和老刘书记短暂地商量一下，决定利用一天的有限时间，能拉多少砂石就储存多少。商量安排妥当后，老刘书记开着车，拉着我一起去了双发屯，看看巷道维护修理工作的进展情况。在修路现场，我们遇到了双发屯的种植大户边艳武同志。据他说，在我们的东山边上，有几亩沙土地，非常贫瘠，是早期开荒地。因连年不打粮，撂荒也白瞎了，看看村里能不能把它变为沙厂，解决村里人年年用沙的实际问题。我们听后，感觉这是好事呀，说不准真的能帮助村里解决大事。老刘书记和我对视了一下，我们拉着边艳武同志，一同前去了解情况。

自双发屯向东，沿着通往双泉村的村路行走了约2公里，在东山脚下，我们停下车。在边艳武同志引导下，我们走入路南侧的一片大豆地。矮矮的大豆，稀疏的豆荚，长在用脚一踢就漏出黄色沙粒的地里。放眼四周，真的不错，应该是自然取砂石的好地方。可惜，回到了村部，经老刘书记、李俊华会计多方了解查证，得知那块地更改不了土地属性，如要改成沙厂根本没戏。

下午，我正好有时间，就与村会计李俊华了解了一下全村低收入家庭情况。据他介绍，截至 2021 年 10 月末，东明村低收入家庭合计 45 户（不含移民）。其中，低保 24 户（新增 1 户），五保户 5 户，低收入（人均年收入 8000 元以下）16 户。

林林总总，琐碎的一天也就过去了，虽说没有做什么，但是也感觉有些累，主要是心累，可能是因为情绪总是在希望和失望中交替的缘故吧。不想了，我早早地烧了热水，泡泡脚来缓解一下满身的疲惫。

没有办法，驻村嘛，首先要懂得自己照顾自己，好让爱你、关心你的人放心。

电视里没播什么东西，也不看了，早点睡，明天串休放假，回家看看老婆大人去。

三十五

2021 年 10 月 6 日，夜，晴。

昨天，山河农场有限公司的都师傅又带着工人来了，把剩余的活儿干完了。蹲位下水正常，洗漱冷热水正常，热水器正常，600 升的悬挂的储水罐给水正常，给水泵正常……我们的卫生间终于可以正常使用了。为防止蹲位下水堵塞，我让工作队员吕行同志打印一张标有"室内禁止大号"的白纸，贴在卫生间内，以示警示。

现在回想起来，美丽乡村建设的多年实践证明，干净卫生的无害化浴室、厕所建设不仅仅改变了农民的生活习惯和生活方式，更为重要、积极的是非常彻底地改出了农村健康、环保的新习惯、新方式、新生活。

是呀，理确实就是这个理。记得 2021 年 7 月 7 日，我们新一届驻村工作队交接完成后，通过了解得知，东明村部，是由原来的一栋五六百平方米的平房学校校舍改建的。村部只有一个室外公共厕所,位于村部门的东北向。村部内没有浴室,更没有厕所,这对长期在村部工作和生活的村两委和工作队人员而言,非常不便。夏天时,还好说,大家认为去室外公厕并没有多么不方便,只是多走一段路而已,权当换换空气、锻炼休息了。但是遇到刮风、下雨的时候,大家只能忍耐克服了。而冬天呢,没有办法,大家就只有对付了。对于长期驻村的工作队队员而言,不论冬夏,白天还好说,夜里就只能沿用村民早已习惯的尿壶或尿桶解决问题,更别谈洗漱、洗浴的问题了。民厕建设情况,也不乐观。虽说家家户户都进行了厕所改造,"一个土坑两块砖,三尺土墙围半边,猪拱鸡挠粪满地,蚊蝇成群臭熏天"的现象有所改变,但是也不彻底,夜里如厕和室内洗漱、洗浴问题仍没破解,室外粪污无害化处理还是难以解决的大问题。

如厕、洗漱、洗澡,这些人们生活中的小事,在城市居民眼中平平常常,不算什么事情。可对于我们的广大农民来说,真的不是小事。由此可见,这等"小事",实质并不小,因为"民生无小事"。

对呀,为彻底解决问题,充分发挥村领导干部的带头示范作用,不断地改进和完善美丽乡村建设中新的生活习惯和方式,给乡村文明增添新气象,给乡村振兴提供新动力,稳步推动东明村经济发展工作再上新台阶,我们必须从自己做起,从小事做起,从身边事做起,修建一座功能齐全的样板式室内卫生间,示范引导身边人积极迈进新时代的新生活。

主意已定,贵在行动。

我首先与村书记刘艳臣同志商量,没有想到,他非常赞同。在他的提议下,经村两委和驻村工作队集体商议决定,由我们驻村工作队负责筹集资金,在村部室内修建一座集室内洗漱、洗浴和如厕功能于一体的样板卫生间。就这样,我们开始了逐级请示,开始干起来。

我们的黑河市委、嫩江市委两级派驻办支持。

我们驻村工作队牵头派驻单位黑河市委组织部支持。

我们驻村工作队主管单位嫩江市科洛镇党委支持。

我们派驻单位之一的黑河市委党校支持。

我的单位、我的家——黑河市司法局,更是给予大力支持,承担了室内卫生间建设的全部费用。

鼓励是源泉,支持是力量。在大家的积极鼓励与大力支持下,我们利用九月末农忙未开始的十多天时间,在村部内修建了一座约六平方米的卫生间，彻底解决了村两委、驻村工作队人员工作生活中的一道大大的难题。

不是吗？看似小小卫生间，但是它却连着大民生。在村两委办公室内修建室内卫生间看似小事，但是它潜移默化地影响着全村农民的生活质量，人居卫生环境，以及人民群众的身体健康，往大了说还影响着乡村振兴，影响着农业农村发展。可以这样说，我们用实际行动，直接回应广大农民对美好生活的期盼和向往，逐步实现"耕作在广袤田野上，居住在美丽村庄里"的美好愿景，很好地解决了广大农民最基本的"天大小事"。

你看，深秋窗外的半月，格外明亮，格外耀眼。在这无垠的月光守护下，此时此刻的东明村如倦依在母亲怀抱里的婴儿一般，安安静静地睡在这美丽的银辉里。

三十六

2021 年 10 月 12 日，晚，晴。

今晚，一轮弯月挂在西天。盈盈的月光，闪烁的星河，明亮的北斗七星，轻柔柔地抱着整个世界。不远处，地里忙着抢收的收获车灯光点点，与天上的星月交相辉映，自然而然地形成一幅美丽、轻淡、妙曼的东明秋收画卷。在这无与伦比的画卷里，我一边欣赏着，一边按惯例走在东明屯和土窑子屯之间的村路上，进行着每天三公里的走步运动，心情格外晴朗、舒畅。

回到了村办，坐在办公桌前，打开电脑，我开始记录今天驻村工作的点点滴滴。

今天，我早早就醒了，看看手机，还没到六点。可能是昨天因感冒没有好利索的缘故，我吃了几片感冒药，没到晚间九点，就迷迷糊糊地睡着了。

也好，早睡早起。

八点不到，老刘书记就来了。我与他碰了碰相关情况，就开始了一天的工作。首先，我们驻村工作队三人开了个简短的工作会议。会议总结了前段时间的工作，通报了我在十月八日去嫩江市参加由乡村振兴局组织召开的"巩固拓展脱贫攻坚成果同乡村振兴有效衔接相关工作培训会议"情况，以及今后的工作要点。会议的主要内容大体如下：

结合我们驻村工作队工作计划，重点做好下几项工作。一是主动配合村两委做好国家巩固脱贫成果后的评估迎检准备工作。二是进一步加强理论学习,抓实党建工作。三是配合完善村级基础档案。四是解决当前重点问题,即全力做好秋收安全、秸秆禁烧工作,加大现场检查、巡查力度,通过多种形式,强化安全宣传教育。五是近期张军同志和我一起到嫩江市相关职能部门进行沟通、商讨,关于农田路和双发屯巷道修建,土窑子广场建设和修桥等项目的立项、建设事宜。

接着我们与村两委共同商量了一下东明村党支部 2021 年 10 月 "党员义务劳动日" 主题党日活动。

其实,多年的工作实践已经告诉了我们,党建工作重在教育,做实了就是生产力。重在活动,做细了就是凝聚力。重在行为,通过组织和党员个人一点一滴的行动累积,做大做强了就是无形的战斗力和影响力。

呵呵,这一天天的!别说,还是挺忙乎的。

三十七

2021 年 10 月 20 日,晚,晴。

今晚,月亮刚刚升起的时候特别大、特别亮,用村里人的话说:"大彪月亮。"月亮周边,有几抹云彩相伴,在月光的映衬下格外美丽、格外漂亮、格外喜人。

昨天是我的生日。早上,刚刚起床,我唯一的女儿和姑爷发来个大大的红包,为我庆祝。收了红包,我心中有一丝喜悦,一丝幸福混合着一丝甜蜜,掠上了心头。但是,一句老话 "儿子的生日,老母亲的痛日" 在我心底泛起,自然而然地让我想起了已经驾鹤西去三年多的老母亲。妈妈逝去,我来时的门已经关闭。现在,只有前行,前方的大门还在开着。此时此刻的我,实话实说,真想她老人家了,我的老妈妈啊!

别吱声,别瞎寻思了。现在的我在驻村,在村里,没有在家。没有办法,昨天晚饭时,背着两个大孩子,自己偷偷地泡了一大碗方便面,就着一袋不咸不淡的 0.5 元榨菜,就算和我的老母亲一起过了个独特的生日。实在对不起了,条件有限,我的老妈妈!

有点想多了,难受!想点高兴的,写点别的吧。

这么多天，也不知道忙乎了什么，一篇日记也没有记。现在想想，连我自己都觉得过意不去了。今晚正好有空，把多天来的工作梳理一下。

本来"十一"过后，我计划与工作队员张军同志一起去嫩江市住上几天，分别到各有关部门谈谈情况，汇报汇报工作，可是，没承想，因天气突然转冷，我感冒了好多天才逐渐转好。因此，去嫩江市的事情一推再推，直到现在。好事多磨嘛！看看下周吧，如果时间允许，我们再一起去嫩江市，把事情办了。

其他的事，都是些琐事，也没有什么好记的，但有两件小事很有意义，应该记录下来。今天，就补记一下。

第一件事，2021 年 10 月 14 日，重阳节。真是：

> 岁岁重阳，今又重阳。
>
> 金秋十月，丹桂飘香。

当天一早，村两委和驻村工作队党员志愿者就在老书记刘艳臣同志和我的带领下，按照工作计划，带着慰问品、理发用具、劳动工具等，深入到村里的老人家中，进行慰问、提供帮助。村里一名 70 多岁的老人白菜未收，我们一起动手帮忙收回白菜，并安放到陋房中进行储存，以备冬天食用；一位低保户老人无人照顾，我们家访慰问时，主动帮助老人理发、清洗衣物、打扫卫生。还有一些腿脚不方便的老人，我们主动帮忙购买日常生活用品，提供力所能及的帮助……一直到天黑，我们才依依不舍地和老人们告别。这一天，做的事情不算多，桩桩件件做下来，仍然感觉身体有些疲累，但心里还是感觉甜甜的，总体上来说还是成就感多于疲劳感。因为，我们的助老行动不但把温暖送到了老人心里，更为重要的是也教育、锻炼了我们每位党员。

是呀，在这次活动中，我们每名党员都力所能及地做了一些事情，意义十分重大，最起码锻炼了党员，锻炼了活动中的每个人。

第二件事，2021 年 10 月 15 日，我领着工作队员吕行同志，利用一天时间，帮助脱贫户、无劳动能力家庭的"老辣椒大姐"垛豆秆。

那天，我们早早起来，天阴阴的，很冷，像是要下雨或雪的样子。看着这样的天气，我们赶紧洗漱，简单地吃过饭后，换上一身旧衣服，马上开始干活。

豆秆，是村里人过冬必备的取暖材料，俗称"烧火材"。每逢秋季，家家户户都忙乎着，争着、抢着、排着号，拉回家几车豆秆，垛在一起，以备一年做饭、取暖用材。可以说，与白菜、土豆一样，豆秆是每家每户必备的生活用品之一。无劳动能力家庭的"老辣椒大姐"，很能干。利用好几天时间，与几家关系好的邻里相互协助帮忙，拉回家很多。

俗语讲"宁装三车豆秆，不垛一车垛"，可想垛豆秆是一项多么复杂累人的技术活儿。垛豆秆，讲究的是二齿钩子刨、四齿挠子摆、三齿叉子掘、两只脚踩。干活的程序是一要打好底，二要整垛踩实，三要收好垛腰，四要封好垛尖，谨防漏雨烂垛。如此这样，才能算垛好一垛豆秆。用有经验的老村民的话说："垛好了，垛个长方形垛，一年四季不漏水；垛不好，垛个圆垛，四处漏水烂垛底。"

还好，三十年前，我曾经干过这些活儿，只是时间长久了点，体力也不如以前了，但看着"老辣椒大姐"一家人急得团团转，我也就没有多想，答应帮帮忙，凭着记忆把拉回来的豆秆垛了起来。

看着横七竖八堆在院子中的整整五车豆秆，一堆连着一堆，和小山似的，让人望而生畏，让人头疼。什么也别说了，我凭着老底，带着大孩子吕行按部就班地干了起来。

还别说，吕行这孩子很有韧劲，虽说没有干过什么农活，但他还是咬着牙坚持了下来。从早上7点到中午11点多，我们没怎么休息，就把三车多的豆秆较为齐整地垛了起来。到了下午，可能因为干了一个上午的缘故吧，吕行和我都没有多少力气了，特别是我们的手、胳膊、腿和腰，酸酸的、疼疼的，有些发软，一二齿子刨下去，连拽的力气都没有了。就这样，我们干干、歇歇、歇歇、干干，到晚饭的时候，终于较为齐整地把五车豆秆垛完了。

呵呵，一个快六十岁的老头儿，和一个没干过农活儿的大孩子，亲身体验了一把"拽着猫尾巴上炕"的感觉。还好我平常一直坚持锻炼，睡了一宿，第二天早晨起来就缓过劲儿来，浑身上下哪也不疼了。问问大孩子吕行，他笑着回答我说："队长，您那么大岁数都没什么事，我一个孩子，睡一夜觉，也没事了，放心吧。"

多可爱的大孩子，多值得回忆的事情呀！

不是吗？是的，一定是。就如今夜的"大彪月亮"，亮亮堂堂，光照万里，清辉无限。好似我们驻村工作队一样，各自默默地工作，用无私的爱，悄悄地守护、关爱着我们美丽、安静村庄里的每一名村民。

爱农村，更爱我们的农民！

三十八

2021年10月21日，夜，晴。

今晚，窗外又是一个圆月天。

回想一下，这一天还真的挺忙的。

上午，嫩江市农业农村局来了两个人，与老刘书记、我和村里的李俊华会计一起核实明年的农田路项目建设情况。据说，这次项目很大。

看来，明年我们东明村的农业基础设施建设，终于迎来一个大的实质性改观。这不，今天市局来人入村，主要工作是围绕项目施工展开，在东明村行政区划地图内和现场进一步核实几件事情。一是在村界内进一步确定水打沟具体情况和治理方式。二是实地核实农田路的数量、走向，看看是否有增有减。三是商定农田路间的水漫桥、水涵管等的具体标准、型号、数量。尤其，水打沟，也就是侵蚀沟，太坑人了。用老刘书记的话说："这水打沟，一年一年的，小沟越冲越深、越冲越宽。原来好好的一块地，让这些沟给冲成了几块地，不仅减少了承包土地的面积，老百姓有意见，更为可恶的是春种、夏管和秋收，能用机械作业的地块，因为有了这些沟，作业机械根本过不去，来来回回'抹车'太费劲不说，种地成本也不断往上增长。"其实，水打沟不只是我们东明村有，只要有坡度的地方，哪怕是每千米一米落差的地方，都存在水打沟问题。因为，只要是坡地，水打沟就存在。它是我们东北黑土地区水土流失问题的集中表现，是造成坡耕地黑土层逐年变薄，土壤有机质流失严重的罪魁祸首。

刚入驻东明村的时候，老刘书记就和我讨论过治理水打沟的事情。他说："我们弄了好几年水打沟，一直效果不好。这水打沟真是让人头疼的问题，到底怎么做才能从根上彻底解决水打沟造成的水土流失等一系列问题呢？"当时，我也没有在意，没有多想，根据他说的情况，结合自己平常的了解，就简单地介绍了一点点黑龙江省依安县的"插柳治沟"和黑龙江农垦的"废弃杆棵填埋"等做法。现在想想，其实，治理水打沟问题的方式方法有很多，但是要想根治，仍需我们不断地进行实践性探索。从目前已经掌握的情况看，较为稳妥、好用的办法还是采取工程和植物措施相结合的方式，封闭填平沟道，才能在一定程度上延缓、控制水打沟不断发展。

正是基于此，老刘书记和我热情、认真地接待了市局来的人。整整一上午，在村办会议室，我们共同研究，按图落实项目工程的每个细节问题。吃过午饭后，老刘书记、我和工作队队员张军同志，陪同市局来人一起实地探察了几处现场。最后回到村部商定，全村总计治理水打沟 10 余条，修筑水漫桥、路涵、跌水、护坡等 30 多处，修建作业道路 2 万多延长米，并商定，明天市里再派人来，重点对东山里的几条水打沟进行实地测量。

夜已深深。窗外，树静，无风。月光，斜斜地照进村办，照进农家。几颗星星挂在天际，在月光中显得不怎么明亮，但很温馨。

不写了，累了。关机，关掉电暖。睡觉去，与所有在家忙碌一天收秋的东明人一起圆一个美美的梦。

相信，明年，我们东明的农田路一定有一个崭新的面貌！

三十九

2021 年 10 月 22 日，夜，晴。

今天，又是一个晴朗朗的天。

早上不到六点，一条信息提示声惊走了我的梦。我拿起手机看了看，是一位老友发来的早安问候。

"时间冲不淡友谊的酒，距离拉不开思念的手，不管你离我多远，美好健康我们天天都拥有。老友，早上好！"还有一个小太阳、一盏茶和一个拥抱等符号，一闪一闪的。我揉了揉眼睛，看了看，很温馨，发自内心地笑了笑。

也记不清有多久了，我们二十几位老友，每天早上起来第一件事，就是不管文字也好，图片也好，找一个自己满意的，或者自己上手编上几句，发给对方，相互问候一下，到现在，已经成了约定俗成的习惯了，更准确地说是已经成为我们生活的一部分。

记得，很早的时候，我女儿问我："老爸、老爸，你天天早上起来第一件事就忙乎这个，到底有几个意思呀？"我看着她那不是不懂的样子，心里想，这是明知故问呀，这哪是在问我问题，是转了个弯弯，在拷问我是否老了吧。我会心一笑，不假思索地回答她说："我们做这事情，也没什么，很简单,就是两个意思。一是每天相互打声招呼,问候一下。二是互报平安,告诉对方,我活得很高兴、很快乐、很健康。"女儿听了,撇了撇嘴,笑了,再也没有问什么。

其实,生活本来就是这个样子,要不,怎么叫自娱自乐、丰富多彩呀。

明天就是霜降了,是秋天的最后一天,过了明天,冬天真的来临了。正好,今天村里又停电了。吃过早饭,我和队友吕行同志决定去两公里外的土窑子屯转转,进行一下家访,了解了解今年种地收成的实际情况。

还别说,研究生就是研究生。入村已经快四个月了,通过各种工作的接触和锤炼,吕行这个大孩子与刚来时相比,已经长大了不少,成熟了不少。干起活儿来,一是一,二是二的,从不藏奸耍滑卖乖。尤其是各种材料撰写功夫,进步很大,看情景能够单独挑起一摊工作了。这不,我一说去土窑子家访,他二话没说,爽快地答应了。

通过一个上午的走访,我们进一步了解到,今年各家各户的土地收入各不相同,大部分家庭收入还很乐观。预计大豆每公顷纯收入在 4000 元以上,最好的达 6000 元。玉米还没有开镰,预计每公顷收获 10 吨左右。个别家庭因水灾等因素影响,大豆、玉米每公顷收入有限,大豆每公顷收获 1.5 吨左右,玉米在 7—8 吨左右,加上地补和粮补,几乎处在保本线左右,白白地辛苦一年,连人员费用(相当于工资)都没挣回来。

下午,老刘书记开着车,拉着我一起去科洛镇政府,参加了黑龙江省委组织部、省财政厅、省农业农村厅在齐齐哈尔市组织召开全省发展壮大村级集体经济经验交流现场会。省委组织的这次会议,具有重大现实和长远指导意义。什么抓好农业产业培育,什么抓良种、抓规模、抓加工、抓品牌、抓市场,什么抓好各具特色的区域性农业产业化项目建设,等等,都能为积极稳妥深化农业农村改革,进一步激发农村资源要素活力,大力发展农业农村现代化建设,实现共同富裕目标加油助力。尤其,全村的村民在村集体带领下,自愿合资合股,集中土地,适度规模经营,提高产能,提升效益,实现集体经营的路子,非常适合我们东明村的村情。

好事,确实是件大好事。但是不能生搬硬套,好事要做好,好事就要慢慢地来,要一步一步地走,"水要一口一口地喝"嘛。

期待着!

夜已深了。

推开窗户,天上的月亮真好!想此刻,在全国范围内,一定还有许多我们驻村的同行，在某村、某院或者某个屋内，如这明亮的秋月一般，走着、坐着、思考着，持续不断地散发着无限无垠的光辉。

不想了，再想就兴奋了。关窗，睡觉。

四十

2021 年 12 月 3 日，午，晴。

记得 11 月 14 日嫩江市委组织部驻村办下发了通知，前几天，又在工作群里提醒"省级脱贫攻坚成果后评估（成效考核）工作即将开始。"

时间紧，工作多，加之年关来临，任务着实很重。好在一直驻村的张军同志和远在黑河的吕行同志克服困难，一直在准备迎检工作，基本完成了重点工作整理：

一是东明村 2021 年村集体收入约 61 万元。其中，机动地发包约 42 万元，羊舍出租 1 万元，光伏发电项目约 18 万元。原有贫困户 34 户、54 人，其中，60 岁以上 36 人。在 34 户脱贫户中，无义务教育阶段学生。因此无义务教育阶段非身体原因辍学现象。村内居民全员参加基本医疗保险，缴费标准为 320 元 / 人，其中贫困户自缴 110 元 / 人，村内自有资金补贴贫困户 210 元 / 人。在入户调研交流中得知村内居民都认可基本医疗保险，即便取消补贴依然会选择参保。

二是村内无住危房的情况。在脱贫攻坚期间，购置住房 9 套，补贴标准 3.5 万元，面积 40 ㎡ / 套，免费给生活困难的群众居住。村内已实现每户通水，自来水入户比例为 100%，水质良好，每日早晚两次集中供水，无季节性缺水情况。

三是在脱贫攻坚期间，村内发展地栽木耳、光伏发电及羊舍等项目。其中，光伏发电项目投资 202 万元，占地 5982 平方米，年收益约 28.5 万元；2019 年新建黑木耳种植棚 6 栋，晾晒棚 6 栋，占地 3240 平方米，年可养殖黑莓木耳菌包 12 万包；羊舍项目占地面积 1000 平方米，养殖舍 4 栋，库房 1 栋，可饲养规模为 800 只。目前，受生产成本、市场因素及地理位置等因素制约，地栽木耳及羊舍项目效益一般，目前处于发展起步阶段。本村 34 户脱贫户全员享受分红，其中，2020 年光伏发电项目为 1800 元 / 户，羊舍项目 260 元 / 户，地栽木耳项目分红 600 元 / 户。2021 年光伏发电项目分红

1800 元 / 户、羊舍 260 元 / 户。

四是近年来村内发展农民种植合作社 2 个，苗木种植合作社 1 个，以及家庭农场 4 个。与脱贫户利益联结机制主要为雇佣有劳动能力的贫困户参与劳作，劳动报酬约为 80—100 元 / 天 / 人不等。从实际效果看，带动增收效果较好。

五是在防止返贫动态监测方面，一方面通过自我排查，建立动态监测机制，村两委及工作队定期入户走访，了解脱贫户住房、饮水、医疗、教育、健康、收入及支出情况。另一方面通过政府有关部门推送，如残联、民政局、医保局等单位定向推送，综合掌握脱贫户情况，经村民代表大会讨论制定有效的帮扶措施。在帮扶工作方面，实行多措并举，形成合力推进工作机制，即针对弱劳动力脱贫户，提供公益性岗位进行帮扶。村内合作社及致富带头人提供工作岗位帮扶。地栽木耳项目雇佣有劳动能力脱贫户，提供工作岗位进行帮扶。通过村内光伏发电、羊舍等项目分红进行帮扶。大病险、基本医疗保险政策帮扶等。目前，村内不存在三类对象，即未脱贫户、监测户、边缘户。

静静的村办走廊上传来了动静，好像有人来了。

四十一

2021 年 12 月 29 日，晚，晴。

室外天气已经"入九"，气温仍维持在最低点，零下 30 几摄氏度，体表感觉还是很冷、很冷的。

昨晚九点多，我在嫩江市办完双发屯巷道立项事宜后回到家里，终于可以好好地休息几天了。

近一段时间来，为了修筑东明村双发屯 2.2 公里巷道事宜，我们先后数次奔波在东明村与嫩江市之间。记得，最早的一次，是我们刚刚入驻东明村不久的去嫩江市有关部门拜访那次。而后，我们又去了几次。最近一次是前几天，我与工作队员张军同志一起去了市乡村振兴局。当时，振兴局宋主任和主管项目建设的闫爽同志热情地接待了我们。

我们用了近一个上午的时间，分别对巷道修建项目、小微加工项目等进行了较为广泛、深入的研究与探讨。通过这次交流，宋主任和闫同志的大量有益建议，拓宽了我们的视野，助力了我们驻村工作的有效开展，可以说，这对我们东明村下一步的振兴与发展，裨益良多，作用很大。

从市里回到村里后，就双发屯巷道修建情况与老刘书记共同研究了一下，我就马上打电话，向科洛镇党委书记王钟山同志进行了详细汇报。随后，王钟山书记安排副镇长杨才林同志负责，与镇里负责项目管理的小潘同志一起，在第一时间展开了巷道修建项目列入2022年嫩江市项目管理库中的前期准备工作。

前两天，才林副镇长打电话过来，非常高兴地通知我们，双发屯的巷道修建项目已经成功地列入了市里的项目库。

好，非常好！干得漂亮！我们工作中的一项重点工作又一次成功地落地了！

昨天，我又一次到了嫩江市相关部门，进一步进行了沟通。看样子，这个项目审批还需下一番功夫和力气，反正，好事多磨。

其实，细细想来，修建双发屯巷道的事真的是个问题，是个亟待解决、涉及民生的大问题。不是吗？小小的巷道修建，可以说基本解决了如下两个方面问题：

一是解决了村民的"急难愁盼"问题。自我们进驻东明村后，村两委就把修建双发屯巷道的问题作为村里工作的"短板弱项"，正式向我们工作队提了出来。进驻一段时间后，尤其通过家访，村民把修路的事情当作多年来的"急难愁盼"问题，当面向我们提出，希望我们把问题解决在这届工作期间。尤其，今年夏季，东明村接二连三地遭遇了暴雨洪水袭击，整个夏天连同一秋，我们工作队办公室电话不断，村民反映不断。就连我们到嫩江市、黑河市学习培训的短暂时间内，要求修路的电话也从未断过。更有甚者，有个别村民，在家喝完酒后，带着一肚子气，浑身沾满泥水，到村办找我们工作队或村委，强烈要求修路。

二是解决了村民最关注的民生问题。村内的路、树等是农民正常生活生产的基本保障，事关农民的切身利益。如何以乡村振兴为契机，聚焦"急难愁盼""短板弱项"，积极为村民排忧解难，双发屯巷道修建项目是尤为关键的。双发屯是东明村三个自然屯之一，常住户数和人口占实有户数与人口的80%以上，占全村总户数540户、人口1800人的近三分之一。目前，其他两个自然屯已经完成了巷道的硬化工程，只有这个屯至今还是泥土巷道。尤其，农忙季节，村内土质巷道，逢雨天就是泥泞难行，遇旱天满身灰尘泥土，严重地影响了村民的生产和生活，早已成为广大村民内心深处迫切要求解决的最大民生问题。

正是基于这两方面考量，我们必须积极协助村两委，立足实际，积极工作，为项目的早日实施尽最大的努力。目前，项目已经进入了审批阶段，还需继续做好跟进工作。

马上就到元旦了，转眼就是半年。好在这一大段时间，我们的工作总结、来年工作重点、考核材料和各类个人相关材料等，逐一有序完成。

"天时人事日相催，冬至阳生春又来。"还有三天，琐琐碎碎、无法重启的2021，虽有些不舍，但要说再见了。

雨雪风霜无所谓，岁月流水不堪惧。是呀，想一想，任何一位夜行的人都能迎来天明，任何一缕撕开雾霾的光都将绚烂无比，无论你是谁，只要走过了年关，定有一个满满的新的开始！

岁月常洗涤，诸事皆如意。2022，如山，隐隐向上；似水，负重前行。只要我们坚定信念，脚踏实地，一路向前，2022可期，2022不负。2022，一定是天增岁月人增寿，富康的一年！

四十二

2022年1月5日，晚，晴。

今天，小寒，再过几天就到腊八了。室外气温仍维持在最低点，几近零下40摄氏度，真的感觉很冷、很冷，似乎把心底都冰上了。

几日来，虽然我们室内用的是电地热取暖，预设温度在36摄氏度左右，但是，因走廊、厨房没有地热取暖，加上村部是由原来的学校改建而来的，墙体薄、窗户透风和没有黑棚等因素影响，我们办公室室内温度与室外气温比赛似的，一直维持在14至17摄氏度。我们的宿舍也还能对付，上下、前后、左右，除了下面地表电热外，其他五面寒凉阵阵，最高温度也就在17摄氏度左右。尤其，1月3日，我们辛辛苦苦修建的室内卫生间因入室的自来水在穿墙地下一截全部封冻，水没了，卫生间彻底"罢工"。

真正的考验来了。但是想想在村里居住的几十户村民，这种考验也就不算什么了。我们三人简简单单地碰了一下头决定，在这最寒冷的一、二月内，没水，就去徐大哥家里拎。洗漱，就在宿舍自行解决。如厕呢？大号，就去几十米外的公厕解决。小号，白天公厕；夜半，全副武装，到室外房后解决。吃饭，能去村里伙食点吃的，就去吃；不能去的时候，就用方便面解决。至于住宿问题，根据村里的实际工作需要，我们三人轮换，确保至少有一人常住村里，绝不影响各项驻村工作正常有序开展。总之，我们就是坚守一个原则，绝不能因个人生活问题，影响我们的整体驻村工作。

还好，两个大孩子都很支持，并坚定地表示："队长，你放心吧，我们绝不给你丢脸，绝不掉队！"

是呀，对于已经习惯了城镇生活的我们，这样的驻村生活真的很难得，我的好队友，我的好伙伴！

不是吗？什么环境造就什么样的人！一方水土养一方人嘛！半年多，我们工作队三人，尤其两个大男孩，一起努力，积极协助老刘书记领导的村两委，基本上完成了驻村各项重点工作。

1. 稳步推进党建工作。按照要求积极开展党史教育，深入学习，坚持理论联系实际学党史，不折不扣贯彻落实镇党组织各项工作部署。目前，在每年发展 1 名党员的基础上，2021 年发展党员 2 名，补充了党的力量，壮大了党员队伍。

2. 持续巩固脱贫攻坚工作成果。在防止返贫动态监测方面，我们一方面通过自我排查，建立动态监测机制，配合村两委定期入户走访，了解脱贫户的住房、饮水、医疗、教育、健康、收入及支出情况。另一方面，通过政府有关部门推送，如残联、民政局、医保局等单位定向推送，综合掌握脱贫户情况，经村民代表大会讨论，制定有效的帮扶措施。目前，全村不存在三类对象，即未脱贫户、监测户、边缘户。

3. 推进公益基础建设和民生工作。在农田路建设方面，我们利用有限资金，对因洪水冲毁的路涵进行了抢修，有效地保证了全村农户的秋收工作。在人居环境整治工作方面，狠抓村容村貌和垃圾处理等工作，基本做到"绿化、美化"要求。在民生项目建设工作上，我们多次往返嫩江市、科洛镇和东明村之间，对通村南沟桥、后沟桥修建和双发屯巷道建设等项目尽心尽力。目前，高标准农田建设改造、南沟桥项目已经立项，双发屯巷道建设已列入市项目库。

4. 持续助力驻村帮扶工作。我们的派驻单位先后多次入村看望、指导驻村工作，帮助解决驻村工作队生活、工作难题。尤其，嫩江市委组织部、嫩江市司法局积极协调嫩江市有关部门，助力驻村工作队和村两委解决民生难题。黑河市司法局牵头，市委组织部、党校支持，多方筹集帮扶资金 2 万多元，为东明村修建室内卫生间 1 座，埋设法治宣传牌匾 6 块。

5. 有序推进村务治理等工作。依法推进各项重点工作，如机动地发包、农田路抢修等，依规有序开展工作，确保广大村民知晓、满意。在防灾救灾工作上，全力以赴做好防汛、抢险、救灾防范应对工作。在生产安全和护林防火工作上，严把安全关，落实一岗双责制度，保障村内各项工作有序推进，对重点部位、重要场所，死看死守，基本做到无死角、无漏点。

半年来，我们从陌生到了解，从不适到熟悉，慢慢地融入了村里的各项事业和生活。尤其，两个大孩子，与刚刚驻村时相比，都发展了不少，进步了不少。

环境锻炼人，更能成就人！

四十三

2022 年 1 月 12 日，晚，雪。

常言道："腊七腊八，冻掉下巴。"今年还行，除元旦前后非常寒冷外，今年的腊七腊八，倒是表现得有些平常，不那么冻人，不那么冷寒。只是因久坐驻村办公室里的缘故，虽然长版羽绒服从没离身，但是手与脚还是冰冰的、凉凉的。不过时不时地哈上几口气，也就没有什么事了。

冷是冷了些，但是年关已近，村里的一些工作也就更急迫了一些。走访慰问、工作验收、年度考核和土地发包等工作都密集地挤进了我们的驻村工作日程里。

近期，国有土地发包工作是重中之重。全村国有耕地 1.5 万亩的发包主体是村集体，定价、收费却是嫩江市财政。发包方式为一年一发包。而村里只留取 7% 的提成，算作补充了集体收入。今年，虽说市财政在去年的基础上每亩地涨了 30 元钱，又给我们增加了一些收费难度，但是，考虑到市场粮价、土地发包行情等因素，在镇政府、村两委通力配合支持下，广大村民还是在几天内，将 120 多万元的承包费按期交到了市财政专户里，并按要求签订合同，较为圆满地完成了国有土地发包工作。

走访慰问，也是我们的工作重点之一。虽然，我们驻村的工作经费有限、个人补助至今也没有到位，但是工作不能等，该干的工作必须要做。我们工作队三人商量后一致同意，节前的走访慰问工作宜早不宜迟，该做必须做，且立马就做。经与老刘书记、晓燕和大华商量，实由我们工作队个人自费，名义上以黑河市委组织部、党校和司法局积极筹集资金 1500 元的形式，委托我们驻村工作队和村两委代表，购买一些生活必备的农产品，慰问了一直在村内居住的低收入的老党员、老龄人、五保户和低保户。每个屯子选几户，不偏不倚，真正把温暖送到有需要的农户中去，让村民们切实地感受到组织的关心和爱护。被慰问的农户们纷纷表示，感谢各级组织和村集体的关心，并诚挚地希望 2022 年全村的经济发展有更大的进步。

扶贫验收和驻村工作考核，是对我们所做的工作进行一次全面检验，目的是强化问题导向、效果导向，以利我们更好地开展工作。尤其是扶贫验收工作，是事关上一届驻村工作队和村两委整体工作的大事，容不得半点马虎大意。为此，我们提高站位，打起百分之二百的精神，全力投入，配合村两委，做好迎检迎考的工作准备。

一是严格按照要求，坚持宁多不少、求精求细的原则，全面系统准备好相关材料，包括汇报、工作卷宗、工作视频台账和各类档案等。

二是高标准准备好现场，如会议室、入户、谈话室等，会标、用品、拍照等。

三是其他临时性工作。

抬头看看窗外，夜色渐浓，不远处，有点点荧光，在皑皑冬雪中闪烁，那可能是还未入眠的农户吧。

不写了，有点冻手冻脚的。

关灯，睡觉去吧！

四十四

2022 年 1 月 18 日，晚，晴。

几天来，忙忙碌碌的，感觉也没有做什么，但是，时间却悄悄地过去了。

今天，市里通知我们，黑河市扶贫验收工作组不来了，我们准备了很久的扶贫验收工作，可能因时间关系，黑河市验收组没有到我们科洛镇来，也就没有入我们村验收了。

昨天早上刚起来时，嫩江市委年度驻村考核工作组打来电话通知，预计下午一点半左右，来我们村对驻村工作队进行整体年度考核。

好在这几天，在村两委各位同志、刘老书记等人的强力支持下，我们的迎检工作已经差不多了。整个考核工作由老刘书记主持完成。

下午不到两点的时候，市委考核组在科洛镇党委副书记李秀陪同下，来到了我们东明村。刚走进会议室，考核组组长张寒冰环顾一下落座三十多人的会场，非常高兴地说："让大家久候了，各位辛苦了。"在大家热烈的掌声中，按照要求程序，我们的考核工作正式开始了。

考核了两个小时后，考核组组长张寒冰当面给了我们考核反馈。他说："通过入户、测票、个别谈话等形式，整体考核效果很好，大家非常认可你们的工作。"同时，他代表考核组衷心希望我们持续巩固成绩，与村两委密切团结，进一步努力学习、努力工作，不辜负广大村民的希望，为新时代美丽乡村建设继续贡献更大的力量。最后，我们又一起商定一下其他工作。

忙碌的一天，在不知不觉中过去了。

今天早起，我和吕行一起去镇里办事。办完事后，吕行直接去了市里报我的第四季度考核材料。而我，约定与北大荒集团山河农场有限公司翟总和农业生产部长一起踏查一下我们将要承包的用于试验田的土地。

这一天天的，可真的忙人呀！但是，正如古语所言："路虽远，行则将至；事虽难，做则必成。"只要每一名驻村干部都有愚公移山的志气，滴水穿石的毅力，脚踏实地，埋头苦干，积跬步以至千里，那么，我们就一定能够把既定目标变为美好现实。

我坚信。

四十五

2022 年 2 月 20 日，晚，晴。

2 月 16 日，嫩江市召开了农业农村工作会议。

2 月 17 日，我们东明村召开了党支部委员、村委员会议。

2月18日，科洛镇召开了贯彻落实市委农业农村工作会议。

尤其是昨天，全村最为重要的村民代表大会如期召开了。全村三个自然屯的几十名村民代表，一个不少地参加了会议。会议上，我们就如下几项工作进行了广泛而深入的讨论。

一是村集体机动地发包定价问题。

二是人居环境整治相关问题。

三是扶贫项目木耳种植大棚转产、羊舍启动问题。

四是闲置大棚盘活问题。

五是相关基础项目建设问题。

六是信访稳定问题。

参会的各位代表恪尽职守，对会议事项逐一研究，分项研讨，认认真真，按照法定议事规则行使权利、履行义务，真正体现了党组织领导下的民事民议、民事民决、民事民办。

2022年的几项重大事项，就这样在各位村民代表举起的手中一项接着一项地通过了。

是呀，虽然说村务治理工作做起来真的有一定困难，但是，只要我们心中装着百姓，只要脚踏实地为每位村民做事，我们的工作一定会得到百姓支持的，一定会有声有色、实打实地干下去，会干好的！可以说，这次会议通过的，就是2022年度我们全村的中心工作。

其实，多开些会议，是非常必要的。怎么说呢？通过各个层级会议的及时召开，让我们懂得了会议召开的意义、会议工作部署和会议具体要求及注意的事项等，这是最基本的东西。有些会议的召开，是为了让我们专门学习、提高思想认识和工作经验的，如党课、各类表彰、经验交流、警示教育等。有些会议的召开，则是为了让我们更好地结合实际，做好当前、未来具体工作的，如某某工作会议、推进会议、总结会议等。还有一种会议叫以会带训。可能是我的工作缘故吧，从刚上班时候不理解为什么总开会、不愿意参加会议，到现在，反倒愿意参加会议了。可以说，现在，只要工作时间允许，哪怕工作有点忙，我也主动、自愿地压缩一些时间出来，能尽量参加会议就尽可能参加，亲耳聆听会议主要内容。参与了，总比不参与要好得多。

不写了，有点冷，有些累了。看看窗外，早春的晚上，清冷、宁静。

四十六

2022 年 2 月 22 日，夜，晴。

春节快过去了，我们的驻村工作也该正常了。

为更好地工作，理理思绪，看看今年都能想些什么或者做些什么。

琢磨了很多天了，2022 年我本人的驻村工作计划才想了出来，呵呵。

根据黑河市、嫩江市两级驻村办工作提示和驻村工作队职能要求，在认真总结 2021 年驻村工作已取得经验的基础上，拟定 2022 年工作计划如下。

一、总体要求

严格按照规定，恪守四项基本职责，结合实际，重点聚焦全村突出问题，发挥工作队优势，帮助村支委和村委会出主意、想办法，全力支持村组织开展各项工作，为全村建设与发展拓展思路、增添活力，切实提高全村党建、村务治理能力，以更高的标准、更严的规范、更好的态度、更实的作风，想事干事，助力东明经济社会事业建设再上新的台阶。

二、工作目标

在新的一年里，结合市、镇"过渡期"内重点工作，在党建、止贫监测、农业发展、村务治理和民生建设等方面，全力助力村两委，与工作队其他两位同志一道踏实工作，克难攻坚，推进东明村各项工作稳定有序发展，并取得预期成效。

三、重点工作

1. 抓党建，保发展。聚焦政治引领，把加强党的全面领导贯穿各项工作环节，确保各项工作立场不移、方向不偏、动力不减。聚焦素质提升，积极打造学习型、开放型和实干型团队，在理论和群众间牵好红线，使高深理论走入田间炕头。聚焦作风建设，积极开展作风整顿活动，抓好重点任务，深化落实，进一步把党员的标准立起来，把党组织的形象树起来。聚焦服务发展，深入实施"党建加工程"，形成"党建服务经济"的格局。聚焦群众期盼，探索建立"我为群众办实事"长效机制。聚焦标准提升，加强党员队伍建设，发挥党员先锋模范作用。

2. 严监测，守发展。防止返贫，实施动态监测工作是一项复杂、艰巨的任务。根据市镇要求，针对东明实际，严格落实"四个不摘"，持续强化"三落实"，进一步把牢监测关口，建立健全动态监测帮扶机制，落实落靠教育、医疗、住房、饮水等各项政策，精准施策，侧重效果，做到整体推进与"插花"帮扶并重。进一步加强产业项目、庭院经济、社会救助等十项增收举措的实施推进，严防规模性返贫，坚决守住扶贫攻坚胜利成果。

3. 重民生，促发展。民生工作，是我们驻村工作的基础。事关民生工作的方方面面，今年要重点突出农业生产、人居环境整治和民生项目建设三大方面工作。在农业生产上，紧扣春播、夏管、秋收和农产品营销四大环节，做好农服工作。在人居环境整治上，围绕绿化、净化和美化三大主题，全面建立健全领导干部分工包保机制，切实推动环境整治工作再上新台阶。在民生项目建设上，积极向镇、市里的相关部门争取政策，力争在黑土地高标准农田路修建、双发屯巷道建设、东明农服中心等项目上实现突破。

四、保证措施

1. 进一步加强理论学习，努力提高政治思想素质。

2. 进一步加强专业学习，努力提高工作适应能力。

3. 进一步严格约束自律，努力做名合格的驻村干部。

4. 进一步加强集体意识，努力做名合格的驻村"头雁"。

夜深了，室内很冷很冷，手和脚凉凉的，真道是："物有甘苦，尝之者识；道有夷险，履之者知。"

不想了，也顾不得了，上床睡吧！

四十七

2022 年 2 月 27 日，晚，晴。

几天前，我去了一趟嫩江市农业农村局、乡村振兴局和植保站，咨询了一下黑土地保护高标准农田路建设、两个桥建设、双发巷道建设等项目，农作物轮作补贴和土地发包等系列事宜。

嫩江市农业农村局负责农业补贴的曹晓冬同志，乡村振兴局负责涉农管理项目建设的闫双同志，植保站的教授级高级农艺师董爱书同志等热情地接待了我们，并就相关事宜给予了具体而明确的业务指导、答复和建议。同时，在与各位领导同志的接触中，我获知一个大好消息：我们嫩江市委组织部、驻村派驻办的张寒冰同志，因工作表现突出、业绩优异，被市委提拔为嫩江市委组织部副部长。

说起寒冰同志，我们是在进驻科洛镇东明村第一天的新老工作队交接会议上认识的。那天，他作为嫩江市委组织部驻村派驻办具体业务的负责人，陪同嫩江市委组织部部长作为迎接一方参加了会议。自那以后，我们一直称呼他为我们的张主任。

我们这个张主任，是一个很优秀的人。从相识到现在，虽然时间不长，但是，我们之间的工作联系极为密切。从驻村每一项重点工作贯彻落实，到贴心地为我们每一个驻村工作队员指导服务，从帮助驻村工作队与嫩江市政府各部门综合协调，到扶贫政策实施和民生项目管理规范建设，一处处、一件件，无不充分体现着张寒冰同志与他领导下的驻村派驻办全体同志，脚踏实地谋事干事、一心为公为民。

说真的，印象中的张寒冰主任切实把自己当作驻村工作队的一员，把驻村工作队及队员的事当自己的事。他的提拔重用，虽说不再分管各个驻村工作队的工作，但是，这恰恰表明市级党组织对其人的综合素质和能力的肯定和认可，是对全市驻村工作真正重视的体现。

不多说了，这样的优秀同志不论在哪儿，在什么工作岗位上都行，一定行的。最后一句话："由衷地恭喜，恭喜！"

另外，关于项目建设问题，几个项目都在正常处理中。关于农业种植补贴的相关政策，现在情况的大意是：地力补贴维持上年标准不变。耕作者玉米、大豆补贴基本维持上年度水平，可能有所涨幅，但是幅度不大。轮作补贴，因为前年个别乡镇执行落实不好的问题，去年被黑龙江省列入黑名单，暂停执行。今年给与不给，目前还没有明确的说法。如此看来，今年的地价行情真的不好确定和把握，我们根据全村情况，在心里大概估计一下，今年，全村所有村民流转的土地价格最低不能低于1万元/公顷。这样下来，今年的地也不怎么好种，种地的成本又增加了。加之今年农资价格的增幅不小，直接种植成本和间接成本双增长的影响，直接从事种植的农户压力不小。但愿老天眷顾，秋天送来一个好收成，市场给个好价钱，换来个实实在在的"双丰收"。愿我们流转土地的所有村民多收入一些，所有种地的人都能持续增收！

不想了，再想下去就得失眠了。

时已入夜。

四十八

2022年3月2日，夜，晴。

上月20几日，我从嫩江市回来，在土窑子遇到了种植大户范国良同志。刚一照面，他就迫不及待地笑着问："老高书记，咱这农田路到底能不能修了？""你问这事干吗？"我笑着反问。"修路可是大事、正事，俺能不惦记吗？再说，我那地里的路实在不行了，再不弄，就耽误种地了。"他不假思索地回答说。"从目前掌握的情况看，今年不出意外的话，应该能修上，你就把心放肚子里吧！"我看他那样子，认真地对他说道。"那可太好了。有时间，我请你们喝酒，老高书记！"他高兴地说。"行，得等道路修成了，再说吧。"说完，我们都笑了起来。就这样，我们站在路边，聊了包地、聊了种地，聊了很久很久，才各自分开。

上月26日下午，科洛镇党委副书记李秀同志突然给我打来一个电话。在电话中，他说："高队长，有一件紧急的事情通知你。经我们党委研究决定，在'两会'召开期间，辛苦你一下，从明天开始，先指派你代表我们科洛镇，前去九三火车站进行信访维稳值班工作。等过几天，我们再派人前去，接替你回来。"

"好的，听从组织安排。"我回答后，收起了电话。

昨天，在村里就听老刘书记说了，这几天，他和村委委员李广阳同志马上就要动身，一起去山东，对我们村的一位老信访人员实施居住地管控。没有想到，刚刚不到一天的工夫，老刘书记他们还没有动身，我就首先进入了异地信访维稳岗位了。

也是，信访维稳，本就是驻村第一书记的重要职责之一。毕竟，信访工作是党的群众工作的重要组成部分，事关群众切身利益和社会和谐稳定。它一头连着党委政府，一头连着人民群众，是社情民意的"晴雨表"，更是我们基层干部作风的"试金石"。尤其像我们这样的在农村一线的驻村干部，这项职能工作任务显得尤为重要。只要我们严格按照"属地管理、分级负责"

和"谁主管、谁负责"的原则要求，主动扛起责任，守牢自己的工作岗位，把工作做实做细，相信我们的信访维稳工作一定不成问题。

接到电话的第二天，我早早起来，坐车到了九三火车站。

九三火车站位于嫩江市双三镇，地处讷河市、嫩江市之间，是齐齐哈尔至加格达奇铁路线上较为重要的客货运节点站之一。每天在站内停靠的南至齐齐哈尔、北至加格达奇的客车各有三趟。其中，在南至的三趟客车中，有一趟客车直达北京。

好在因工作缘故，我对九三火车站还是很熟悉的。下车不久，就与站内服务人员熟络了起来。同时，我邂逅了一位老熟人徐永亮同志，他也是被派来负责火车站信访维稳工作的。

夜深了，该洗洗涮涮休息了。

四十九

2022 年 3 月 24 日，夜，雨夹雪。

信访值班工作结束了。在此期间发生的故事确实不少，但是碍于工作要求，在日记中就不表述了。终归一句话，一切的一切，平平安安地过去了。

几天下来，真的忙乎人。但是仔细想想，也没什么实质性内容，反正就这样一般般地晃荡过去了。

几天来，我脑袋中总有东西时不时地晃过。今日坐在电脑前，摸过键盘，思绪的闸门不由自主地打开了。

人们都说："人勤春来早。"是呀，东明的春，比我们想象中来得更早。

入春以来，我们驻村工作队严格按照"驻村工作队四项职责"要求，积极协助村两委，扎实有效贯彻落实嫩江市、科洛镇党委、政府两级农业工作会议精神，高标准落实备春耕生产工作，抢前抓早、统筹谋划，同心勠力，在全村掀起了备春耕热潮。

一、精准规范土地市场，保证各方利益均沾

土地的发包流转，是农业生产环节中的关键，是顺利进行的基本保证。我们东明村两委紧盯今年初春区域内土地市场变化，坚持秉承历史、立足实际原则，在充分借鉴周边村镇土地市场成功运作的经验基础上，精准施

策，规范操作，高质高效地完成村国有土地承包收费和村集体机动地竞价发包工作。尤其村集体机动地竞价发包工作，是东明村推进土地经营市场化，实现村集体和农户"两个增收"的主要内容，直接影响到村集体、农户流转土地的价格，是全村上上下下共同关注的热点和焦点。我们村两委高度重视此项工作，认真履行"四议两公开"法定程序，通过每公顷1万元底价竞价招标会议的几轮竞标，以最高价每公顷1.1万元中标，圆满高效完成机动地竞价发包工作，为全村土地承包流转工作有序展开奠定了基础，有效地保证了村集体、承包方和土地流转方等各方的利益。

二、多方合力筹备农资，备耕生产热潮炙人

今年以来，随着国际国内市场环境不断变化，尤其，粮食、原油价格疯涨，与之相关联的化工产品价格水涨船高。针对目前诸多不利局面，我们驻村工作队与村两委商议决定，召开了由种植专业合作社社长、种植家庭农场场长和种植大户代表参加的农资采购工作研讨会专题商议，全力推进东明村春耕化肥物资保障供应问题。经过大家广泛深入研究商议，会议达成了共识：当前的首要工作是必须加快生资储备。即多方发力，积极采取集中和分散采购相结合的办法，尽快按计划把全村的春季用肥工作落实到位，确保农时不脱节，全力打好春季农业生产攻坚战。

会后，我们驻村工作队和村两委和议，专门指派驻村工作队队员张军同志即刻前往国内多家肥料企业进行接洽，无偿协助自愿统一采购的种植业户，开展农资化肥集中采购事宜。目前，张军同志历经艰辛坎坷，不负众望，为种植户集中采购农资化肥100吨。用村里种植大户李某华的话说："咱驻村工作队张军同志，太行了！他不顾安危，无偿奔波，替我们采购的化肥货真价实，保含量、保质量，价格还便宜。不说别处，就和当前嫩江农资经销商拿货到家的价格相比，每吨至少省300元，相当于我们没等种地，就赚了3万多元利润。"

三、严格农机农具检修，备战春耕安全生产

为确保全村春耕生产顺利进行，我们驻村工作队密切配合村两委，与全村有机农户一道，始终坚持"安全第一，预防为主，综合治理"的方针，全面落实农机安全生产责任，确保春播期间农机安全生产形势持续稳定。我们和村两委根据全村三个自然屯的实际，采取分片包干的形式深入到农户，具体负责各农机户的农机农具检修服务指导工作，确保全村农机具全部达到完好状态，保证各类农机具以最佳状态投入春播生产。

下一步，想想，还有很多很多。但是，我们驻村工作队将密切配合村两委，在农业生产的良种精选、化肥农药减量增效、备耕管理、节粮减损等工作上下功夫，深入开展好助力农户春耕工作，为全村现代化农业建设再上新台阶贡献新力量。

看窗外，静悄悄的。想是我们的老百姓早早地就睡着了，我似乎能听到他们时续时断的呼噜声，甜甜的。

五十

2022年4月2日，晚，晴。

三月，匆匆而过。四月，悄悄来临。

这个早春，在不知不觉的忙碌中过去了。蓦然回首，竟然想不起来都忙乎了些什么。静下心来，细细想想，归拢一下，还真有几件事情需要记录下来。

在党建方面，村支委先后开了几次会议，统一思想认识，明确了重点工作。概括起来说，就是强调要坚持党的领导，加强党的建设。通过会议学习，我们深刻认识到，抓好党建思想政治工作是持续巩固扶贫攻坚成果的必然要求，是推进乡村振兴的重要保障。立足当下，我们必须努力提升政治站位，强化思想认识，深刻领会新形势下抓好全村党建思想政治工作的重要意义，聚焦政治引领，聚焦素质提升，聚焦作风建设，聚焦服务发展，聚焦群众期盼和聚焦标准提升，加强党员队伍建设，发挥党员先锋模范作用。

在春耕生产、人居环境和其他工作方面，按照村两委年初既定的各项目标，我们有条不紊地推进、落实着。尤其在人居环境建设上，虽然我们面对的新情况和新问题较为复杂棘手，但是，在镇党委的强力领导下，村两委班子、镇包村领导和我们群策群力，心往一处想，劲儿往一处使，密切团结广大村民，利用几天时间，针对三个屯的巷道、边沟、村民的房前屋后等地，开展了一次轰轰烈烈的春季人居环境大整治"歼灭战"，并取得了一定的预期效果。

在我们承包土地，开展高标准农田试验工作方面，在老刘书记、副书记王晓艳同志、会计李俊华同志、村民邹红亮同志、村民谢宝同志等人的帮助下，我们拟在去年每公顷9300元承包价的基础上，每公顷提价700元，承包不到 20 公顷玉米土地，用于我们的试验田建设。去年 12 月初，村里的大户们就开始动手准备启动今年的土地流转承包工作。今年年初，村里几个土地承包大户联手约定，凡一次性打款签订土地流转合同的，一公顷土地承包费 9300 元。如土地承包涨价，待春播结束后，再予以补齐。今年一二月份，经我们了解掌握，签订这样的土地承包合同的农户不多，大家都处在观望之中。

老刘书记和我商量了多次，决定"两条腿"走路，掀开全村土地流转承包的硬盖子。

村集体机动地公开竞标承包不能低于每公顷 11000 元。

我们工作队承包的高标准示范田流转承包价格，不能低于每公顷 10000元。"一高一低"，精准施策，全力稳定全村的土地承包市场，确保各方利益不受个别因素影响，维护集体和农户的合法利益不受侵害。

结果是"一好一坏"。好的是我们村集体机动地以每公顷 11000 元、农户土地以每公顷 10000 元发包成功。不好的是我们工作队想要承包用作试验的土地没有承包到手，我们白白辛苦了几个月的筹办功夫，试验田项目流产了。

已经很晚了，我忽然想起诸葛亮舌战群儒的一句话，很精辟。

他说："坐议立谈，无人可及。临机应变，百无一能。"

仅供自勉！

五十一

2022 年 4 月 13 日，夜，晴。

今天傍晚，吃过晚饭，我信步走向南沟桥。

我有个习惯，就是不论阴晴雨雪，每天必须步行二三公里。

走过南沟桥就是一个岗。站在岗上，整个南北向的东明屯尽收眼底。此时的夕阳就要落山了，红彤彤的光晕照在不远处的东山上，如熟透了的大片大片的高粱。偶有一两声雁鸣，从晚霞深处传来。放眼看去，便见三五成群的大雁，由夕阳处飞来。

一、二、三、四，四群飞雁，呈人字飞向东南。不一会儿，不知道什么因由，雁群由四群汇合成三群、两群，最终成一群，消失在我视野的尽处。

这种无形的变化，让我想起了一件很温馨的事情。记得刚入村的时候，见到我的村民一律叫我"高队长"或"高书记"。而现在，经历了大半年时间，与我年龄相仿的人开始喊："老高，干什么去？"或者"老高，吃过饭啦？"年轻的人，也都亲切地叫我："高队，高队。"我这个"村外人"，不知不觉间已经像这群大雁，融入了村集体中。

前几天，镇党委书记王钟山把我、老刘书记和镇帮扶东明村的杨才林副镇长叫到办公室谈了一次话。

王书记在充分肯定了东明村工作成果的同时，主要谈了两件事。

一是 2022 年东明村经济发展的几项重点工作。

二是嫩江市委组织部张文部长慰问的事宜。

王书记对我说："前几日，张文部长来镇里检查工作，因时间太紧，时间太晚，已经天黑了，没有时间去村里慰问你们工作队。他特意委托我，代表市委组织部将一万块钱转交给你，对你们工作队表示慰问。"

接过王书记递过来的慰问金，我只感觉心里热乎乎的，都不知道说什么好了。

这哪是一万元钱呀。这分明是组织、领导的关心，是组织、领导的爱护和强力支持，更是组织和领导对我们驻村三人工作的无形激励与鞭策——"不用扬鞭自奋蹄"。

其实，真的不用我们说什么。只要我们把组织、领导的关心爱护用到正地方，化于行动，用在刀刃上，比什么样子的表达都管用！

在从科洛镇回东明村的车里，开车的老刘书记、搭车的杨才林副镇长，一路上都在说慰问金 1 万元这件事情。他们说："这样的市委组织部，这样的组织部领导，才是真正的家，才是真正的家人。老高呀，你们工作队千万可别辜负了呀！"

今日上午，村委召开了村民代表、群众代表、镇帮扶干部和我们工作队共计 48 人参加的村民代表大会。会议持续了一上午的时间。

在这些事项中，农田路修建项目是村民最为关心和期盼的。为这项目的申报、立项、测绘和实施等工作，我们没少往市里各部门跑。今天，可以说，心里终于有谱了。因为，这个项目的实施，虽说是利村利民的大好事，但是，因项目实施要占部分村民的耕地，只要有一人站出来反对，那么至少有一条农田路就修不上。"好事不好办"，不但会影响整体项目的落实，还会因此让村两委和我们与村民的关系由融洽变得疏远陌生。

好在，人民群众的眼睛都是雪亮的。在会上，50来人的村民代表齐刷刷举手，没有一人表示反对！通过这一项项表决，让我们和村民代表的关系更近了一层，与会的大家心里都亮堂堂的！

就是这样，这些天来，每一天，每一刻，我们都在忙忙碌碌中匆匆而过。虽然，有些倦意，有些累，但是，我们的心中还是感觉很充实，满满的。

不写了。窗外的月亮，已经爬过东面的山岗，照射在大团山上。夜深了，月光中，村里的人们都入睡了。但愿：如我们一样的驻村工作的同仁们，都能放下手头的工作，安安稳稳、甜甜蜜蜜地睡个好觉，做个好梦！

五十二

2022年4月14日，晚，多云。

入村以来，有一个问题，一直萦绕在我脑海。

村组织化程度为什么低下？有的近乎低下到了没有，或者有名无实。是什么原因导致的呢？是村党建问题，是村两委的组织能力问题？还是其他呢？显然都不是。那么，究其根本，到底是什么缘由呢？

我想，千原因、万缘由，归其根本，问题还是村集体经济发展带动能力的问题。这么多年来，村集体经济发展单一，年收入就是那么多，整个东明村一直维持在富裕与不富裕之间，没有大的起色。由此看来，如何发展壮大东明村集体经济，道路还很漫长，任务还很艰巨。

根源找到了，问题想通了，干起工作来只是时间的问题。问题是工作应该一件接着一件做下去。今天，就做今天的事。发展的事，先放在心里，思谋差不多了，就咬定目标，突出重点，有条不紊地做下去，我们的发展就快了。

我今天闲来无事，想起之前想了几个月的想搞个半专业应急队的事。先整个方案出来再说。

为适应新时代、新要求，实现巩固脱贫攻坚成果与乡村振兴有效衔接，妥善处置重大应急事故，保护辖区内广大人民群众生产生活安全，根据省、市、镇有关规定，结合实际，制定东明村组建半专业应急队实施方案。

一、总体要求

以国家、省有关规定为依据，以防汛、防火、防灾等重大事项应急处置为核心，坚持实事求是、科学组织、半专为主、群专结合和安全第一基本原则，不断地提高村级应急防护综合能力和水平，实现"平安东明"的建设目标。

二、目标任务

在辖区内一旦遇有汛情、森林火灾、冻涝灾情等重大事项突发事件，能够做到第一时间科学组织、反应迅速、处置得当、安全高效，最大限度地保证全村人民群众生产生活安全。

三、组织框架、建设规模和职能

1. 框架结构。东明村半专业应急队在村党支部直接领导下，下辖三个小组，即土窑子、东明和双发小组。

应急队队长由村书记兼村主任担任。副队长由驻村第一书记、工作队队长、镇帮扶领导担任。

成员设若干人，由村两委、镇帮扶人员和驻村工作队队员组成。

土窑子、东明和双发应急小组组长分别由村两委成员兼任。

2. 建设规模。根据辖区实际情况，东明村半专业应急队由 28 人组成。

3. 基本职能。

一是负责各类应急常识宣传培训，普及各类应急常识。

二是负责日常检查，督促各类应急责任制落实，及时消除各种应急隐患。

三是负责建立健全应急检查档案，按规定设置各类标志。

四是了解掌握全村重点区域、重点部位实际情况，做到掌握情况细致真实。

五是积极协助专业人员妥善处理各类应急事故。

六是负责定期维护器具装备，妥善保管个人装备。

七是负责定期向上级或专业部门汇报情况。

八是负责应履行的其他职责。

四、基本装备

1. 器具装备：各类车辆若干，专业设备若干。

2. 人员装备：防护服、解放鞋、帽子、电筒。

个人装备由个人自行保管，由应急队统一登记造册。

五、基本保障

1. 每位队员要做到服从领导，听从指挥，招之即来，来之能战。

2. 每位队员要严守工作纪律，不得无故掉队。

3. 每位队员要密切团结，互相照顾，互相支持。

4. 每位队员要努力学习，自愿接受专业培训，学习专业知识，懂得专业知识，掌握专业技能和常识。

5. 如有统一应急任务时，按日给予个人补助，资金由村集体负责筹集解决。

一气呵成，弄完了，心里真的很痛快！想，这事一定能成。一定的。

五十三

2022 年 4 月 16 日，夜，多云、大风。

昨天上午九时许，我们村里召开了办公室维修项目招标会议，三家竞标单位参加了竞标，其中，一家中标，当场签订了施工合同。下午，我们去了一趟嫩江农场有限公司，取回来 15 套含帽子、解放鞋在内的应急迷彩服，编号后发放给了相关人员，基本解决了应急队骨干队员个人部分装备问题，标志着我们东明村半专业应急队初步组建起来了。

前些天，嫩江市委组织部组织二组又下发了通知，定于 4 月 8 日开展督导检查。此次督导检查主要是对照年底检查情况，具体内容包括党建材料、驻村档案、驻地痕迹、入户走访等方面。请各驻村工作队提前与乡镇党委做好沟通，安排一名分管领导或包村领导参加督导检查。接到通知后，一方面，我马上向镇党委书记王钟山同志进行了汇报。另一方面，我们工作队也开始了迎检准备工作。目前，我们建立档案 18 册，已经全部整理完成，其他工作也已经准备就绪。

其实，回顾几个月的工作，感觉没什么，但是，通过迎检的各项准备工作发现，我们的主要工作，也实实在在地做了不少。

一、强化政治思想学习，稳步推进党建工作

按照科洛镇党委部署要求，积极拓展党史教育，深入推进"强纪律、转作风、抓落实、促发展"专题教育活动，切实将专题教育落到实处，实现理论学习有收获，思想政治受洗礼的目标。目前，我们累计召开各类会议 16 次，其中，党支部会议 4 次，组织生活会议 1 次，村委会 5 次，村民代表大会 2 次，驻村工作队会议 3 次，农资采购座谈会 1 次。确定预备党员 2 名，准备发展党员 2 名。

二、巩固攻坚成果，积极协助监测排查工作

按照科洛镇政府通知要求，自 3 月 1 日开始，我们采取分屯包片专人负责制度，强化动态监测帮扶工作。即在村支委领导下，我们工作队三人配合村两委，每人负责一个屯，对通知提出的问题，分别入户进行统一排查，严格把牢监测关口，建立健全动态监测帮扶机制，落实落靠教育、医疗、住房、饮水等各项政策，精准施策，侧重效果，做到整体推进与帮扶并重。同时，重点进一步加强产业项目、庭院经济、社会救助等十项增收举措的实施推进，严防规模性返贫，坚决守住扶贫攻坚胜利成果。目前，完成监测排查入户 104 户，其中，脱贫户 34 户，一般农户 70 户。边缘易致贫户、突发严重困难户和监测户没有。

三、强化自身建设，奠定驻村工作基础

三个月来，我们自觉加强自身建设，自觉遵守学习、工作、请假等制度及工作纪律，严格履行驻村工作队"四项职能"。尤其在制度建设方面，结合东明实际，制定了相关制度。我们通过召开驻村工作队会议的形式，讨论通过了《高洁同志 2022 年驻村工作计划》《吕行同志 2022 年驻村工作计划》和《张军同志 2022 年驻村工作计划》等，保证了驻村工作顺利开展。

四、强化项目建设，保障民生工作落地

由此看来，我们着实做了一些工作，取得了一定的成绩，但是与组织的希望、村民的期待还有一段距离。下一步，我们将严格按照工作队职责和个人年度工作计划，与村两委密切协调，共画同心圆，同唱一首歌，推进东明村经济社会高标准、高质量发展。

不知不觉，又记录了这么多，看来，明天向检查组汇报的内容基本成型了。我站起身来，放眼窗外，月光格外明亮，格外细腻，笼罩着大团山，笼罩着我们东明。月光中的三个自然屯也显得十分宁静、隽秀！

五十四

2022 年 4 月 17 日，晚，多云、大风。

昨日下午，接到黑河市司法局焦丽军主任电话，通知我参加 2022 年度市管干部学习培训班。

按照要求，我在手机上下载安装了腾讯会议软件，于今早 8 点 45 分准时参加了培训班开班会议。市委书记李锡文同志利用近两个小时的时间，进行开班讲话和专题辅导。市委副书记、市长赵荣国同志主持会议，并对全市当前十八项具体工作提出了明确要求。下午，我们分散自学了 9 篇参考资料和相关书籍。

通过第一天的学习，我深深地体会到了市委决定在 2022 年 4 月 17 日至 4 月 20 日期间，在市委党校举办学习培训班十分及时、十分必要。

目前，我们正处在"换届"后的起步期——黑河市社会经济发展"三期叠加"的关键期。在这样特别的时期，市委决定召开培训班，意义重大，影响深远。培训内容具体、丰富，对我个人而言，收获满满，启迪多多，为下一步踏实地做好帮扶工作奠定了坚实的理论基础，提供了强大的实践指导。

其实，理论学习贵在成果转化，成果转化关键在于实践应用，在于全面指导和推动我们的工作。如何推进成果转化，我心里也有了打算。

一是统一共识，全面落实讲话精神。待这次学习培训后，马上在村两委会议上，全面传达市委书记、市长的讲话精神和要求，进一步统一思想，凝聚共识，全心全意地推进当前全村各项重点工作。重点协助村两委全力推进春耕生产安全、人居环境整治和民生项目实施。

二是严格要求，全力抓好队伍建设。打铁还需自身硬。围绕"驻村工作队四项职能"，下大力气，坚持不懈地抓学习、抓落实、抓纪律，抓好驻村工作队自身建设。特别在政治思想、专业知识方面学习，要向上学、向身边人学，向工作实践学，并且要一抓到人、到底，抓出实效来。

三是严格律己，充分发挥头雁作用。作为第一书记和工作队队长，我必须坚持"成事不必有我的胸襟，责任必须有我的担当"原则，严格要求、恪守职责，严格纪律，律己律人，凡事无论大小轻重，从我做起，发挥示范引领作用，带领好驻村工作队全体人员，扎实地做好2022年驻村重点帮扶工作。

写着写着，入夜了。

窗外的大风，也停了。满地的月光，金灿灿的，如我们每一位驻村干部学习的成果，沉甸甸的、亮闪闪的。由此看来，今年，全村的老百姓一定会有一个好的收成！

五十五

2022年4月22日，晚，阴、有风。

昨天上午，老刘书记从镇里回来，说是农田道修建项目占地审批工作，需要我们村里提供实际测量数据和定点、定位实物照片证据。听了他的话，我反问了一句："老刘书记，是真的吗？"刘书记冲我点了点头，表示肯定。我没有再问什么，只是感觉始终提着的心一下子放下来，暖暖的、热热的，好轻松、好愉悦。我们东明村的高标准农田道修建项目成了，终于可以动手了，谢谢……

随后，老刘书记从库房中把三调图纸和测量图纸拿了出来，和我、晓燕书记，我们三人开始对图对标，趁热忙乎了起来。忙乎了近小半天，终于忙乎出来个头绪。

这次农田道修建涉及全村三个屯农田道一共27条，水涵25座，过水路面6个，预计路宽6米，总长起码有20至30公里。由此看来，市、镇两委为彻底改善东明村农业生产基础设施，大力发展现代化农业，实现巩固拓展脱贫攻坚成果同乡村振兴有效衔接，全面推动新时期、新发展开好局、起好步奠定了良好基础。

今日下午14时许，嫩江市委组织部驻村办领导马天勇、闻昊同志深入我们东明村检查驻村工作队工作开展情况。按检查要求，我们汇报了第一季度驻村工作完成情况。也就是自今年年初以来，在科洛镇党委、政府领导下，我们密切配合村两委，恪守驻村四项基本职责，在稳步推进党建工作，助力推进备耕生产工作，积极协助监测排查工作，人居环境和自身队伍建设工作等六个方面有新的进展。但是，与组织希望、村民的期待还有一段距离。下一步，我们将严格按照工作队职责和2022年度个人工作计划，与村两委密切协调，推进东明村经济社会高标准高质量发展。

市驻村办检查组马天勇、闻昊同志听完驻村工作汇报后，全面详细地查看了驻村工作队的18册工作档案，并观看了东明村试验果园，查看了驻村工作队办公室和宿舍。

在全面检查了驻村工作以后，检查组领导马天勇同志代表嫩江市委组织部驻村办进行了讲话。他首先肯定了东明村工作队开展的工作。他说："几个月来，驻村工作队严格按照黑河市委组织部、嫩江市委组织部两级《工作提示》，积极协助东明村两委，重点开展了六个方面工作，并取得了新的突破。尤其，今年，在乡村振兴的产业发展上，民生项目建设上，工作队能够主动协助村两委，积极争取高标准农田路、冲刷沟治理和双发屯巷道建设等项目，敢于探索林果产业试验和农服经济发展，这都是我们驻村工作的新亮点。"同时，他强调，良好的开端就是成功的一半。发展，永远在路上。下一步，要持续巩固脱贫攻坚成果，坚决落实"四个不摘"，持续强化"三落实"，严格把牢监测关口，建立健全动态监测帮扶机制，严防规模性返贫，坚决守住扶贫攻坚胜利成果。全面助推东明村的振兴，增强集体经济活力和发展后劲，使全村产业质量效益进一步提高，基础设施建设水平进一步提升，在促进全村经济社会发展上取得更为明显的实质性进展。

在检查期间，村党支部副书记王晓燕同志，村支委委员李俊华同志一直参加陪同。

晚上，我终于可以坐在电脑前，长长地嘘一口气，感觉身心轻松了许多。但是，脑子里却塞得满满的，好充实。想，一会儿爬上床去，带着它们一起美美地睡上一个好觉，做个好梦，甜甜的！

哈哈。

五十六

2022年4月24日，夜，阴、有风。

今天，真好，太阳出来了。一夜好眠，香香甜甜的。我也终于缓过来了，感觉好多了，只是四肢酸楚楚的，鼻孔有点热，像极了感冒。

回想昨天，忙忙乎乎，很累很累。仔细回味，还是很有意义的，值得记忆。主题嘛，可以概况为：快乐的一天！

2022年4月23日，有风，小雨。早晨8时，村支委委员李俊华同志开着农用四轮车头，农户亲切地称之为"猫车"，也就是"猫着腰开车"的意思，他载着我，带着村两委生产路修建专班布置的黑土地保护高标准农田生产路修建实地核查任务，对东明屯拟修建的9条生产路，进行全面、客观、准确的实地核实。

坐在四轮车上，我们一起出了屯西头，沿着通往公路的生产路，一路颠簸着，一路说笑着，奔向了拟修建的生产路4涵洞处。俊华同志一边开车，一边和我介绍着。这地是老李家包的，那地是老张家的，远处哪块露着玉米秸秆子还没弄的地，就是老信访人老韩的地。我一边听着，一边应答着，留心记忆着。尤其，看着俊华同志所在的合作社承包的那一大片去年秋天就已经深翻过的黑黝黝的玉米地，我心里自然而然地升起了一股无限敬佩之意。

俊华同志真行，是把好手。不，不只是把好手，是能带着农户一起干的能手。据我们大半年的观察，组织应该好好地培养他，说不准日后哪一天，他会领着我们东明人干出一片崭新的、幸福的天地。

"高队，你看，那是三调图上说的生产路占地，纯粹是农户不讲究，一年年地拱地头子，把原有的路拱没了。"俊华的话打断了我的思绪。"俊华，停车，照相留证。这是典型的三调工作有误。这里有路，不占地。"我们一边说着，一边停下了车，干起活儿来。

这处活儿干完后，我们继续前行。水洼、淤泥，一个接着一个。好在俊华同志开的四轮车是前后四驱的，像一头健硕的铁牛，什么路不路的，一律都不怕，就是一个劲儿的"突突突"地往前走着。到了拟修建生产路2中的涵洞处，他看着我，我看着他，这个沟子，宽10多米，深快到3米了，这个涵洞怎么修建呀？"俊华，我们在那最窄处定位拍照吧。"我对着他说。"行，高队，那块窄点。"俊华同志回答说。

拍完照片后，俊华同志说："高队，咱们别折返了，太绕路了。我们直接从玉米地里插过去吧？"我看了看满地横七竖八的玉米秆子，回答说："你开车，只要别陷车，不让我帮推车，你就看着办吧！"俊华同志对我一笑，高声喊了一声："高队，上车，走起喽！"

我们说着、笑着，把车开进了玉米地。"高队，你看看这玉米地，玉米秆子这么湿，别说不让点火烧掉，就是让烧，谁也点不着呀！"我会心地一笑，逗他说："我不相信。你把车停下来，下去点点火试试呗！""你——"他和我对视了一下，同时大笑起来。

快到地中间的时候，一大片洼地出现在眼前。"能冲过去吗，俊华？"我担心满满地问道。"没事，高队，你老人家放心吧。俺还没傻到家呢。要是真的陷车了，俺们谁也不用下去推去，我打个电话，摇一台大马力来，把俺们拽出去！"

哈哈哈！我们不约而同地大笑了起来。

小小四轮车的四个轮子裹满了淤泥和玉米叶子，摇摇晃晃、慢慢腾腾地爬着、爬着，最终爬出洼地，冲出了玉米地。

沾着满满淤泥和玉米叶子的四轮车上道了，一大片、一大片地向外甩着，飞溅着落在道路上。

"俊华，你看看，这像不像小时候盖房子拓的土坯子，连泥带草的，一看就结实。"我指着那一片一片飞出去的黑泥问道。"哎，高队，你别说，就是这玩意儿。"他回答道。在笑声中，我们奔向了下一个定位地点。

午间十一时多，我们结束了东明屯西片生产路定点取证工作，迎着有点硬、有点冷的东南风，走在回家的路上。

"别说，一上午，忙忙乎乎的，没感觉怎么冷呀。这会儿怎么鼻子直流清水，冻得有些不行了呢，俊华？"在"突突突"喧闹的四轮车声中，我大声地对他喊着。"咋不冷呀，高队，这风，这鬼天气，谁在这空旷旷的大地待上一上午试，不冻个紫茄子颜色才怪呢！"他歪过头来，嘿嘿地笑着说。我重重地拍了他一下说："看道，好好开你的老牛车！"

四轮车走了十几分钟，我们回到了村里的伙食点。村委的几个人在等我们吃饭呢。"高队，你老人家把上衣脱下来看看吧，都是……"俊华熄灭了车，下来取笑我说。已经下车的我，急忙脱下了黑色羊毛绒短大衣，反过来一看，大衣后背全是密密麻麻的泥巴点子。我使劲儿地抖了抖，那泥点子怎么也不肯落下来，就像澳大利亚高高桉树上的一个个国宝考拉，赖在上面似的，死活都不下来。我苦苦地笑了笑，边穿上衣服看看大伙，边向他打趣道："瞧你开的一手好车，人家本来不想穿花衣服吧，它偏偏偷偷地用强使坏，硬让你穿上，不穿都不行，啥货色呀。"在场的人都笑了起来。

吃过午饭，俊华同志换过了大棉袄，我外加了件防雨上衣，又一起开着四轮车奔向屯东。

工作就是这样，刚刚上手的时候，谁都是摸索着干。看着看着，学着学着，干着干着，就熟练、顺手多了，也就上手了。

下午三时许，我们就逐一核实到了馒头山上。馒头山，就是海拔在300至400米，南北隔水对峙而立的两个小山头。山的中间，有宽约几十米，水深几十厘米的沟，自偏东北向东南汩汩流过。

站在馒头山南侧的小山向西看去，我们的土窑子、东明和双发三个屯，像是有人故意而为似的，自北向南，错落有致地安放在片片原野中。虽说此时强劲的东南风推着大块大块乌云由我们头顶向屯子上空涌去，但是，轻轻雾霭中的三个村落，别有一番怡人神秘的味道。

要下雨了。我们赶紧开车赶到了两个山中间拟建的过水桥处。站在宽宽的沟水前，背靠着馒头山，我情不自禁地举起双手，向着风，向着大片大片的乌云大声喊了起来：

"啊——"

"高队，这张过水桥定位照片，我偷偷把你照上啦。"俊华笑嘻嘻地告诉我说。"好，也算留个纪念。"我赞许着，又爬上了四轮车。

车过了沟水，直奔馒头山那边最后两个涵洞定位地点。

三时二十几分，当我们定位完成最后一个涵洞时，小雨下了起来。不大不小的雨滴，借着风力砸在我们脸上，凉凉的、疼疼的，有些像冰冷的针扎在手指尖上的感觉。

"高队，你老人家说说，这天气预报也怪，没个准头儿。俺们需要雨的时候，不论怎么盼它下雨，求也不下雨。现在倒好，不需要吧，它一报一个准，没什么用，下起来还没完没了的。"俊华边开着车，边对着我说。"人家是天气预报嘛。预报、预报，就允许人家有误差呀。"我把自己的帽子摘了下来，给他戴上说。"也对。你老人家坐稳了，我们开路。"他大声叮嘱我说。

风，越来越大。雨，越下越急。不大一会儿，我们的棉衣都浇透了，浑身上下，凉凉的、冰冰的，就连满口的牙，都有些打冷战。

俊华同志一边开着车，一边调侃着气氛："老人家，俺们这是在家不行善，出门大风灌，天怨。""这应该是：人也交，物也交，天浇。我们就别扯了，慢慢地开你的车，安全点。"我笑着，回着他说。

哈哈——

我们的笑声伴着四轮车的"突突突"声，和着风声雨声，向着家的方向，慢慢吞吞地爬行在绵延跌宕的山地间。

下午四时多，我们两只活脱脱的"落汤鸡"，终于爬回了老窝——到家了。

这就是我们东明村黑土地保护高标准农田修建的生产路实地核查的一天。由于坐了一天四轮车，加上小雨一个劲儿地浇灌着，虽然当天晚上，身体上感觉冷极了、乏极了，浑身上下的骨头架子都像是让谁给拆得七零八碎似的，疼、疼、疼，但是，现在想想，我们的工作高质量、高标准按时完成了，没有耽误今天的事，在心里面还是感觉美美的、甜甜的，是无限快乐的、幸福的！正如我和俊华同志在雨中编唱的歌词一样："为了老百姓的人，为了老百姓的事，哥们儿今天真呀真得劲儿。我们不怕风，我们不怕雨，我们不怕苦，我们不怕冻。开起'小猫车'，就是向前奔。哥们儿就得劲儿，为了老百姓的人，为了老百姓的事……"

好家伙，快到十二点了。不写了，睡觉去。

五十七

2022 年 4 月 25 日，晚，小雨、有风。

昨天还是晴朗朗的天，今天说变就变。小雨凉凉的，有点刺骨。大风，蓝色预警。

昨天，我领着晓燕、吕行同志，花费了一整天的时间，弄完了全村黑土地保护高标准农田生产路修建项目涉及"部分道路修建占地与三调不符"等问题的实地核查、经纬度定点图库。

今天，又利用大半天时间，我们逐条路编制实地核查说明，撰写出核查报告和申请。将近 15 时，我们终于赶制出来《修路申请与核查报告》《实地核查说明》和《图库》三大本向上报送的卷宗。老刘书记和我拿过来，最后分别看了一遍，相视默契地一笑。拿在手上，掂量掂量重量，感觉还是很沉、很实的。

是呀。回想起这几天我们的忙碌，我们的奔波，还是有实实在在的回报的。几天来，根据科洛镇党委、政府和嫩江市相关业务部门领导要求，我们非常重视实地核查工作。由村支委牵头，成立专班，精心谋划，精准实施，划分 3 组，每组 2 人，各负其责。通过几天时间，比照三调图纸，全面、客观地逐条路进行了详尽的实地核查。

一是核实了拟修建生产路实际数。经实地核查，全村拟修建生产路28条，在与三调对比后反馈到村拟定修建的生产路27条的基础上新增1条无名路。拟修建涵洞33个，比返村拟定修建的生产路涵洞25个增加8个。过水路面6个。

二是核实了相关反馈问题。反馈问题归纳起来，合计共有3项。即与原路线不符，部分三调是线，部分占地的问题。有问题的生产路26条。经我们逐条路实地现场核查，因原有道路水毁、冲刷和淤泥严重，三调有误和个别农户不自觉地拱地头等客观因素叠加影响，最终导致上述三个方面反馈问题发生。

三是提出了修建申请。要想富，先修路。对于我们东明村来说，这次生产路的修建，是及时解决我们东明村540户、1800多口人"急难愁盼"的好事、正事、大事，是极大改善农业基础设施建设的重要支撑，是进一步发展现代化农村农业的基础。它的修建，我们坚信定能加快实现持续巩固脱贫攻坚成果与乡村振兴有效衔接，进一步增加农业收入和提高广大农民收入，推动我们全村经济发展登上新的台阶。因此，我们就全村实地核查黑土地保护高标准农田生产路修建涉及的"部分道路修建占地与三调不符"的问题，经村民代表会议研究表决通过，提出相应申请。

晚上，我看着这么多天来我们通过辛辛苦苦的工作凝聚形成的成果，一式三卷，满满地摞在桌子上，感觉心里喜滋滋的、甜甜的。因为——

它凝聚着我们的辛劳努力；

它凝聚着我们的炽热心血；

它，更凝聚着全村人民群众对未来美好生活的期盼和向往！

不是吗？

五十八

2022年4月26日，深夜，雨夹雪。

今天，天气预报相当精确。从早到晚，借着风大的劲头儿，小雨、小雪、大雪、暴雪，一个接着一个，你方唱罢我登场，一场又一场，比着赛似的，看谁在这雨夹雪的天气里更加疯狂、更加出彩。

今天早上吃饭的时候，我突然接到通知，后天，黑河市政府秘书长、我们的包村市领导徐晓军同志要来村看望我们。放下饭碗，我马上与嫩江市驻村办马天勇同志进行核实。撂下电话不一会儿，天勇同志回电话，证实了秘书长徐晓军同志计划在28至29日来嫩江进行检查调研工作，并定于28日上午到东明看望我们。

消息属实。什么也别说了，什么也别想了，赶紧做好接待准备工作吧。

饭后，我和老刘书记简单地碰了个头，商量一下具体接待工作，并做了简单分工。我领着晓燕和吕行同志，负责汇报材料、各类档案准备等内务工作。外事工作方面，因为近几天总有大风、雨雪不期而至，自然而然地不断给我们制造麻烦。

一是后沟桥的问题。虽然我们多次维护，但是，因去年夏季洪水冲刷路毁时，科洛镇党委、政府组织人力物力铺垫了大量砂石，其中，砂石中的大块石头竟然变成了隐性"地雷"，遇有雨水冲刷，裸露路面，成了过往车辆的拦路石，需要我们上车上人、常垫常修。

二是村部东侧，通村路西侧，去年秋季镇政府绿化补栽的树的问题。今年春季，尤其这几天，大风将那片补栽的树木刮得东歪西斜，没有一棵直溜溜站着的，十分影响村容，急需我们找人清理。

按照分工，我们各自忙乎开了。晓燕和吕行同志忙乎着补充村里和工作队的档案，我开始弄汇报材料。谁想，我的汇报材料刚弄个开头，电，被大风刮没了。没有办法，我们只能眼巴巴地盼着快些来电。

电没了，我们屋子里的电地热也没了。没有多大工夫，我们这透风的办公室、宿舍就没有一点点温度了。桌子凉凉的，凳子冰冰的，连我们睡觉的床也拔凉拔凉的。我们就和没娘的孩子似的，能穿什么，就往身上穿什么。最后实在挺不过了，我们就一头钻进了被窝，眼巴巴地看着窗外鹅毛般的大雪，一个劲儿地打着冷战。

从上午8时停电，到晚上快20时，电终于来了。我可爱的队员吕行同志像个孩子似的，在被窝里高兴地喊出声来："队长，电，可下来了！"

我们解除了"全副武装"，又开始各自忙乎起来。

还好，我们忙乎了两个多小时，手头的工作基本弄完了。看看时间，还没到深夜，没有睡意，索性就把今天的事情完整地记录如此。

呵呵，又是很有纪念意义的一天！

五十九

2022 年 4 月 29 日，夜，阴。

今天早上，我起个大早，热了两个馒头，吃过一个鸡蛋。收拾妥当后，我背起随身挎包，匆匆地步行两公里多，赶到了土窑子屯边的 211 省路旁，等候着科洛镇通往嫩江市的城郊小客车。

天阴阴的。空旷旷的丁字路口旁，等车的只有我一个人。不大不小的西北风，凉飕飕的，吹得我手脚冰凉，脑袋一个劲儿地往羊毛绒大衣领子里缩。记不得谁说的了，等待，不论哪一种，都是一种无奈、一种煎熬，哪怕分分秒秒，也是漫长的。

八时许，小客车终于从岗的东边缓缓地爬了上来。

客车里，人很多，暖烘烘的。我上了车，交了七元钱车票后，挑了个最后排靠车窗的座位坐下。放眼车外，几片还没有处理过秸秆的玉米地映入眼帘，跳进了心底，隐隐地有些扎心。

目前，玉米秸秆处理是我们工作的头号难题。前几天，因秸秆禁烧工作不力，大面积焚烧秸秆问题突出，省里下发文件，要求各级政府彻底转变思想认识观念，因地制宜找出解决办法，并针对一些地方履行秸秆禁烧和综合利用职责不到位，巡查督导流于表面，秸秆焚烧的问题不能及时有效得到遏制的单位进行严肃问责处分。我们东明村地处森林防火禁止区内，截至现在，3.2 万亩耕地中，还有 3000 多亩玉米地的秸秆，横七竖八地躺在地里，没有进行任何处理，几乎占耕地总数的 10%。

禁烧，禁烧！一道道严苛的命令，从省、市、镇里，雪片儿般地发到了我们村里。责任状、军令状，一层一层地签订，一直签到我们每一位农业种植户头上。

压力"山"大。

秸秆禁烧，地还要种，农时还不能耽误，怎么办？

几天前，带着这样难解的问题，我和村委委员李俊华、工作队队员吕行同志，先后前往北大荒集团九三分公司的嫩江农场有限公司和山河农场有限公司求解。两个农场有限公司的董事长，分管农业的副经理和农业生产部的部长们，结合多年生产实践，共同给出了一个统一、标准的答案：

这个阶段，这种情势，没有什么别的好办法解决。只能下点力气，用灭茬机直接把玉米秸秆打碎，一遍不行，就来两遍，然后，再使用原垄卡种。这种技术的缺点在于出苗的时候小苗东倒西歪的，不好看。优点是虽说费用提高了一些，但是随着雨季来临，打碎的玉米秸秆遇雨腐烂，地力提高，产量会好一些，也能够抵消过多投入的费用。

办法是有了，关键是还要看看种植农户怎么想，怎么干，干还是不干了。

近一个小时后，小客车终于到了目的地。

下车后，看看表，距离开会还有点空闲时间，抓紧时间，到组织部看看几位给予我们大力支持和帮助的张文部长、云蕊和寒冰副部长。

上午十时整，2022年嫩江市驻村工作推进会议正式开始。参加会议的驻村第一书记和派驻办工作人员合计23人。市委组织部副部长、派驻办主任潘义成同志主持会议，并做了重要报告。

报告详尽地总结了2021年7月以来驻村工作取得的成绩，存在的问题，以及下一步的重点工作要求。报告强调，驻村工作要持续提高站位，强化意识，准确定位，瞄准重点，精准发力，积极协助村两委，共同推进全市高标准、高质量农业农村现代化建设，实现巩固拓展脱贫攻坚成果与乡村振兴有效衔接。

上午十一时许，会议在热烈的掌声中结束。

下午，我又到了嫩江市农业农村局、交通局、乡村振兴局、植保站等几个计划中的业务部门，做了做项目建设工作，匆匆忙忙的。

嘿，这一天。套用我们村里人的话说："这一天天的，没啥事，瞎忙乎。从大清早起来就开始，忙到晌午，忙到晚上，一直忙乎到下半夜，还没忙乎完。"

呵呵。想一想，也真没忙乎什么。不忙乎了，上床，睡觉去！

六十

2022年4月30日，晚，雪。

上午9时起，天上开始飘雪花。中午，转为小雨霏霏。下午14时许，鹅毛般的大雪片儿弥漫天空。傍晚时分，一抹血色的夕阳映照在树梢、楼顶上，奇幻般地变化着、演绎着一帧帧瑰丽的画卷。

我今天早上坐客车回到家中串休，全身心终于可以放松下来了。

看着楼外不断变换的暮色，我情不自禁地地回想起几天前的事情。

27日早上，我刚刚吃过早饭，正在收拾碗筷的时候，市派驻办马天勇同志打来电话通知说，张文部长今天下午要到东明来，进行调研指导工作。

放下手机，通知了老刘书记后，我会心地笑了。

正好、正好，前一天晚上，我们的迎接工作准备得差不多了。张文部长要来了，也能帮助我们理一理，把把关。

下午14时多，在镇党委书记王钟山同志、镇长姜忠洋同志和镇党委副书记李秀陪同下，张文部长、潘义成副部长和组织部二组组长孙士兵同志一行走入了我们村部的会议室。

在大家落座、相互介绍后，张文部长就开始主持召开调研会议。张部长首先询问了我们工作队的一些生活情况，后就壮大村集体经济、春季森防、秸秆禁烧、春耕生产、人居环境整治、民生项目建设、信访稳定、党建等工作进行深入而翔实的调研。

王钟山书记介绍了近期村里的工作安排，包括花苗的种植，办公室的维修情况，村木耳段的销售情况，以及其他产业的经营情况。老刘书记介绍了当前耕地中的秸秆残留情况。我从稳步推进党建，主动协助监测排查，助力服务农业生产，积极助推公益基础项目建设和不断完善自身建设等六个方面简要地介绍了我们工作队入村10个月来的工作开展情况，并重点介绍了驻村工作队的下一步工作计划。

一是重点争取农田道、双发屯巷道修建项目落地实施工作，彻底改善东明农业生产基础和双发屯人居环境。积极争取支持产业发展的50万元投资项目资金，建设东明村农服中心，大力发展村集体农服经济。

二是重点探索产业发展新路。即结合东明实际，在巩固原有产业发展项目基础上，大胆引进，勇于试验，建设东明试验苹果园一座。积极引进双鸭山市的龙冠、龙丰、龙秋、香果和玫瑰红等龙字号寒区种植的苹果，进行落户试验，解决林果越冬和品质的关键问题，为发展新时代、新产业、新经济探路奠基。

张文部长认真地听取了我们的介绍。最后他强调：在全力做好当前重点工作的基础上，要加快推进产业项目建设，以中长期发展项目为核心，突出实用性、针对性和特殊性，大胆引进，大胆尝试，大胆创新，加快项目建设进度，及时研究解决项目推进中存在的困难和问题，推动村级集体经济发展，切实提升人民群众收入，实打实地实现巩固拓展脱贫攻坚成果与乡村振兴有效衔接，为建设美丽东明贡献最大力量。

在不知不觉中，近一个半小时的调研时间悄然而过。看着张文部长一行人上车，向下一个调研工作地点缓缓驶去，我心中泛起了无名的温暖、亲切和不舍。不，不是。准确地说，是由衷的敬佩与敬服！

六十一

2022年5月4日，晚，阴。

春的季节里，今天是活力的节日，是青春的节日。就连我们的由校舍改造而来的村办公室，也要再次焕发出青春的光芒。

是的。不负人民，不负时代，做好手中的工作，就是对青春，或者说对青春般的心，最好的回报。

"青春万岁。"

5月2日，办公室维修项目正式开始了施工。原办公室的门窗全部更换，地热重铺，四面外墙全部保温，顶棚进行保温处置，最后，再里里外外粉刷一新。想，维修后的办公室一定能彻底解决"五面透风"的问题，一定是内部区域布局合理，应用功能完善，既保暖安全又受人喜爱的公共场所。

昨天，外墙保温的苯板已经陆续到位。办公室整体维修按着既定的工作流程进行着。我们工作队在几天前就开始收拾东西了。办公室、宿舍和食堂的物件，我们按每个房间一个单位，集中码放到房间中央，方便维修施工队伍工作。我们的人也暂时挪到了村委会委员李俊华同志家中，小住一段时间，待办公室维修差不多了，再各就各位。

今天，正好有一大块空闲时间，好好琢磨琢磨我们工作队五月简报的事情。

按驻村工作要求，我们每个工作队每月必须完成上报两期简报和两篇工作日记的任务。我们五月第一期，应该是2022年第9期。琢磨了半天，这期简报的标题有了，暂定为《徐晓军深入嫩江市科洛镇东明村调研指导工作并慰问一线工作人员》。

2022年4月28日上午，黑河市委常委、市委秘书长徐晓军一行人，在嫩江市委副书记、市长崔凯，嫩江市委常委、常务副市长冯术学，嫩江市委常委、组织部部长张文，市委办主任张全华，科洛镇党委书记王钟山，科洛镇党委副书记、镇长姜忠洋陪同下，深入科洛镇东明村调研指导工作并慰问一线工作人员，送上黑河市委、市政府的关怀与问候。

徐晓军一行首先来到了村委会，重点了解了东明村扶贫产业光伏、羊舍和大棚种植情况，集体经济发展情况和当前重点工作开展情况。晓军秘书长强调，民族要振兴，乡村必振兴。我们的村两委是一线单位，是我们密切联系千家万户的堡垒和纽带。因此，我们要坚持实事求是原则，坚守为民的初心，紧扣实现巩固拓展扶贫攻坚成果与乡村振兴有效衔接这一重点，在乡村产业、乡村人才、乡村文化、乡村生态和乡村组织这五个方面振兴下苦功夫。尤其是组织振兴。群雁要靠头雁领，要持续强化党建，充分发挥村两委的主心骨作用，发挥每位村干部和党员的引领和示范作用，与全村广大人民群众一起，共同推动东明村经济发展再上新台阶。

从村委办公室出来，晓军秘书长一行又分别来到了驻村工作队宿舍、食堂和办公室，看望了全体驻村工作队队员，并详细地了解了驻村工作队的生活和工作情况。晓军秘书长一边看，一边语重心长地说，驻村工作队是带着"建强村党组织、推进强村富民、提升治理水平、为民办事服务"四项基本职责使命的，身上的担子很重。因此，要发挥站位高、眼界宽、能力强、资源丰富等优势，帮助村两委多出主意、多想办法，全力帮扶村两委开展各项工作，为全村经济社会建设与发展拓展思路、增添活力，切实提高治理能力。同时，也要把市直机关更高的标准、更严的规范、更好的态度、更实的作风，传导到身边同事和具体工作中，在一线树立起干事创业的导向，带动起心齐气顺的氛围。

村两委成员、驻村工作队队员全程参加了调研。

一口气写完简报，回头看看，还可以。就是有一点，没有写进简报，那就是我们村里项目建设的事情。晓军秘书长在看我们生活情况期间，重点提到了我们村里的项目。他嘱咐我说："高队，这次来看你们，工作确实很有质量。希望你们再接再厉，一定把工作做好！多为村里做些实事和贡献。"

言为心声，字为心画。晓军秘书长实实在在的话语，如窗外的月光，格外清新，格外温暖。

可不是呗，今晚的月亮，真好！想——

凡是热爱老百姓的人，尤其是我们驻村的每支队伍，就是夜晚明亮的月亮，把各级党组织交给我们的工作任务悟细、悟深、悟透，不折痕迹地辐射、融入每一项实际工作中去，温暖着百姓，让每一名春播中的老百姓都早早地进入了梦乡，睡得踏实、香甜和幸福。

六十二

2022年5月5日，晚，小雨。

今天下午4时30分左右，黑河市委组织部组织二科科长王铁柱一行，在嫩江市委组织部副部长潘义成、组织二组组长孙士兵、科洛镇党委书记王钟山、镇党委副书记李秀及党办人员陪同下，来到我们村，对党建工作进行指导、检查，并看望了我们驻村工作人员。

傍晚时分，我去了一趟苹果园，逐棵查看了我们栽种的100棵果苗的生长适应情况。还好，一米多高的果苗，小雨过后，迎风而立，个个精神抖擞。

说起这个果园，还得从进驻东明村的第一天开始讲。

记得，当时送我们来的戴春雷同志，在黑河至嫩江211省道中间有个叫大岭的地方临时休息时，对着正在抽烟的我说："老高，据我了解，目前东明村刚刚脱贫，你去这两年可是关键阶段啊。如何不返贫，要看发展。如何发展，可是个大大的难题。谁都说发展要靠产业项目，但就是这个产业项目，难弄呀！"听着领导语轻义重的话语，看着领导凝重中带有百分之一百二十分期望的目光，我本就已炽热的心燃烧了起来，回答他说："领导，既然组织和你把我放那里了，你就放心吧，我们是北大荒农垦出来的人，一定会尽心尽力的！"听完我的回答，他微微地点了点头，和我对视了一下，不约而同地把目光转向远处的山林间，迎着风，笑出声来。

是呀，怎——么——办！这一直是我深深埋藏在心里的"天问"。

基础性项目，只能改变环境和条件，关键产业项目才是牵一发动全身。从那一刻起，我就在苦苦思考这一关键性问题如何破解。

种植业、养殖业、小微加工业，农服经济、特色养殖、特色种植和文化旅游等，业业可行，行行兴旺。可是，入村十个多月以来，我发现：针对我们东明村历史传承和目前实际，上述这些可行，但是又都不可行。

十个月来，全村三个自然屯，从北到南七公里左右，从东到西，五六公里，转了又转。

十个月来，科洛镇一共七个自然村，我悄悄地摸进摸出了几个，看了又看。

十个月来，嫩江市附近乡镇、北大荒集团的几个农场，我都瞧了又瞧。

感觉可借鉴的很多，但是，搬过来用用确实很难。弄个关键性的产业发展项目，真的很难，难于上青天！

好在几位实干的专家启发了我，有关一两个大有潜力的发展项目的念头悄悄地潜入了我的心里。其中之一是科洛镇富民村的冰葡萄、黑河市孙吴县的蓝莓、北大荒集团嫩江农场公司的蓝靛果和鹤山农场公司的嫁接红松塔，都在默默无闻地实践着、探索着。

林果，是一条可以试验的长期发展产业项目，是打破传统种植结构，创新全村总产值，提高村集体和村民年收入的关键。

记得多年前，我去过的北大荒集团红兴隆分公司597农场的万亩苹果园就是现实的样板！

几经联系和沟通，我打算做一个东明村试验果园看看。说干咱们就干。与老刘书记悄悄地商量一下，我们一拍即合，由我们驻村工作队筹资负责。在友人的全力帮助和支持下，东明村试验果园项目开干了。几天前，我们安全引进6种苹果、2种李子和1种沙果树苗，全部栽种到位。

1. 龙冠苹果，伏果。牡丹江科研所研制推广的抗寒、抗旱、丰产品种，品质优良。

2. 玫瑰红苹果，因果实颜色得名，伏果。株距、行距、树高、树冠与龙冠相当。果实为长圆锥形，浓红色、高桩，五棱明显。

3. 香果，伏果，是一种试验品种。果型比普通苹果小，和芦柑差不多大，全身几乎是绿色。这种苹果味道香甜，果肉质感比较软。

4. 1780苹果，伏果。与龙冠类似。目前，在实验推广中。

5. 龙丰苹果，秋果。牡丹江科研所研制推广。

6. 龙秋苹果，秋果。牡丹江科研所研制推广。

7. 吉盛李子，晚熟品种，树势旺，叶抗病力强，叶粗而厚，果实偏大，味甜，产量高。

8. 吉红李子，和吉盛李子相似。

102

"孩子"是正常安全地"怀"上了，成长是否正常，出生是否正常，就看我们的试验了！

期待吧！期待着，或许我们的林果试验就能成功，成为我们东明产业发展的最好引擎和支撑！

至于发展项目其中之二嘛，目前，还不是说的时候。等到自然"受孕"了、显怀了，不说大家都会知道的！先干起来再说。

"水平不动，人平无语"嘛。再说了，什么叫水平？什么是能力？不吱声、谋事干事就是。

呵呵。

六十三

2022 年 5 月 14 日，夜，小雨。

多天未写日记了。想想，在此期间有些事情需要记记。首先说说主要的工作吧。

前天，嫩江市委驻村办通知参加培训。

昨天，按照通知要求，我在科洛镇政府准时参加了集中培训。听完培训课后，在镇党委副书记李秀同志提议安排下，我们镇内三个驻村工作队又参加了参观新时代文明实践所建设工作等系列活动。

活动一，我们一行人，在镇党委副书记李秀同志带领下，参观了镇新时代文明实践所。参观中，我们全面了解到科洛镇新时代文明实践所以设施齐备、功能完善的文体中心为主阵地，以理论引导区、文化传承区、文明实践区三大功能区为载体，以文明实践大讲堂、图书阅览室、多功能厅、群众活动室、健身室等为平台，以"8+8"特色志愿服务团队为主要力量，开展各种形式丰富的文明实践活动等。

活动二，我们驻村工作队人员在镇新时代文明实践所图书阅览室开展了专题学习，并聆听了李秀副书记主讲的党课。

活动三，我们一同观看红色爱国教育影片。

通过观看、学习、讨论和看片，大家纷纷表示此次参观学习活动令自己受益匪浅，让我们切实感受到文明实践所建设的时效性和感染力，为新农村、新时代各村文明实践站的建设提供了思路和经验。更为重要的是，我们回去后，一定要与村党支部共同努力，将所驻村的新时代文明实践站打造成宣传群众、教育群众、服务群众、凝聚群众、凸显本土特色的重要建设样本，进一步提升活动开展水平，为科洛镇精神文化建设积极贡献力量。

今天，又接到嫩江市委组织部派驻办的通知，要求我们各驻村工作队培训结束后，要从优点、缺点两方面对培训教师和培训课程内容进行点评，并客观真实、原汁原味地汇总反馈给嫩江市委组织部派驻办。

回想一下，昨天两位老师的授课内容很全，针对性、实战性很强，有一定的可操作性，对我们一线工作人员来说，启迪性还是蛮大的！于是，就把隔壁的吕行同志喊了过来，和他交代了几句，叫他按照通知要求及时、真实、认真而全面地完成反馈工作。

真不好意思。前些日子，由于村里停电，加上下雨，又实地核实一天农田道，淋了雨，可能凉着了，我多年没有再犯的老痔疮又来亲近我。

可别小看这小小的痔疮，麻烦确实不少。弄得人站也不是，坐也不是，实在没有办法，这些天来，我只能咬着牙对付着、挺着。等到串休回到家中，有了一些条件，再悄悄地把它给弄老实就好了！

不想了，想多了也没用，条件就这条件。看看窗外，天色还早。我穿好了鞋子，拿上衣服，呼吸着入夜前的好空气，在村里慢悠悠地转几圈！

走路，锻炼身体去！

工作嘛，总要慢慢地干、好好地干。身体，健康就好，也最为重要，"身体是革命的本钱"嘛！

其次，说说生活。十天来，一切正常。但盼望已久的一件事，在这期间终于达成了。

2022 年 5 月 8 日，一个难得的星期日。当天，最高气温 19 摄氏度，最低气温 6 摄氏度。南风不大，轻轻拂面，若慈母的手，温柔怡人。

大团山，顾名思义，是很大、很圆的山。在东明人心中，它是东山之王者。它紧挨着嫩江市通往黑河市的省级 211 公路南侧，高高矗立在东山的最北端，与馒头山、石头山等相连，由西北向西南蜿蜒而去，插入天际。对于大团山，我慕名已久。记不清了，曾多少次坐着车在它的身边来来往往，匆匆路过。有多少次想停下脚步，爬上山顶，好好端详，细细看看，与它零距离接触。尤其，这次在它的脚下驻村快一年了，这种感觉越发强烈起来。

今日，正好有闲。我偷偷地约上农场公司的一位朋友，一起去看看心仪已久的大团山。其实，说是看看，就是爬山，就是接触，为了登高，为了望远，为了登临最高处，亲亲这方土。因为，大团山就是东明百姓，东明百姓就是大团山。

从东明村土窑子屯出发，沿着211国道向东行走4公里，向南拐下公路，我们就上了一条通往大团山的田间路。路面上一坑一洼的，车行很慢。在山下不远处，我们停下车来看山，山外看山格外清晰。正如东明人说的一样，整个山形好似个偌大、不规则的圆球一般，砸在了地上，浑圆、厚重，通体散发着迷人的气息，引诱我们带着无限遐想、无垠憧憬，义无反顾地扑向它的怀抱。

在农田路上行车大约3公里，我们把车停在了大团山下的农田路尽头。大团山南坡很缓，树密，草厚。说是当年山下的东明人取材时蹚出了路，其实根本没有路。我们四处找了找，干脆由南自北，径直穿林探索上山，不是说"人走多了就是路"嘛。在密林中行至山腰，才深深地体会到"不识庐山真面目，只缘身在此山中"的境界。登上了山顶最高的石头堆处，满目的柞树，黑、白桦树，遮蔽了视野。据说石头堆原是日伪时期修建的一座炮楼，现已杂草丛生，早没了原来的模样。站在乱石堆上，环顾四周，天蓝蓝云如雪，风飒飒树似碧，草青青柔若毯，深深地吸上一口气，神清气爽，身心淋畅，真的感觉"一步一高远，一步一境界，一步一格局"。

是呀，境界决定胸怀，格局决定作为。所谓的境界，实质是指人的觉悟和修养。记得清代王国维在《人间词话》中记载："古今成大事业、大学问者，必经过三种之境界。'昨夜西风凋碧树。独上高楼，望尽天涯路。'此第一境也。'衣带渐宽终不悔，为伊消得人憔悴。'此第二境也。'众里寻他千百度，蓦然回首，那人却在灯火阑珊处。'此第三境也。"简单地说，无论何事，首先是想好要不要做，"望尽天涯路"。其次选择要做，就一往无前，努力争取"终不悔"。最后就是"蓦然回首"，成与不成，没有关系，成了不骄傲，败了不后悔，尽力了就行。只有这样，才与这三种境界无缝隙契合。而所谓的格局，其中格是位置，局是层面。格与局的组合，就是指一个人的眼界和心胸体现出来的内在和外在状态。但凡有格局的人，都明白自己所处的位置，想要的是什么，知道什么样的工作和生活适合，有度、适度。尤其是能"一日三省"、知错就改，心无旁骛地朝着既定梦想前进的"持志如心痛"的人，念念之间，一心都专注在完善、提高自身上，升华自己，提高能力，不断地爬高、登顶，逐个实现大大小小的梦想。

"高哥,这山挺高呀,看起来比我们的平顶山还高。"友人感慨地说道。"是呀,听说这山是附近所有的山中最高的一座。"收起遐思的我回答道。环顾一下大团山的四野,璀璨的阳光下,我们一起指点着"江山",东、西、南、北。

是呀,山有四至,家有四界,国有四维。忽然想起《管子·牧民》中一段话"国有四维,一维绝则倾,二维绝则危,三维绝则覆,四维绝则灭。倾可正也,危可安也,覆可起也,灭不可复错也。何谓四维?一曰礼、二曰义、三曰廉、四曰耻。"国家,国家,国如此,家如此,人亦如此。而如今,我们倡导富强、民主、文明、和谐,自由、平等、公正、法治,爱国、敬业、诚信、友善,从国家、社会和个人三个层面培育践行社会主义核心价值观。也就是科学、精准回答了我们要建设什么样的国与家、发展什么样的社会和家庭关系、培育什么样的人的重大问题。其重在用社会主义法律和道德规范自己的言行,做到知敬畏,不逾矩。重在树立正确的义利观,做事、做人公私分明,一身正气、两袖清风,以鲜明的荣与耻维护做人的尊严。

呵呵,又想多了。时候不早了,我们下山。顺着来时候的路,走着、走着,又忽然想起一句老话:读万卷书不如行万里路,行万里路不如阅人无数。这话说得不错。你读的书、走的路和遇到的人,决定了你的视野、"三观"和心态,铸就了你的境界、格局和结果。

"读万卷书,行万里路,阅百万人"吧,用你的脚丈量世界,用你的心爱护世界,让你的梦更加丰富多彩。送与大家,共勉!

六十四

2022 年 5 月 15 日,晚,晴。

带着很难完成的工作任务,带着说不得的"隐隐",我串休回到了家中。至今还不肯让我驻村的老婆大人一顿唠叨,这是不可避免的。没有办法,我只能"呲牙咧嘴"地独享这份特殊的爱的关怀。还别说,老婆子说归说,说完了,做起事,照顾我,还是很有样子的,细腻、周全,简直就是一个活脱脱的亲亲老妈子!

今天,早上起来,为更好地完成王钟山书记代表科洛镇党委交办的工作任务,我用了一个上午的时间,着手弄了个《关于筹建科洛镇东明村村标实施方案》。

近几年，在嫩江市、科洛镇两级党委、政府大力支持下，东明村基层设施建设有了显著地改善，人居环境有了本质性改变，人民群众的生产生活质量有了明显提高。为持续巩固拓展脱贫攻坚成果，大力发展乡村产业经济，全面发挥党建引领作用，根据科洛镇党委要求，经村两委与驻村工作队协商决定，拟定在土窑子村西与211省道交口建设一座大型永久性村标。

正面雕刻：生态、和谐、富庶、幸福——东明村！大字计11个，色彩红色。

背面雕刻：富庶东明和捐赠单位，小字计250个，色彩金色。

为更好地传达"富庶东明"主题含义，设定了相关背景故事。很久以前，春天里，一个美丽的清晨，年轻的猎人追踪着一匹饿狼来到了大团山下。朝阳中，流着溪水、长满鲜花的西山坡上，一只梅花鹿正在低头吃草。躲在草丛中的狼悄悄地向它逼近。就在饿狼腾空跃起，扑向梅花鹿的时刻，枪起狼亡。惊愕的鹿，在七彩霞光中化作一名红衣少女，跌落在花草之间。猎人跑步上前，把她紧紧地拥入怀里……从此，他们就在大团山下西侧定居，并生育儿女三人，取名土窑、东明和双发，寓意此地自然环境生态和谐，人居生活富庶幸福。

初步考虑，村标由两部分组成，上部为一块标志性原石，计划规格长五米，宽一米，高三米，重量为二十吨左右。下部为人工砌筑的台阶构成。上部原石正反面（理石）雕刻上述村标主题内容。

在工作实施期间，有几点要求：

一是实事求是，量力而行。筹建村标是一件利村利民的长远大事。要倡导节俭、朴素，反对奢华、浪费，尽可能做到"摸兜做事"。有捐赠，按米做饭。即按照实际捐赠额度完成。也就是按捐赠的多少，按期实施，预决算村标的实际费用。钱款有多就多花点，有少就少花。

二是力求完美，注重质量安全。质量是生命，安全是根基。筹建村标工作是一件好事，好事一定要务求做、做得扎实，力争做到筹资要依法适度，修建工作要安全可靠，把好事做牢、做靠，力求为打造东明村美丽幸福的人居环境建设做出贡献。

想法有了，方案有了，村标筹建工作就算从今天正式开始了，产业发展引领的"大诱饵"就算定下来了。但是，凡事都要慢慢来，心急吃不了热豆腐。村标筹建工作第一步，也就是关键一步是筹钱。想想，背着自己小小的斜挎兜子，四处要钱，绝非容易的事情。第二步是选原石。原石选择，很讲究。一旦选择不对路子，就容易把好事办成不好不赖的事情。如果你选个大体圆形的吧，就会有人说上一嘴："这是谁弄来的，左看右看，不圆不扁，丢在东明大道边。"如果你选个方方正正的吧，还会有人如此这样说："前看看、后看看，不管咋看，整个棺材，放在东明村边。"反正，选择原石是一件出力不见得能得好的老大难的事情。最后一步就是雕刻、装运和砌筑等工作，这是村标筹建工作中最容易完成的工作，但是，一定要精细、精细、再精细，长远的正事、大事，绝不可马虎大意，安全尤重。

一切的一切基本上都准备就绪了。自明天正式开始行动，背上小挎包，不论刮风下雨，不论时间早晚，以东明村村标筹建工作为"饵"，以省劳模品质为"竿"，全力筹资。

主意已定，美美地睡它一觉。

六十五

2022 年 5 月 16 日，晚，多云。

这几天，痔疮引发的不适算是控制住了，但是，它如抽丝一般，赖了吧唧地缠着你，时好时坏，叫人无可奈何。好在它总在隐蔽之处折腾，也没有折腾到瘸腿，外人看不出来。反正是悄悄地折腾，就由着它了。

几天前，我去了一趟北大荒集团九三分公司机关，与公司总经理张宏雷同志聊了聊、唠了唠春播生产和产业项目发展事宜。宏雷总经理是我在黑龙江农垦九三管理局工作时候的老领导，为人亲和、正直、诚信，做事干净、利落、有原则，是一名货真价实、要理论有理论、要实干有实干、要水平有水平、要能力有能力的专家学者型副厅级领导。对于我个人而言，平心而论，实话实说，在他领导下的那么多年，我向他偷偷地学习的地方很多很多，我对他既钦佩又敬服。我们之间，早就成了一种典型且温馨的，半个领导和半个老师、半个友人和半个兄弟的，那种密不可分、说也说不清楚的关系。每一次见到老领导，我们之间都有聊不完的话题。这次见他，虽然他很忙，时间有限，但是，老领导还是硬生生地挤出来时间，对乡村振兴、产业项目发展、大大小小管理等，给予了我很多很实用的具体意见和建议。

下午，我又分别拜会了几个相关部门的领导和朋友。有搞种植业的，有搞养殖业的，还有搞产业管理的，等等。这些部门的老领导、老朋友们也给我出了许许多多的好主意。

昨天，我去了一次荣军农场有限公司，与几个老战友、老朋友见了见，聊了聊沙棘、万寿菊、腐竹和他们农场有限公司特色产业的七彩农业项目等。

通过近一段时间的多处走访，我的脑海中已有的纷杂的产业项目，逐渐汇聚、融通，适用、特色、可试验、可探索的一条产业链条慢慢地清晰、通透起来。"大诱饵"村标的作用与功能显现了，我们的文化旅游经济、林草花木经济和订单农业经济，我们村的历史、现实、未来，我们的百颗苹果试验园，我们的大棚产业转型的探索和正在运作实施中的党建引领的村标，等等。大的、小的、远的、近的，不由分说，都在自觉与不自觉中迸溅到眼前：我们的中长期"产业发展项目中的之二"来了。

不是吗？看似没有联系，其实不然，它们内在的联系千丝万缕。花卉、果园、文化、旅游和农业，一个个、一项项，被我们村标的"小小金针"穿在一起，一个崭新、市场潜力巨大、发展前景无限的文化林果花卉旅游经济产业框架初步形成，简称文林花卉产业项目，诞生了。即以林果花卉、试验园为创新突破，以东明村特色文化为轴线贯穿，以其他相关联产业实时发展为珠玑，不远的将来，一条独具特色、符合东明实际的产业经济发展链条就会自然而然地形成了。

它的优势在试验创新。

它的缺点也是创新试验。

关键在于"敢于、善于和时间"。因为，不论什么产业、什么项目，它们都不是源于天生，源于一蹴即成。好的产业项目都是用时间，用一点一滴汗水，是一代代甘愿奉献的人创造出来的！

不是吗？看到别人的产业项目发展得好，不假思索地拿来就用，是投机，是跟风。拿来容易，失败也快。在现实生产生活中，这样鲜活的例证比比皆是。如我们东明村的木耳栽培大棚，我们的……不是吗！

慎重，不是不干。敢干，不是盲目地干。任何事物，它的产生、发展和变化，都有其内在的自然规律。按规律谋事、干事，一定不会错的！产业项目的酝酿、培育、生长、发展与扶持，也是一样的道理。

"大道之行，天下为公。"道理，道理，理通了，道也就通了，天之道，有志敢为人先者事竟成嘛！

不想了，老婆大人催我收拾收拾关灯啦。

六十六

2022 年 5 月 18 日，晚，多云。

这些天来，我特意跑了几个农场有限公司和附近几个乡镇，在探讨乡镇振兴、春播生产、产业发展的同时，更为关键的心事和做贼一般，悄悄地寻找一块适合做村标的原石和物色有情怀、有意愿捐资建设村标的单位。

这些天来，我在目标单位之间跑来跑去。北面的 153 煤矿、建边农场去了；南边的讷河市、拉哈镇跑了；东面的五大连池市、乐山林场到过；附近的临江、大西江农场有限公司、红五月农场有限公司、尖山农场有限公司、七星泡农场有限公司、嫩北农场有限公司，凡是听说有石头的地方都去了。尤其，在去 151 煤矿和建边农场有限公司那趟，晚上回到嫩江市里，我下车用现金付过车费后，开车的师傅嘿嘿地笑着说道："老师傅你身体真行。看你拉着我、陪着你这一天跑得真欢。喝的是瓶装水，吃的是碗面，东看西转的，把我的腿都快累完了。明天你老人家还是另请高明吧，给俺多少钱也陪不起你了！"听了，我苦苦地笑了，连连道谢。

真是越失望越感觉很累很累，一点点越闯越奋的影子都没了！

老天不负有心人！几天后，村标的原石有了眉目，总算对得起雇车烧去的一沓油钱了。但是，想弄过来，还是有难度，费点心力，谨慎地做大量具体工作。而筹集捐资一事，却毫无进展，不尽我意，没有办法，自己先垫着。实在筹集不来，那就自己掏腰包，就当捐款给我的亲亲东明了。

这些天来，其他什么工作也管不上了，工作目标核心只有一个，那就是排除千难万险，哪怕过百八十关，哪怕身心健康不要了，穷尽一切心智和办法，非得把我中意的、看上的大石头——我们村标的原石弄到家中，紧紧地攥在手里。

昨天下午，自农场有限公司回来，身在外地的友人就急切地打电话通知我，抓紧时间悄悄地把石头弄走。撂下电话，不容细想，我就冲出家门，找来原石设计雕刻人马卫东师傅。简单地商量一下，我们一起四处叫人，到处张罗寻找吊车、板车，并驱车赶赴原石现场。

傍晚 6 时左右，第一伙——十几吨的吊车、板车和民工集聚到了现场。

吊车师傅、板车师傅围着树林里卧躺在地的原石，犯了难。这块石头可不是十几吨，加上石头周围有树木卡着，吊车吊不动，板车也拉不动。没有办法，我们不论如何商量，如何哀求，干活的师傅们就是没有胆量，不敢动手。商量许久，我们只能付了路费，让他们走人。

晚上近七时许，第二伙——没有民工的板车和一大一小两辆吊车来了现场。师傅们围着石头左看看、右看看，这块原石怎么看也不少于40到50吨。在我们的研究过程中，大吊车的年轻师傅打了一圈电话，找到了十多年前吊运过这块石头的师傅。据师傅回忆，当时，这地方没有树木，吊放这块原石的时候，活儿很不好干，好像石头的自重不少于45吨。

好家伙，听完这话以后，我们现场的人都无语了。即使大小吊车的吨位加在一起比第一伙人的吊车大了许多，但是两个师傅，谁也没有试试的胆量。

怎么办?

师傅们说，目前，我们农垦九三和嫩江市境内没有这个吨位的吊车了，只能打电话去齐齐哈尔市或者黑河市问问再说了。大家的眼睛齐刷刷地看向了我。此时，累得坐在地上的我，闷头抽完一支烟后，站立起来，一咬牙、一跺脚，坚定地说:"师傅，反正我们都折腾成这个样子了，有胆量吗?如果有，由你这个30吨的大吊车试一试，我和卫东师傅给你当民工，吊成，费用加倍给。如吊不成，大不了，这石头和我们无缘，我们不要了。但是，钱，我们按正常吊成并运送到家的价格支付。板车留下，小吊车，你回去吧，不耽误你的时间了，路费照常给你。"

大吊车师傅二人在石头旁转了又转，看着远去的小吊车，跺了跺脚，看着我说:"老高，你说试，我就试试，反正话都说到这份儿上了。"于是，我们开始准备启动吊车的前期铺垫工作。

调车、站位、调吨数、换油丝吊绳、铺枕木、垫四角、在石头上下穿油丝绳……

晚八时许，石头缓缓、缓缓地动了起来。

"起——来——啦!"所有在场的人们，都兴奋地大声叫喊了起来。

吊车师傅在我们焦急热切地注视下，停了车，从车上跳了下来说:"老高，哪有40到50吨呀，净瞎扯，整块石头才30多吨。"

"怎么样?师傅，有把握把它弄出来吗?"我急切地问道。"35吨，是我这个车的最大负荷。石头都起来了，应该能弄出来。关键是我的车杆升不起来，转杆还可以，余地不大，就是这些树，有些碍事。"师傅用手指着附近的树木说道。看着围着石头生长了十几年的高高矮矮的树，我寻思一下，安慰他说："师傅，按你的意思干吧。尽量别弄坏了这些树。如果实在没有办法，弄坏了的，我们负责补种或赔偿。""好——了！"师傅干脆地回答一声后，返回吊车上。

第一次，吊车将原石调离距离地面10厘米后，又把石头吊着移动了1米多，放到了地上。

二次调车、站位……吊车将原石调离距离地面50厘米左右后，才把石头从不高不矮的树丛中吊了出来，再次平平地放在地面上。

三次调车、站位……30多吨的原石，乖乖地趴在了大板车上。

午夜时分，我们终于把原石卸载在雕刻设计师马卫东师傅家附近。

结完了调运费用，卫东和我这两个不要钱的劳工，浑身疲倦无力，也没了心情。于是，我们相视笑了笑，瘪着肚子，回家了。

实话实说。今天，一觉醒来，几近中午。浑身上下，没一块好受的地方，就连说不得的痔疮，也让大石头给折腾得厉害了起来。

吃过午饭，约了友人，驱车去了石头雕刻师傅马卫东家中，一起找了一块苦布，把我们的宝贝——如少女般的大石头遮盖严实，"金屋藏娇"嘛。

"看看你这衣服，你这裤子和鞋子，还有你那蒿草不如的头发，这一天天的，和年轻人一样，没个正事，折折腾腾的，鼓鼓捣捣的，跟没长大的孩子似的，没有个消停时候！"

也难怪老婆大人总是唠叨个没完没了。但是，现在想想，这一天天的，还是很有意义的，感觉浑身劲头满满的！

真的！当你静静地想一想，不论做什么工作都必须有热情，要忠诚。没了热情和忠诚，就没了工作，也没了事业，更没了生活。

不是吗？

六十七

2022年5月27日，晚，晴。

前几天，正在背着兜子为建设村标而四处筹款要钱的我，突然接到一个电话。农垦管理干部学院北大荒战略与经济发展研究中心主任王大庆博士在电话中说，他带着一个团队，要来农垦九三搞一次大型的调研，强烈邀请我本人参与。我想都没想就应了他。因为，多年来，我们一直是亦师亦友的关系，他主持这么重要的事情，我必须参与支持。

5月20日中午，大庆一行到达了农垦九三。晚上，我应约赶过去和他们会合。

既来之，则随之。自21日起，我们利用五六天的时间，分别与农垦九三的主要领导、相关部门进行了座谈，并深入山河、大西江、嫩江等农场有限公司进行实地考察调研，搜集了大量的一手资料，详细了解、收集和分析了九三分公司统供、统营、统管的主要做法。

通过几天来的"听、查、看、析"，我竭尽全力，深度参与，积极助力大庆博士的团队，较为科学、完整地总结出农垦九三粮食经营全产业链"511"基本做法。即"土地统筹、农资统供、粮食统产、大宗农产品统营和全链条统管的五统，优质服务，企业、平台与基地有效连接"。并提出了北大荒集团下一步构建粮食全产业链发展方向和重点任务的政策建议。

还行，经过几天几夜的陪同，大庆一行人，基本上完成了此行的专项调研工作任务。而我，在陪同过程中也受益匪浅。

在这期间，各位专家也用一大块时间，详细地参观了我们东明村，并给予了许多宝贵的，具有指导性和实在意义的建议。

在这期间，有幸见到了原黑龙江农垦总局党委委员、党校校长高跃辉、九三管理局相关领导、同事和朋友。有幸新结识了一位国家级绿色发展专家余捷老大哥，给予了我许多绿色发展的相关知识和经验。

在这期间，更为难能可贵的是几位专家，在参观过我们村的产业转型花草种植后，一路上都自主自愿地做起了我们东明村花卉现场义务推销员，为我们东明村销售花卉2万株，解决了我们木耳种植转型花卉种植营销难的"卡脖子"、老大难问题。

可以说，虽然我几年前因农垦改革而离开九三，但是，这次回家较为系统地看看、听听，感觉农垦九三的发展又登上了一个全新的台阶，进入了一个崭新的阶段。这给我心中一直琢磨的垦地合作共建，即双方互为支点，共同发展的中长期美好梦想和良好愿望的逐步实现，注入了强大动力，支起了坚固骨架。

目标够大，愿景美好，这应该是我退休前默默工作、默默前行、默默奉献的厚实的根基之一。

今天，吕行、张军两个人领着村里的老张师傅等三人，将我们的试验果园的牌子挪了过来，立了起来。而我，为了筹集到发展村里的综合产业项目的总开关——村标建设资金，又走上了漫长的"要钱"路。

不过，想想村民那一张张热切期盼的笑脸，想想那一棵棵果苗健壮生长的曼妙身姿，想想心里不甘的梦想，做什么都感觉心里甜甜的、美美的！

不写了，否则，老婆大人又该"狮吼"了，呵呵。

六十八

2022 年 5 月 31 日，晚，阵雨。

五月，是红色的季节。因为，五月份的节日较多。

五月，是播种的季节。五月二十日，是本区域内习惯性农事中大豆、玉米等大宗粮油作物的最佳高产播种终止期。我们东明村共计 3.2 万亩，所有适宜播种的地块，在此日期前后都基本播种完毕。

五月，是希望的季节。我们东明村的试验果园里的一百棵果苗，棵棵发芽，棵棵壮硕；我们的村标项目中硕大的泰山风景石，已经开始整形打磨；我们的木耳大棚转型项目的花卉，十几个品种，如串红、臭菊、小利红、矮牵牛、鸡冠等，朵朵吐蕊，芳香四溢。

我们的生产生活，有模有样、轰轰烈烈、期望满满地向前铺展着、延续着。

前几天，购买我们花卉的单位，派人来到了我们村里，实地看看我们的产品花苗，确定了购买意向，并给我们提出了两条建议：一是现有的花卉大棚要注意通风，适应外面的条件，坚决防止伤热问题发生。二是注意适时浇水，把握住用水多与少的问题。

这几天，我又与购买花卉的单位沟通了几次，定了购买的品种、数量和交货时间、地点等细节问题。目前，各购买花卉的单位正在统计过程中，一旦统计完毕就给我们准确数目，我们现在只能耐着性子等待。

昨天早上八时许，村标原石的雕刻师傅马师傅给我打来了电话，叫我一起去与他打磨原石。放下电话，我就匆匆地赶到了施工现场。接上了电，准备好了水，我们一人一把电动角磨机，就开始认认真真地打磨了起来。

打磨，就是使用手动角磨机，换上合金钢磨刀头，通过刀头强力的摩擦，改变石头表面物理性能的一种加工方法。主要目的是为了获取我们想要的特定的表面平整度。说起来很容易，干起来就难了。

干了不到半个小时，刚刚磨掉小小的一个凸起处，我就受不了了。于是，我关闭了电源，放下了角磨机，无力地跌坐在大石头上。我的头上、身上，全是细小、看不清的石头粉末。我感觉手臂、小腿哆嗦个不停，简直不听自己的大脑使唤了。

打打磨磨，真的不容易。何况琢磨，何况我们的日常生活与工作了。

看看马师父，想想未来的村标和磨人的筹款要钱的路途，这点苦和累又算得了什么？休息了一会儿，我咬着牙又干了起来。

一个上午，挺了过来。

一个下午，挨了过去。

晚上，在老婆大人心疼的数落中，我强忍着浑身的疼痛，爬上了床，一觉就睡到了今天早上九点多钟。

呵呵，不多说什么了。现在回头看一下，这个五月，是快乐的，是幸福的，更是充满了期待和梦想的。

再见吧五月，虽然有点不舍。

你好吗六月，我还有很多期许。

记住昨天的印记，看清今天的道路，不负悠悠时光，不负不甘的自己与美好的约定，我们一起前行、前行！

六十九

2022 年 6 月 1 日，夜，阵雨。

今天，和张军同志谈了很多很多。这个大孩子真的成熟了许多许多。从他的身上，我仿若看到了当年的自己。

上午，和老刘书记与大孩子们看了看我们的果园和花卉大棚。浇浇水、除除草，倒也快活许多。看着老刘书记那种耐心护花的样子，我心里感觉暖暖的。我风趣地自嘲道:"老刘大哥,你看看,咱俩这老头子,都成了'老花头'了。"他看看我,悄悄地贴着我的耳朵回敬道:"老弟,你可千万别叫我'刘老花'啊。"

哈哈。我们的笑声带着花香,溢满了花卉大棚,飘出大棚外,随风而去。

下午,我给几个订购我们花苗的人打了几通电话,定下来了明天送花 2 万株的几个细节工作。老刘书记和王晓燕副书记就到了另外一个棚子做准备工作去了。

晚上,我独自喝了点酒,坐在电脑前,想起这些日子我们大棚转产的事情来。越想越觉得应该归拢归拢。

我们东明村扶贫产业项目之一——黑木耳吊袋养殖始建于 2019 年。当年,在市、镇两级政府强力支持下,建设黑木耳吊袋栽培大棚 6 栋,木耳晾晒棚 6 栋,总面积 3240 平方米,年可种植黑木耳菌包 12 万包左右,预计实现收益 12 万元。几年来,通过项目实际生产经营证明,因菌袋生产、木耳销售两头在外,加之木耳生产的技术含量与管理问题等综合因素影响,黑木耳吊袋栽培产业项目收益连年亏损,远达不到预期,为村集体收入实现逐年增长目标增添了一定的难度。

为彻底解决问题,自去年秋,驻村工作队与村两委经反复调研论证,反复磋商讨论,最终集体研究决定:按着"3141"模式尝试性进行转型。

所谓的"3"就是坚持"三不做"原则。即坚持亏损的产业项目不做,没有市场的产业项目不做和有市场、没有发展前景的产业项目不做。

"1"就是一个转向。即依托嫩江市及周边区域优势,向有发展潜力的花卉市场转向。

"4"就是四项主要工作内容。即缜密做好向花卉产业项目转型的前期市场调研,优选拎清以嫩江市为中心的周边花卉营销市场,科学选定主培育品种与花色和以销定产的总量与品质四项重点工作。

最后一个"1"就是一个必须保证。即必须保证集体资产和脱贫户年收益不受损害。

基于这种转型主体模式,自今年春开始,我们立足东明村实际,利用原黑木耳大棚种植优势,用几个月的时间不断摸索与实践,在充分的市场调研基础上,大胆地进行了特色花卉种植转型探索。

按照城乡市场产前意向合同总量约定,以销定产,以产保供,实现了销、供、产结合的一体化生产方式。即我们自选种开始,由专人带班负责,实施了生产总量、生产环节和生产标准等产前、产中和产后全程内控管理。目前，几栋大棚内，市场需要的 5 万多株串红、牵牛、鸡冠、小丽红和臭菊等十几个品种，争芳斗艳；有红、紫、白、粉等多种花色，姹紫嫣红。棚、花和人，共同描绘出和谐多姿的画卷。

2022 年 6 月 1 日开始，"美人出嫁了"。当日，实现营销额 2 万多株。剩余的 3 万余株陆续销出。预计 5 万多株鲜花全部卖出后，可实现利润近 2 万元。

下一步，重点从总结、完善两个方面入手，全力将东明村建设成镇域内的优质花卉产业基地，为持续巩固脱贫攻坚成果，培育村集体经济新的增长点开辟新的途径。

一是总结经验。通过几个月时间的探索与实践证明，实事求是的产业项目转型是可行的、成功的。因此，我们必须用科学、谨慎的态度，认真、负责、全面地总结好自己，为花卉基地的发展夯实基础。

二是完善管理。坚持精准细致原则，不断地完善以销定产、销在产前的"订单花卉"。同时，重点严把标准质量生产关，抓好销产供环节有效衔接，严格进行花卉产业全链条的可控性管理，规范花卉基地稳步有序发展。

三是谋定发展。坚持可持续经济发展原则，完成销售目标后，锁定市场需求，做好花卉大棚的后续发展工作。即严格按照农业种植时令要求，能种植大葱的，种葱；能种韭菜的，种韭菜；能种蔬菜的，全部种上。种嘛得嘛呀。

呵呵，不归拢不知道，一归拢吓了自己一跳。真是一分酒气一分活。大半年来的时间，我们竟然做成了一件很有突破性、代表性和前瞻性的工作——产业转型。看来这夜没有白熬，竟然熬成了一个小小的典型案例。

真的。事实验证了一句话："苟利于民，不必法古；苟周于事，不必循旧。"讲得很不错嘛！

哈哈，睡觉，明天有时间再改改，准成。

七十

2022 年 6 月 2 日，晚，阵雨。

昨天上午，嫩江市司法局高燕副局长一行三人代表市司法局来到我们东明村，看了村部，深入农户，进行司法相关业务指导和慰问。

今天，老刘书记、晓燕副书记和我，把昨天下午准备好的2万株花分别送入了订购货主手中。为了省点费用，我与老刘书记就当起了义务装卸劳工了。别看我们两个人年近60岁，但是，干起活儿来也不服输。我们上午卸了一车，下午卸了一车，整整201筐满满的各色花卉，十几个品种，从车上搬下搬上，也给忙乎完了。但是干完活后，累得我们两个老头子腰也酸背也疼，浑身上下没有一处好受的地方，动一动，哪都酸、哪都疼，真是"年轮不饶人，不服都不行"。

下午十五时许，卸完第二车花苗后，我们才返回村。在途中，开着车的老刘书记笑着对我说："队长老弟呀，你看看咱俩，得悠着点儿干了，否则"我苦苦地笑了笑，回答他说："是呗，书记大哥，再这样干下去，咱们两个老家伙可真的成了'老花头'了。"

哈哈，哈哈。我们不约而同地大笑出来。

那笑声，带着疲惫，带着喜悦与幸福，伴着车外沙沙作响的车轮，随着温柔歌唱的风声，与天上纯白色的朵朵云儿，一起去了远方。

回到办公室，吕行同志送来了市驻村办下发的通知。通知要求全市每个驻村工作队要完成一份个人典型材料上报。坐在电脑前，看看正在离开的吕行同志的背影，再看看通知，我点了一支烟，沉思了起来。

吕行同志，自驻村以来，论坚守岗位，在我们三人之中，他属第一人。从校门出来，一个干干净净、雪白如纸的大孩子，就自愿申请来到了农村一线，锻炼自己，洗涤自己，发展自己。驻村至今，已经成长了许多，成熟了许多。

去年，我们驻村典型个人已经报了张军同志。今年，就报这个正在成长中的大孩子吧。想到这里，我叫来张军同志，和他沟通了一番。用他的话说："领导，咱们不是定了吗？我们驻村两年，一年报我，一年报吕行。"是呀，今年就报吕行同志。仅凭长期驻村和乐于助人这一块，他就够得上优秀了。

记得很久以前，他就和我们提过，东明屯张红家的日子过得很紧巴，不宽裕。张红，女，50多岁，患有间歇性心脏病和侏儒症，基本没有什么劳动能力。昨天上午，嫩江市司法局来村里慰问我们，给我们带了十斤鲜肉，我叫上吕行一起去她家里看望，张红与她的男人许宝昌同志热情地接待了我们。

我们聊了一会儿，说明了来意，核实了一下他们的情况和今年预计的收入后，我们起身就要离开。张红和许宝昌两位同志拦住了我们，说什么也不让我们走，硬要请我们在他们家吃点饭、喝点酒。

这饭，我们怎么吃呀。不论张红和宝昌同志怎么说、怎么劝，我们都不答应，也不能答应，更何况我们有严格的工作纪律要求。

张红，矮矮的，站在门口，挡着我们，仰着头对我说："高队长，你看我们也不求你什么，我和宝昌很早就商量来着，有机会就叫你来我们家吃个饭，唠唠嗑。今天你来了，就是个机会。晚上，你们哥俩唠唠嗑，我给你简简单单弄俩菜，还不行吗？"

我低着头，看着张红同志那张淳朴、诚实的笑脸，想了又想。是呀，他们说不定想了多少天、多少时间呢，才有这样一个的想法，把我们叫到家里，吃点饭、喝点酒、聊聊天、交交心。

"好，我们晚饭一定来。"没有犹豫，没有顾虑，我立马答应了他们。

晚饭时，我提着一瓶酒，让吕行同志拿着，一起到了张红他们的家。

看着我们进院，张红两口子就站到了房门前，迎着我们进门。进入屋内，饭桌子早就摆好了。

一筐馒头，四个小菜。即一盘炸茄盒、一盘凉拌黄瓜、一盘凉菜和一盘油炸花生，整整齐齐地摆在饭桌上。吕行同志把带来的酒打开倒满后，我们四个人就开始唠了起来。

我们从个人经历唠到每个家庭，从每个家庭唠到东明村，从东明三个屯唠到了社会、国家……唠着唠着，天就黑了起来。因为我们晚上还需加班干活，我们的聊天就早早地结束了。

其实，张红两口子都是很自立的人。虽然张红身有残疾，但是，人残心不残、志不残。目前，儿子已经成家，一家人都在城里打工。她和宝昌俩人有40多亩地，加上宝昌同志在村里打打工，张红养两头猪、养点鸡、种点菜，日子过得还行，挺踏实的。我估计他们一年的收入怎么说也有六七万元左右。

用张红的话说："人，只要任劳任怨地干，日子一定不会错的。"

是啊，不论是谁，生活告诉了我们：过日子、干工作，只要不懒散，认干就行。也算自勉吧！

七十一

2022 年 6 月 8 日，晚，多云。

几天前，我们三人商量决定，今年的优秀典型报吕行同志。随后，吕行写了个材料给我。今天一早，他把电子版给我发了过来。打开电子版，我看了又看，这哪行呀，典型材料可没有这样写的。没有办法，我还是自己动手干吧。

吕行同志，男，汉族，37 岁，中共党员。2014 年 3 月毕业于哈尔滨理工大学，硕士学位。2021 年 7 月驻村以来，主要负责协助村书记抓党建和驻村工作队内务管理工作。驻村以来，他能积极配合，快速进入角色。坚决贯彻执行党的路线、方针、政策，遵守国家法律法规，立足岗位、开拓创新，勇于担当，勤奋进取，无私奉献，踏实工作，求真务实、任劳任怨的工作作风得到了领导和广大村民的充分肯定。

一、认真学习，协助推进党建工作

吕行同志严格按照要求，积极开展党史教育，认真学习。在学习中，坚持理论联系实际学党史。在工作中，不折不扣贯彻落实镇党委各项决策部署。在内务管理方面，他井井有条，刻苦认真。他负责整理的整整 18 册卷宗，内容齐全，标准规范。尤其是工作队的经费卷，每笔费用记录得清晰准确。吕行同志能够自觉地结合能力作风建设年要求，严于律己，厚以待人，遵纪守法，克己奉公。他无论是在工作、生活还是学习中，办事不推诿，遇难不回避，始终坚持以钉钉子精神贯彻中央八项规定及其实施细则，始终保持和人民群众的密切联系。

二、乐于奉献，厚植浓浓为民情怀

吕行同志驻村后，白天，一方面花时间了解国家相应的扶贫帮扶政策；一方面对东明村各屯进行入户考察调研，在发放驻村工作队联系卡的同时与村民交心，了解他们的需求和本村的实际情况。晚上，他常常在办公桌前，加班加点，总结工作，忙于内务。尤其，针对常驻本村老弱病残的农户非常多，家中壮劳力一般在城市打工和本村一些家庭的男劳力丧失劳动能力等实际情况，他暗下决心，以己之力进行帮扶。一是利用初秋时节，主动帮助蔺岩家堆放豆秆。蔺岩一家属于享受国家低保政策的贫困户，家中一个女婿患有尿毒症，需要长期透析维持生命，已丧失劳动能力，唯一的外孙在城里打工。因在农村，每年到了初秋季节各家各户都会忙于储存豆秆用于烧火过冬。而对于缺少壮劳力的蔺岩一家来说，每年初秋弄豆秆的事情，都是一家人的愁事之一。因为他的孙子回来一次，只能开拖拉机运豆秆，而无法抽身堆放豆秆。而豆秆如果不及时堆放成垛，一旦下雨，雨水会浸湿豆秆使其无法点燃。为此，吕行同志和驻村工作队高洁队长主动帮助蔺岩一家整理堆放豆秆，用叉子、二齿子等工具，刨、举、扒、踩、垛，上下反复修整垛垛，用了一整天时间，将豆秆堆成了一座像模像样的柴火垛，受到了村民的好评。二是竭尽全力帮扶张红和许宝昌等生活困难家庭。东明屯的张红和许宝昌一家属于贫困户。家中房屋破旧不堪，享受低保补贴多年，张红同志本人患有间歇性心脏病和侏儒症，属于残疾人员，其爱人许宝昌同志虽然属于壮劳力，但是由于一些其他原因，在村里打工，收入较低。当初，吕行同志入户走访到张红一家时，就留下了极为深刻的印象。经过先后几次接触与交谈沟通后，吕行同志出钱出力，全力帮助他们一家改善生活，并积极帮助许宝昌同志在村中寻找工作。吕行同志如此默默无闻地行动，广大村民看在眼里，记在心中。

　　入村以来，吕行同志的所作所为，彻底改变了村民的看法，深深感动了东明村的群众，也带动了其他同事，真正起到了一名驻村工作队队员的楷模和表率作用。

　　提起笔来，一气贯通。回头看看，还是蛮可以的。一会儿发给吕行同志，让他自己再改一改，就报给市驻村派驻办吧。

七十二

2022 年 6 月 10 日，晚，阵雨。

这几天，忙忙碌碌，竟然一篇日记都没有写。

原黑龙江省农垦绿色食品办公室主任余捷大哥很早前就约我去一趟哈市，谈谈我们村绿色种植基地和产品的事情。正好，这几天我也准备去哈市一趟，亲自求求《农场经济管理》编辑部、北大荒集团战略发展研究中心和原《北大荒日报》等单位的编辑、研究员和要闻部主编、农垦电视台台长等人帮我们一下，给我们村的村标石刻文内容和形式等守守关、把把脉。

今天，雨下得急而短促，害得我淋了几滴雨，感觉非常非常的凉爽。不过，也没有别的什么事，就当很惬意地在雨中漫步了。

为了筹建村标的款项，真的愁死我了。还好，6月6日，黑河市委党校常务副校长李百青同志和黑河市社会主义学院副院长梁玉钱同志等一行三人，来到我们村看望慰问驻村工作队队员和脱贫户代表，全面调研了解我们驻村工作队的工作进展情况。

在驻地，李百青副校长和梁玉钱副院长与驻村的我们就近期驻村工作进展情况进行了交流，我代表驻村工作队详细地介绍了近一年来工作队在东明村的工作完成情况及下一步重点工作安排。随后，李百青副校长和梁玉钱副院长实地察看了驻村工作队的工作环境，悉心询问市派驻村干部的生活和工作情况，并与我们进行了深入交流，详细了解帮扶村的基本情况、经济发展状况及存在的困难。同时，各位领导又参观了我们的试验苹果园和花卉种植大棚。

走走、看看、聊聊，百青副校长和玉钱副院长分别对我们东明村工作队开展的工作给予肯定。同时，强调市派工作队在驻村帮扶工作中，要高标准、严要求，严格遵守工作管理制度，为其他工作队起到模范带头作用。重点希望我们全面助推东明村的振兴，增强集体经济活力和发展后劲，使全村产业质量效益进一步提高，基础设施建设水平进一步提升，在促进全村经济社会发展上，取得更为明显的实质性进展。最后强调，派出单位是驻村工作队的坚强后盾。工作队要在充分掌握村情民意的基础上，全力配合好村两委开展工作。如在工作和生活上遇到困难时，要及时向派出单位反馈，不要有后顾之忧。要切实发挥村级党组织的战斗堡垒作用，与全体村民一起，为建设生态和谐、美丽幸福东明贡献力量。

更为重要的是，在调研期间，我们工作队重点向领导们反映了村标建设遇到了筹款难的问题。百青副校长当即表态："既然我们是你们的娘家，待回去后，我们立即研究，帮助你们解决。"

听了百青副校长的话，我们心里热乎乎的。这还用说什么吗？一切可能表达的言语，怎抵得上"娘家人"一个小小的支撑行动！有这样的娘家人撑腰，有这样的领导加力，我们驻村工作遇到的难题，还是问题吗？答案一定是没有问题。

是呀，有黑河市委党校支持，有我们的派驻牵头单位黑河市委组织部支持，有我的单位黑河市司法局支持，我们的驻村工作全面、深入展开应该没有任何问题。

领导的言行就在眼前。现在想想，心里还是喜滋滋的，有点甜。这真的是：天覆地载，万物悉备，莫贵于人，莫过于事。

晚了，不写了，兴奋了，就睡不着了。

七十三

2022 年 6 月 16 日，晚，阵雨。

哈市一行，终于回来。

你说怪不怪。自从九三农垦转隶到黑河市司法局，到今日，算起来已经四年了，加格达奇至哈尔滨的火车我一次也没坐过。这一次走下来，感觉自己好像是个"多余人"似的，连在手机上购买火车票这样的小事都陌生了很多。

还好，这次去哈市，该办的两件事情，都办得妥妥的了！

一是余捷大哥帮我们彻底搞清楚了我们东明村绿色基地和绿色产品的事情。

二是在《农场经济管理》编辑部、北大荒集团战略发展研究中心和原《北大荒日报》编辑、研究员和要闻部主编、农垦电视台台长等人帮助下，我们的《东明村拟建村标说明》定稿了。

村标说明包括村标简介、捐赠单位等内容。

村标，由原石、基座和小广场三部分组成，浑然一体，步步高远。

原石学名泰山风景石。取自山东省泰安市附近山脉周边的溪流山谷，又名幸福石。石质坚硬，沉稳浑厚，质朴性刚，兴村旺民，属世间硬度，密度最大的岩石之一。

基座，由钢筋混凝土浇筑和大理石贴面而成。石刻正面《东明传说》、东面《村标简介》、南面《秀美东明》和西面《捐赠单位》。

小广场，由大理石地面、原石路面和花卉树木等组成。

东明村是一座秀美的小山村。村东，自北向南有大团山、东山、石头山和噶山。东山由南北两座山组成，中间有无名溪水流过，直入科洛河。由远处看，山形似一把巨刀横立在地，又叫大刀背山。

昨天，东明村居民由原住民、清驿道站民和"闯关东"的山东人汇居形成。2001 年，由原来三个行政村合并而成。2008 年，为黑龙江省贫困村。经十年奋斗，2017 年，摘掉贫困村"帽子"。当年，34 户贫困户、53 人，实现人均收入近万元。

今天，村域面积 81.18 平方公里，户籍 540 户，人口 1880 人。耕地 32000 亩，人均 17 亩，人均年收入 12000 元。粮食作物有小麦、大豆、玉米等，畜牧有生猪、山绵羊、黄牛、家禽。特产有蘑菇、榛子、五味子野生植物等。

明天，东明人与你一起携手，以资源为依托，以产业为支撑，以人为本，向着更新、更美、更好的幸福生活，前行！

说真的，我一直为建什么形式的村标、什么内容的村标和如何筹建村标等事宜忙碌着、奔波着。这次哈市一行，心中的石头总算是真真正正地落地了！

忽然有一句话飘来：慎终如始干事，天地喜之爱之。

哈哈——

好梦，今夜！

七十四

2022 年 6 月 18 日，晚，雷阵雨。

昨天，抽空和老刘书记商量了一下修建村标底座事宜。考虑到目前筹集的资金大部分没有到位，村标修建工作也不好往前推进了。最后，经我们反反复复地研究，一致同意，建设 80 厘米的底座太费钱，不建了。暂时，先把 60 厘米高的底座修建预算拿出来，看看实际情况，再决定到底修不修底座。反正我们绝不能借着钱干事，这是底线。

下午，我和吕行同志考虑再三，弄出来一个简约的村标底座修建预算。

不加人工，只是材料费用，总计至少 5000 元左右。这又是一个不小的数目！

晚上，思考了再三，我还是决定给黑河市委党校李百青常务副校长发了条短信："李校长，您好！我是驻东明村的高洁。您有时间吗？想和您汇报一下工作。"等到晚上九点多，李校长回了短信，约我明天通话。

昨晚，睡了一个甜甜的觉。今天，我早早爬起床，第一时间坐在电脑旁，起草了一份向黑河市委党校的请示文件。

村标，是美丽乡村的重要标志之一。它既是全体村民的情感的重要依托，更是美丽乡村开放发展的重要标识。结合东明村实际，拟建设一座永久性村标。目前，村标建设工作正在有序地开展之中，部分费用已经募集到位，还有部分费用尚处缺口。因此，经村两委和驻村工作队商量一致，就相关费用请示如下……

上午十时许，李校长如约打来了电话。电话中，他又问了一些我们驻村的具体工作、学习和生活情况。最后，他用干净利落的话语说："高队，你放心吧，我们派驻这个'娘家'一定会全力支持你们的！"

建设村标的第一笔钱落地啦！

放下电话，我兴奋地向黑河市司法局戴春雷局长、杨光辉副局长进行了电话汇报，与领导们一同分享了我们驻村工作的快乐。

是呀，遇到站得高、看得远，亲民又爱民，且干实事、干好事、有情怀的好领导，是人生中最大的快乐之事、幸福之事！正如常言道："有家的孩子，就是快乐与幸福的！"这让我不自觉地想起我们村标简介中的一句话："原石取自于山东省泰安市附近山脉周边的溪流山谷，又名幸福石。"对，泰山风景石，就是幸福的。它的根本属性就是"质朴性刚，兴村旺民"！

我们东明村有这样一群人默默地支持，默默地帮助，默默的奉献，我坚信：它的明天，一定会更加美好幸福的！

写着写着，我就兴奋，呵呵。

七十五

2022 年 6 月 19 日，夜，多云。

今天是周日。在农业生产一线，我们驻村工作没有节假日。其实，想想，有没有，也无所谓。反正按文件规定，去年，我们半年的驻村时间就有 130 多天，比要求的还多呢。

这段时间，我们一直都在忙乎村标建设工作。对试验果园的事情过问就相对少了很多。昨天上午，叫上吕行同志，我们在果园里逐一查看了一下果苗生长情况。100 棵树苗，除一棵死亡外，其他的长势良好。只是，部分果苗有些打蔫。仔细观察，好家伙，小小的蚂蚁怎么都爬上小苗顶部了？发现情况后，我们马上联系了遥在远方的，我们特聘的技术员梁师傅。经师傅鉴定，是病菌和害虫干的好事。当时，吕行同志就全面记下处置办法。随后，吕行同志跑去镇里，花 100 多元钱买回了几种果药和叶面肥。

今天下午，吕行同志又跑了一次镇里，买来一个小喷壶和水桶。傍晚时分，我们严格按着梁师傅的要求，与村里的徐师傅一起，将全部果苗处置完毕。

虚惊，总算过去了。但愿我们试验的小果苗能更好地茁壮成长，不负期望。

这些天来，忙是忙些，但是，也绝不能因忙废业！晚上，我坐在电脑前，理理这段时间发生的事情，还有一件很高兴的事情没有记录下来。

记得，在去哈市前，在土窑子屯的老丁带领下，几个村民就开始打村标底座的地基了。

针对 30 多吨原石的基础建设，我和老刘书记商量来、商量去，可犯难了。雇人修建吧，这个基础预算最少三四万元，还没加个人盈利部分。不雇人吧，我们村目前还真没有什么人会泥瓦匠活的。

没有办法，我们一致决定：自己干，怎么省钱就怎么干。同时商定，村标安放在土窑子屯通村路东最为合适。结果，当沟机师傅开始作业的时候，村标前的住户不答应了，说什么是我们村里强占了他家的小园子地。占地，不给钱，就不让我们开工。

钱，又是钱？老刘书记气得回来问我，有什么好办法能解决这个棘手的问题。我想了想，摇摇头说："按法，这个农户的前后园子早已超出法定面积，我们建的村标其实没有占谁家的地，我们有理。要是告，我们在时间上等不起。要是给钱平事，我们村里又没钱，建设村标费用目前还没筹够，弄不好我们个人还得添钱。没有办法，村标要建，也没有时间告，又不能惹，实在不行，我们挪挪地方吧。"就这样，我们将村标地基挪到了通村路西侧，把已经填埋好了的村标地基里的粗砂取了出来，恢复了原来的土地状态。这一来一去，本来预算就紧巴巴的，这回又折腾出去不少钱，真的心疼呀。

好在这回没有人阻挡了。沟机、铲车一起上，我们很快又在路西新址开挖了一个地槽，并重新填满了粗砂。

老丁，七十多岁，仍不服老，领着几个人紧跟着就给地灌起水来，并把粗砂慢慢地焊实。

第二天建地基砌石头时，我又到了现场。看着老丁他们砌的毛石，我就笑了起来。"老高，你笑个啥？"老丁看着我，一嘴山东味儿地问道。"老丁头，你还笑嘛呢，不怪老刘书记叫你大眼瓦匠，你这砌的是什么呀，方不方、扁不扁的。"我笑着回答他说。老丁听后，边嘿嘿嘿嘿地咧着嘴一个劲儿地笑着，边扭过脸去，一下子双手抱头蹲在地上。

我脱下上衣，对着老丁说："大哥，咱别傻笑了行不，你家有线绳和水平尺吗？快回去拿来吧！""高队，大哥家里没有，我家里有。"几个人中，最年轻的杨进革老哥边往家走边说道。

一个上午，我这样的一个"半拉子师傅"，领着老赵、老丁和老杨三个"老小工"，我们四人在接连不断的笑声中，与村路超平、规方和订立准绳后，再次砌筑起了高约 0.5 米的石头。下午，我们在回填的毛石上面，用水砂找平之后，就开始支起了高 20 厘米的水泥浇筑的盒子板，一直忙乎到晚八时多，才完成当日工作任务。

第三天一早不到七点，我们开始浇筑水泥工作。八点，科洛镇党委书记王钟山同志来到了现场。我向王书记汇报了两项工作：一是我们的大棚花卉已经卖出去 2 万株。二是村标底座，为了省钱，我们自己干了。王钟山书记听后，很高兴地说："老高，我就不打电话了，你和老刘书记说一声，花卉，我们镇政府商量了一下，决定助力你们一把，要五千株花卉。你们这个底座弄得很好，就是低了点，再弄高一些，比省道 211 线高点。没钱不要紧，我们镇里集体研究考虑一下，给你们出四至五千元钱，支持一下。好不容易弄一回，弄像样些，漂亮点！""好的，谢谢书记，有你这话，我们一定全力弄好！"我非常非常高兴，立马向王书记做出了保证。送走了王书记，我们又说说笑笑地接着干了起来。

将近中午，我们终于把活儿干完了，转入了村标地基基础的养生工作阶段。

老丁、我和其他几个人看着水平、平整、见方的地基，脸上都露出了太阳般的笑容。

"各回各家——"老丁突然喊了一嗓子。人们在哈哈大笑中，逐一散去了。

这一天天的，真的很实惠、很高兴！

七十六

2022 年 6 月 20 日，晚，雷阵雨。

几天前，接到嫩江市委组织部派驻办下发的通知，要求我们每个驻村工作队上报入户排查问题清单。今天，是上报期限的最后一天。

上午，我和吕行同志拢了拢入户单，整整装订了一大卷。下午，我们研究着如何弄清单的事情。

经大半个下午的时间，我们终于形成了上报材料，汇报了我们的排查情况和在排查中发现的问题。

通过入户排查，我们全面梳理，认真总结，大致有以下两方面问题。

一是农户收入固化，增收困难。从入户排查情况看，绝大部分农户的收入来自土地流转和政策扶持两大来源，固定且单一。如年土地流转价格高、政策扶持力度大，农户年收益就增长了。反之，就下降。其他收入来源很少，且部分农户为无劳动能力家庭，导致农户年增收困难。

二是村集体经济发展、壮大难。目前看，全村产业只有玉米、大豆种植业，猪、羊养殖业和黑木耳、光伏等产业，大宗农产品产量、效益年年如此，基本固定。猪、羊养殖受市场影响，勉强维持在小规模经营。光伏产业收入不多，基本固定。大棚、羊舍等产业，收入不稳定。加之村收入最大的来源在仅有的 600 多亩机动地上，年均收入在 40 至 50 万元之间徘徊，村集体发展的动力不足，力量弱小，导致村集体经济带动力、辐射力不强。

针对问题，我们拟以项目建设为支撑，以探索实践为突破，逐步逐项地缓解、解决目前客观存在的实际问题。

一是实施大棚黑木耳种植转产项目。通过半年多的"木耳转产花卉种植"实践，我们实现了创利万元，扭转了几年来黑木耳大棚种植的亏损局面。

二是实施新产业果园种植试验项目。经试验，目前，引进的 100 棵苹果树苗，除 1 棵死亡外，其他长势正常。

三是计划实施试验肉牛养殖项目。目前，此项工作正在考察论证阶段。

四是积极争取 50 万元帮扶资金，壮大集体经济，推动村集体经济大力发展。

吕行同志和我看了又看，感觉还行，就在下班前报给了市委组织部派驻办主管我们的马天勇同志。

今天，感觉有些累。不写了，收拾收拾，休息去。

七十七

2022 年 6 月 27 日，晚，阵雨。

马上进入七月了。想想去年这个时候，我们正在各自的单位，做进驻东明的准备工作。

真的很快呀，我们入村快一整年了。

是呀，自 2021 年 7 月 6 日进驻东明村，至今已经整整一年了。

时光荏苒，岁月如梭。回顾一年来的工作，我们在各派驻单位大力支持下，在科洛镇党委、政府强力领导下，积极协助村两委，密切团结村民，严格履行驻村工作队"四项职能"，共同努力，踏实工作，基本完成各项工作任务，取得了一定的预期成效。

1. 全力平稳推进党建工作。按科洛镇党委安排和要求，结合实际，积极开展党史教育，深入推进"强纪律、转作风、抓落实、促发展"教育活动，切实将各类系列教育落到实处。进一步强化村两委班子建设，充分发挥头雁引领作用。严格执行"三会一课"制度，加强党员队伍建设，发挥党员引领示范和先锋模范作用。

2. 持续巩固拓展攻坚成果。按照帮扶工作要求，我们坚决落实"四个不摘"，持续强化"三落实"，严格把牢监测关口，落实落靠教育、医疗等各项政策，进一步加强产业项目、庭院经济等十项增收举措的实施推进，严防规模性返贫，坚决守住扶贫攻坚胜利成果。尤其今年，我们全面启动了"三查、三送、三帮"活动……

3. 重点突出项目建设稳预期促发展。紧紧围绕村两委中心工作，一抓农服经济发展。二抓果园试验项目。三抓黑木耳大棚种植转产项目。四抓村标建设项目。目前，村标地基、基座建设已经成型，原石和基座四周的刻文工作正在有序进行中。五抓基础设施项目建设。今年，黑土地保护和高标准农田生产路建设项目、冲刷沟治理项目、双发巷道修建项目、南沟桥与后沟桥和50万元扶持产业发展项目，都在积极争取和落实之中。

一年来，我们驻村工作队能够顺利开展工作，取得一些成绩，是与各位领导、各相关单位给予大力支持密不可分的。入村以来，我们的派驻单位黑河市委组织部、黑河市司法局和黑河市委党校及嫩江市委组织部、嫩江市司法局、嫩江市委党校，先后多次派人入村看望、指导驻村工作，积极协调嫩江市有关部门，助力我们工作队和村两委解决民生项目难题，帮助解决驻村工作队生活、工作难题。尤其今年，黑河市委包村领导晓军秘书长、派驻单位黑河市委党校百青常务副校长、黑河市司法局春雷局长等人，先后入村慰问，调研指导工作，全力帮助我们解决驻村工作中遇到的实际问题。目前，相关单位为我们筹集的含慰问金在内的资金累计总额达57000元。其中，由黑河市司法局牵头，市委组织部、党校支持，筹集帮扶资金21500元，用于慰问村内低收入的老党员、老龄人、五保户和低保户，修建室内卫生间，改善村两委和驻村工作队人居生活。由黑河市委党校牵头，黑河市委组织部、黑河市司法局支持，筹集帮扶资金23500万元，用于寄托了全体村民情感的村标建设。由嫩江市委组织部牵头，嫩江市司法局、党校支持，筹集慰问金12000元，用于看望村民、脱贫户代表和东明村试验果园项目建设。

在驻村工作中，我们开展了一些工作，取得一定进展，但是与组织的期望和农户的要求还有一定差距。

一是需不断加强学习。为顺利完成驻村工作我们需要不断进行理论学习、政策学习和专业学习。只有不断、持久地坚持学习，才能适应不断变化的驻村工作需求。

二是需不断强化工作。面对540户农户生产生活的新需求，需要我们不断地完善和规范工作，更好地提供优质、便捷和高效的服务，以满足人民群众日益增长的新需求。

下一步，我们将以问题导向、效果导向为核心，围绕驻村工作职能和村中心工作，协助村两委，团结广大群众，努力工作，为建设美丽、平安、幸福的东明贡献力量。

这一晚上，全是感触、感慨，几乎把一年来日日夜夜的重点部分都想了一遍。不是吗？仔细想想，突然间，一句莫名其妙的话窜入脑间：既然已经驻村工作，要么你就全力以赴好好干，要么你就闭上嘴巴马上滚蛋。嘿嘿……这都什么对什么呀？不想、不想了，明天，结合一下去年的工作总结，又将形成我们驻村的一年工作总结。

不写了，再兴奋起来，就该没睡意了。

七十八

2022 年 6 月 28 日，夜，晴。

今天上午，老刘书记、晓燕、俊华同志和我，我们一起研究庆"七一"活动事宜。一堂党课、一次重温誓词、一次志愿活动和一次座谈等,弄吧弄吧,七八个活动就都出来了。其中，镇里包村领导、村两委成员一致热切地希望我们工作队帮助联系，用一天时间，来一次小规模实实在在的垦地党建和现代农业建设参观学习活动。也好，眼看着大家从春忙到了夏，都挺累的，联系就联系吧，绝不能辜负大家好不容易燃起的热情与期望。

下午，电话联系了北大荒集团总公司鹤山农场有限公司董事长刘文武同志和尖山农场有限公司董事长陶军同志。虽然他们一个在开会，一个在去哈尔滨的路上，但是，我们通了电话，在说明意图后，他们都十分热情地答应了我们的请求，并表示："老领导，放心吧，我们十分欢迎。不论你们什么时间来，要听什么、看什么，我们都会热情款待，随时接待，全力安排好的，包你们满意。"

放下电话，我的心很热。从两位农场公司董事长的对话语气中，我由衷地真实感觉到：农垦就是农垦，有板有样! 做起事来，就是热情、诚恳、实在、大气。尤其在对待来客上，周到、贴心，不愧为"天下农业是一家"! 其实，生活中，我的同事、朋友和同学们，也都一样的。

记得前几天，确切地说，是 6 月 23 日。早上起来收拾利索后，九时许，我坐上了去嫩江市的客车，想赶在上午下班前去市政府办些事情。九点三十分，客车走到长福镇时，暴雨就下起来了。好家伙，冰雹、暴雨加大风，弄得我们的客车一个劲儿地摇摇晃晃。没有办法，客车师傅只能把车停在了路边。大家议论纷纷,也还是乖乖地躲起风雨来。这一躲就是一个来小时，车到嫩江市的时候，政府工作人员都快下班了。没有办法，今天是回不了村了，只能在市政府附近，悄悄地找寻了一个每天 20 至 30 元钱的无名小旅店，先把自己安顿起来再说。

下午,我到了市委组织部。主管驻村工作的潘副部长出差去哈尔滨市了。张寒冰副部长热情地接待了我。知道了我的来意后,寒冰副部长二话没说:"高队,为了东明村民生项目,你们在村里、镇里和市里来回跑,真可贵,真难得呀,值得我们学习!虽说我现在不主管了,我马上帮你联系交通局和其他部门。"说完,他拿起桌子上的电话,联系上了新上任不久的交通局局长谭鑫同志。谭局长仔细地听了我们东明村南沟桥和后沟桥水毁后的立项情况,当即表示:"因去年雨水太大,全市水毁桥要修建的项目很多。东明村的两座桥,虽然已立项,但是,我们得查一查,研究研究,什么时候干,一有结果,马上就通知你们镇里和村里,你回去等消息吧。"从市委组织部出来,我又到了市委政法委,看望了高传东书记。传东书记是我的老熟人,早在十几年前我们就一起工作过。因工作关系,我们已经十几年没有联系了。这次我来东明村工作,也没有看望过他。这次来市里,正好有点时间,我们就随意地唠唠嗑,重点聊了聊相关项目的事。离开市政府大楼,看看时间还早,我就拿起手机,给我的高中同学袁本柱同志打了一个电话。

本柱年龄比我小一岁,上学的时候就很聪明伶俐,好学上进。这么多年来,我们一直没有断过联系。他一直在嫩江市税务部门工作,其中,大部分时间在基层服务。可以说,我们的关系实实在在属于那种"一生挚友"!我回到小旅店不到一刻钟的时间,他就火急火燎地赶到了我住的小房间。

"老高,你太不像话了!这么大的处长干部,你怎么住这里啦?走,住我家去。"一见面,本柱就抱怨起来。"袁税务,你先别挖苦抱怨我,我先求你帮我干点事呗?"我故意岔开他的话说。"说,嘛事?"他干脆利落地问道。我简要地说明建设村标打地基的事情。他还没等我说完,就很不理解地打断我说:"老高,你傻了,还是挣钱多呀,建设一个村标,得多少钱呀你不但出工出力,还要补充款项的缺口,凭什么,图什么呀?"我给他递上了一元钱一瓶的矿泉水,接着解释着。他听了后,沉默了好一会儿说:"老高,我不说什么了,绝对支持你。我不能像你,出不了什么钱,但是,我能给你出工出力。市里商家的情况你不熟悉,不就是买水泥、钢筋和砂石吗?我让我儿子把车开来,我们挨家挨户询价去,哪家货好、价格好,我们就定在哪家买,能省就省,可以吗?"我们对视了一下,都笑了起来。

不一会儿,他儿子就把车开了过来。我们三人直奔嫩江市二马路各家建材商店。自二马路西头到东头,我们一家一家地走,一家一家地询价,总计询价了十来户商家,算是把建材定了下来。然后,我们又马不停蹄地去了嫩江殡仪馆的江边、立交大桥下和北大营等地，最后，我们在北大营选定了水洗后的江沙和河流石子。在回市里的车中，本柱看了看手机说："老高，都晚上八点多了，去我家住你不同意，我们吃个饭总可以吧？"我应了下来。

我们三人不约而同地哈哈大笑了起来。笑声，混着雨后路面的积水声，和着晚风，融入了嫩江边上的晚霞中，瑰丽如画，淋漓畅快！

第二天早六点不到，本柱就打来了电话："老高，你千万要等我上班签到请假后，陪你买东西雇车装货啊。""好。"答应后，我抓紧时间收拾了起来。半个上午的时间，本柱陪着我买全了所有的货品，雇好车，装好货，还帮我商定下来吊运、安装村标原石的 75 吨专用吊车和板车。最后，他看着我坐在拉水泥的港田三轮车里，满脸担心地说："大哥，你可真是的，都这么大年纪了，什么车都敢坐。把住了，安全点！""老弟，放心吧。老哥这辈子什么车都坐过，别说这还是个三个轮子的。"我自嘲地解释道。说完话告别后，两个港田三轮车一路颠簸着，慢慢地向远在嫩江边上的北大营沙厂开去。

到了沙厂，我们把水泥、钢筋等装在装满了砂石的大翻斗车上面，付过车费，港田车安全地返回市里去。

还用说什么吗？这就是我的领导、我的同事、我的同学、我的亲戚朋友们！

不写了，困得有些不行了。

七十九

2022 年 6 月 29 日，晚，阵雨。

今天，一个人静静地坐下来，拢了拢打村标地基的账。前几天，晓燕副书记给了我一份打村标地基用工用车的明细。

推算发现，我们计划的工程款项远远不足。没有办法，我只得挨个和他们做一做工作吧，为了公益，为了集体，为了美丽幸福的东明，我们大家都贡献一点，献些爱心，少给点钱吧！

下午，从用工开始敲定。一轮商量下来，老丁和老杨同志二话没说，为了村标，给点就行。他们的费用定了下来。接着，我去铲车师傅邹红亮同志家，商定了铲车费用和石头费用。最后，我给钩机小扈师傅打了一通电话，把钩机费用敲定了。一轮一轮商量后，在大家的理解与支持下，认可了我们商定的费用。和原本的总预算三四万元相比，我们少花了很多钱。看来，施工队的预算也很合理。他们的预算是按市场价格计算的，即施工材料费、人工费和利润等。说实在的，三四万元的建筑费用也不算太高。因为我们活儿都是自己干，材料省了，人工贡献了，利润没有了，所以节省点钱也属正常。用老刘书记的话说："老高呀，你可真是的，亲自上手干活儿不说，还把这小账都给算到骨子里了。"

是呀，过日子嘛，哪有不算小账的。大账小账都要算，这才是我们的人生嘛。

抬起头来，听窗外，稀里哗啦地又下起雨来，让我想起了押运砂石到家那天。

那天，我和拉货的大翻斗车到了东明村土窑子时，老丁和我们的战友没在现场等着卸货。我打了电话，他们才从家里各自走了出来。看着高高的大翻斗，如何把装在砂石上面的60袋水泥和钢筋卸到地上，我们谁都没有了主意。最后，开车的师傅爬了上车，把钢筋一根一根地撇了下来。而水泥和砂石则一起翻倒在路旁。这下子可好，水泥都埋在了12立方米的沙子和河流石之中。开车的师傅收完了来回80公里的车费，就开车回嫩江去了。看着埋在砂石中的水泥，老丁大哥说："高队，我们先去我家，对付一口午饭，再来扒水泥吧？"我看看大家，不假思索地答应了，一起回到了老丁大哥家里。

刚到老丁大哥家，碰上了老丁的女婿谢宝同志和他的一个朋友。还没等我们坐到炕上，老天就刮起大风了。看着窗外，我说："不好，丁大哥，雨要上来了，我们的饭算是吃不上了。谢宝，你和你的朋友马上把四轮车启动了，我们把砂石中的水泥抢回来。"谢宝同志二话没说，闯出门外，启动车去了。我和他的朋友向砂石堆方向跑去。

刚刚扒出来几袋水泥装上车，雨就下起来了。雨中，为了激励谢宝与他朋友帮助我们抢水泥，我对他们说："宝子，你们两人年轻力壮，用最快的速度把水泥抢出来，运到库里，我给你们每人每袋水泥2元钱，好吗？"谢宝头都不回地说："高叔，什么钱不钱的，先把水泥弄上车再说。"

雨，不大不小地下着。我们一袋一袋地扒着水泥。

雨，越下越大，我们的衣服、头发都淋湿了。直到砂石中没了水泥袋子，我们才把四轮车开回了车库。车上的水泥横七竖八的，泥人似的我们怎么查怎么不对数，不是五十八就是五十五，反正就不是六十袋水泥。没有办法，雨大了，先回去吃饭吧，只能等雨停了再说。回到屋里，因口袋里很羞涩，没有零钱了，我只能把一百元钱的整票偷偷地塞到了谢宝的口袋里。

吃过午饭，雨也停了。我们仔仔细细地翻着袋子查，终于弄清了，五十七袋，还有三袋埋在雨后砂石下面。

我们几人开着车回到了砂石堆前，用铁锹把那三袋水泥找到了。还好，埋在了砂石最下面，没有淋着雨。

"这一天天的，净瞎折腾！"老丁大哥对着老天，嘟囔了一句。

我们大家你看看我，我看看你，都笑出声来。

八十

2022 年 6 月 30 日，夜，多云。

今天上午，镇里包村干部杨才林、范玉平两位同志来到村办，和老刘书记、我等人一起研究庆"七一"事宜。研究来研究去，我们统一了想法，一致决定用"八个一"活动，庆祝党的 101 岁生日。一是举行一次两名预备党员转正的宣誓、老党员重温誓词活动。二是开展一次发放党员生日卡活动。三是搞一次为入党 50 周年老党员颁发荣誉证书并聆听老党员入党 50 周年心灵感悟的活动。四是开展一次驻村第一书记、村支委书记讲党课讲坛活动。五是开展一次全体党员给党唱一支歌活动。六是观看一次小微事件警示教育片活动。七是组织党员开展一次志愿者义务劳动。八是组织包村领导、驻村工作队队员和村两委成员进行一次垦地党建加经济建设实地参观学习活动。

下午，我和老刘书记、晓燕副书记研究了嫩江市委下发的通知。按照通知要求，7 月 2 日，老刘书记必须到镇里上台实打实地进行现场讲演，也就是要进行 15 分钟时间的演说。这可难坏老刘同志了。用他的话说："让我说，没问题，说上个把小时也不是什么事。但是，写讲演稿，我是真不行呀。"没有办法，只能求我临时操刀了。

弄到了晚上八九点钟，终于写完了近 3000 字的讲演稿主要涉及三个方面的具体工作。

一、以"六个聚焦"加强党组织建设

一年来，围绕镇党委党建政治思想中心工作，我们村两委一班人马，持续提升政治站位、强化思想认识，深刻领会新形势下抓好党建思想政治工作的重要意义，用"六个聚焦"，扎实开展党建工作。

一是聚焦政治引领，把加强党的全面领导贯穿全村各项工作的全过程、各环节，确保各项工作立场不移、方向不偏、动力不减。

二是聚焦素质提升，积极打造学习型领导、思辨型人才和智慧型团队，在理论和群众间牵好红线，使高深理论走入农家和田间。

三是聚焦作风能力建设，抓好重点任务，深化落实，进一步把党员的标准立起来、把党组织的形象树起来。

四是聚焦群众期盼，既要立足眼前、解决群众"急、难、愁、盼"具体问题，又要着眼长远，探索建立"我为群众办实事"长效机制。

五是聚焦标准提升，突出场所硬件设施建设，突出规范化运行，加强党员队伍建设，发挥党员先锋模范作用。

六是聚焦新人培育，结合东明实际，坚持"老、中、青"结合原则，全力做好村两委班子新人引进、培育工作，为保证东明长远发展奠定基础。

二、以党建引领产业项目转型

党建的核心之一，就是班子建设，也是我们党建"六个聚焦"中的第六个内容。说实话，一个合格、称职的领导班子，就能把党员干部和人民群众凝聚起来，一起谋事，一起干事，尤其是我们基层村屯。

三、以党建引领种植结构调整

我们党建中"六个聚焦"之一就是聚焦群众期盼。既要立足眼前、解决群众"急、难、愁、盼"具体问题，又要着眼长远、探索建立"我为群众办实事"长效机制。

说句心里话，我们东明，别说和嫩江全市148个行政村相比，就是和我们科洛7个村相较，我们在自然资源、经济体量和人力资源等方面都相差很大。在资源上，我们三个自然屯，540户，1880口人，拥有土地才3.2万亩，人均17亩，与兄弟村，特别是经济体量大的村没法比较。尤其在现代农业种植方面，3.2万亩土地都是山坡地，土地瘠薄，总产、单产到头了，玉米、大豆结构固定了，我们的1880口人怎么增收，如何增收？这是我们村两委班子和人民群众最期盼解决的眼前的具体问题。

秉承历史，立足眼前，着眼长远，我们两委思来想去，今年终于想明白了。我们两委以党建引领资源开发利用，以资源引领种植结构调整，以结构引领乡村振兴和经济发展，积极探索实现集体经济和人民群众收入"两个增收"，努力提高我们的获得感和幸福感。

去年冬，我们两委班子利用冬闲时节考察学习了多地经验，他们都在默默无闻地实践着，探索着种植业产业结构的调整和优化。通过几个月的考察论证，我们一致得出结论：我们有大团山、东山和噶山，山地资源丰富。研究林果种植是一条可能试验成功的种植业结构调整、调优的具有发展潜力的项目。再说，与我们纬度相差无几的北大荒集团红兴隆分公司 597 农场公司的万亩苹果园就是现实的样板！我们坚信，只要努力，重点解决寒地苹果安全越冬和越冬后苹果品质问题，全村的种植结构一定会调好、调优的。

我们两委研究决定后，在各方热心人士全力帮助和支持下，我们东明村试验果园项目终于开干了。四月初，我们安全引进 6 种苹果、2 种李子和 1 种沙果树苗，全部按要求栽种到位。

目前，通过科学技术指导下的栽种、人工除草、撒药等精心管护，我们试验果园树苗成活率为 99%。

谢天谢地，可下弄完了。不写了，脑袋快弄炸了，也到深夜了。

八十一

2022 年 7 月 1 日，夜，阵雨。

前天下午，市委组织部派驻办马天勇同志又来电话，说省委组织部一个副部长带队，正在暗访。在大庆市按住了一个村子，一个派驻工作人员都没在村里居住。随后他重点询问我们的队员张军同志的情况。我向他解释了再解释，他终于把心放在了肚子里。

今天，我们早早地起来，收拾利索后，就忙乎起庆祝事宜。按照我们拟定的方案，插旗、填写生日卡、发放服装等，逐项行动起来。我们和村两委人员都忙得不亦乐乎。九时许，庆"七一"活动在热烈的掌声中拉开了序幕。会议室、广场上、果园大棚里，我们的活动有条不紊地进行着。十一点多，科洛镇党委书记王钟山同志来了，与我们一同参加活动。我与老刘书记耳语几句，决定临时安排，活动即将结束时，请王书记以讲党课的方式与大家唠上几句，这是临时增加的一项活动，就算"第九个一"了。

快到十二点，在王书记热情洋溢的话语中，在全体党员诚挚的掌声和欢快高亢的乐曲声中，我们的"九个一"活动圆满地结束了。现在想想，在兴奋幸福之余，我们的庆"七一"系列活动，决策英明，筹划周密，实施流畅，效果远远超出了预期。

下午，从土窑子屯办完事回来的路上，我一直盘算着村标的事情，总感觉还缺点什么。走着走着，一个念头突然钻进了我的大脑。大理石地面，再弄点内容，不就齐活了吗？

是呀，修建村标基座的我们四人，即相当于一个"半拉子师傅"的我领着三个"老小工"。其中，老丁，大名丁兆左，74岁，儿子是牡丹江市某单位的处长。女婿谢宝和女儿陪他一起驻村。听说他老伴陪孙子去了，好几年了。闲时，老丁哪里也不去，就和种地的女婿在村里一起过。老赵，大名赵景全，76岁，和有病的老伴在村里一起生活。杨进革，63岁，和老伴一起在村里住大平房、大院，干净利落。最后一个是我，年龄58岁。我们四个人的年龄相加271岁，平均67.75岁。就是我们这样的人，把村标的地基、底座硬生生地给建了起来。这事要是说出去，鬼才相信呢！

实话实说，可能真的没有一个人会相信的！

不管信与不信，反正，这原石永远都立在土窑子屯边上的211省道路口处。

记得，那天在雨中抢救完水泥后，我们几个老家伙在说说笑笑中就忙起了村标底座的绑钢筋、支盒子板等工作。一会儿，赵大哥说怎么整；一会儿，丁大哥说那么办。你捅我一下，我踢你几下，弄了半天，几根钢筋还没绑出个样子来。没有办法，我只有厚着脸皮整顿秩序。

"老赵头儿、老丁头儿，你们两个老家伙别瞎捅啦，都给我消停消停。你俩都听杨老哥的，杨老哥听我的，中不？"我对着他们板着脸说。两个老哥你看看我，我看看你，异口同声地应道："中，都听老高书记的！"说完，我们哈哈哈地大笑了起来。

杨老哥领着丁大哥锯盒子板，我和赵大哥支钢架、绑钢筋。虽然各忙各的，但是嘴，还在打架；手，终于不打架了。就这样一直忙乎到晚上八点多，绑钢筋、支盒子板的活儿才算完成。

"高书记，你看看我们，锯了几块盒子板，就累成了这样，如果明天是大热天，我们扛水泥和砂石，填埋底座，恐怕几天也弄不完呀。"杨老哥看着我说。"来，老哥几个，我们坐在这儿，喝点水，商量商量，明天这活儿咋干最好？"我指着村标底座盒子旁的几块石头对他们说。

坐下后，老赵说几句，老丁回几句。这也不行，那也不中，一支烟都抽完了，也没有个结果。

"哎哎哎，俩老头儿，你们别掐了。听听杨老哥有什么好办法吗？"我喝了半瓶水，整顿了一下。"实在不行，我们雇个小钩机吧，那家伙干这活应该没问题。"杨老哥终于开口说话了。

"好主意！"我们一致通过。就这样，第二天，我们在说说笑笑中，很愉快地把村标的底座打完了。

不知不觉，又到了半夜。吕行同志还在用功学习，我悄悄地回到了自己的床上，睡觉了。

八十二

2022 年 7 月 5 日，晚，晴。

今天，是个特殊的日子。我们驻村整整一年了，时间就这样缓缓走过了。本来想写点感想类的东西，以示纪念，但是，因我们的村书记要"打擂台赛"，要准备的东西太多，无奈，只能如此这般的错过了。

今天下午，科洛镇村支部书记群里发来通知："为了更好地宣传自己，各村按照如下要求写一段村情简介，明早上报。一是村情概括介绍，二是基层组织建设，三是乡村振兴发展，四是村书记话发展。"

又是一个赶命的急活。没有时间了，就抓紧弄一个吧，起码别让我们老刘书记拖了后腿呀。想了想，还是以"美丽的东明"为主题，自我宣传一下。总体上介绍一下东明的实际情况。其次重点介绍一下东明的昨天和今天，最后展望一下明天即可。有了这样一个思路，下笔就顺畅多了。昨天，重点强调在各帮扶单位强力支持下，我们村两委几届人，咬定发展不放松，密切团结全体社员，经十年的不懈努力和奋斗，摘掉了贫困村的"帽子"。

今天，是重中之重。我们东明以"生态宜居 幸福东明"党建品牌为引领，以资源为依托，以产业为支撑，以人为本，持续加大工作力度，强党建、调结构、转产业、固成果，与广大社员一起，为建设一个更新、更美、更好的美丽、幸福东明而奋斗。

一是围绕"古驿红帆·奋楫争先"核心主题，高扬"东明品牌"高标准开展党建工作。近年来，我们在党建方面持续加大投入力度，结合实际，打造符合东明特点的党建工作，引领党员干部立足岗位"扬帆争先"。今年，我们用"六个聚焦""三个抓好"和"一个带动"等活动，扎实开展了党建工作。

"六个聚焦"在这里就不重复了。重点说说我们的"三个抓好"和"一个带动"。"三个抓好"就是抓好一个阵地建设。今年，我们建设了40平方米的"新时代文明实践站"，新修40平方米的"党群服务中心"和40平方米的"廉政大讲堂"。抓好一个班子建设。多年来，我们始终坚持"大事讲原则，小事讲风格"原则，坚守"补台不拆台"底线，使我们的每名支委都能自觉维护班子团结，在各自的岗位上发挥作用。抓好一支队伍建设。重点是严格入党程序，注重培养新人。近年来，共发展党员4名，预备党员2名，培养入党积极分子2人，使党员队伍逐渐年轻化，从而提升了整体工作能力。

"一个带动"就是充分发挥党员干部带动作用。目前，我们全村拥有党员干部49人，其中，正式党员47人，预备党员2人。也就是说，49人，49面旗子，旗子插向哪里，我们党员干部的作用就充分发挥到哪里。

二是围绕发展壮大村级集体经济中心，高质量开展调结构、转产业、固成果工作。大力发展壮大村级集体经济，全力打造立村富民的产业项目，筑牢振兴发展的经济基础，保证全体社员利益最大化，是我们村两委绕不过的难题。几年来，我们立足东明实际，在巩固已经取得的工作成绩的同时，重点抓好持续巩固扶贫攻坚成果，调整、调优种植结构和大胆探索木耳产业转型三项工作。

三是突出人居环境质量优化重点，全力精准开展重点民生项目建设。重点民生项目建设是关系村民切身利益，影响人民群众生产生活质量提升的关键标志之一。几年来，我们在进一步加强精细化管理力度，抓美化、绿化、亮化，健全常态化保洁机制，构建全民化参与新格局的同时，严格执行"四议两公开"制度，重点建成占地面积5928平方米、279千瓦光伏发电站一座。2021年实现带动贫困户34户，分红67600元。2022年前两个季度，实现带动贫困户34户，分红135200元。建成占地1000平方米，圈舍4栋，库房1栋，可养殖肉羊800只的羊舍一座，年租赁费用收入10000元。2021年村集体先后投入资金 245000 万元，维修砂石巷道和田间路 19.5 公里。投资10000 元，为全村 3 个自然屯井房更换取暖设备，保证了全体村民喝上安全水、放心水。2021 年争取了 4.38 公里巷道硬化项目，现已完工。村集体每年利用专项资金为村民交纳自来水费，解决贫困户取暖、就医、学生入学等问题。公开选聘了村屯卫生保洁员，全村环境卫生得到了明显治理。

明天嘛，不用说得太多，展望一下即可。也就是我们东明将秉承历史、立足眼前、着眼长远的发展理念，高举"生态宜居 幸福东明"品牌旗子，与全体村民一道，团结一致，勠力同心，为如期实现巩固脱贫攻坚成果与乡村振兴有效衔接，率先实现农业农村现代化，实现"耕作在广袤田野上，居住在美丽乡村里"的伟大梦想做出新的贡献。

弄吧弄吧，2000 多字的《美丽东明》，就弄到晚上七点多。与通知里的要求对照了一下，上上下下，相差不大，该说的重点内容基本都说到了。最后，自己校对一遍，就发给了晓燕副书记，让她再校对一遍，上报完成了任务。

简单对付了一下晚饭，回到桌前，再想写写感想什么的，没了心情，大脑已一片空白，什么也没有了。

没有什么，就算了，不写了。但是，我们的东明梦还没实现，我辈仍要坚持不懈地努力下去！我坚信，有梦，尤其是美梦，就一定会实现的！

八十三

2022 年 7 月 12 日，夜，阵雨。

这些天来，我为了修建村标募集资金的事情东奔西跑，只有上火，没有结果。

昨天，我又去了一次山河农场有限公司。公司董事长孟龙洲同志出门了，没在公司，公司总经理徐志刚同志在。我们说了说花款和村标的事情后，志刚总经理就派他的司机开车送我回村。下午，我们工作队三人开了个会，各自总结了一下上半年工作，并对下一步工作分工进行了一下调整。

今天上午，吕行同志拿来一份写好的简报，我看了看，选题还好，内容表达不行。没有办法，我用了近半个上午的时间，重新写了一份。

为积极推动乡村振兴发展，提高驻村第一书记和工作队产业帮扶能力，

2022 年 7 月 6 日下午，八一农垦大学的原副校长于立河教授，农学院副院长杜吉道教授一行三人，在嫩江市农业技术推广中心张守林同志陪同下，深入到东明村，对大豆栽培技术、田间管理和植保中的大豆倒伏、药害虫害科学防治技术等进行了一系列现场指导和服务。

座谈会上，我向各位特派员、专家详细介绍了东明村的情况。八一农垦大学的原副校长于立河教授表示："我们下来的主要目的就是发挥科技作用，助力乡村振兴。即全面了解情况，发现问题，帮助解决问题。"随后，于立河教授一行人亲赴种植大户大豆地现场进行实地考察与业务指导。

在田间，于立河教授等专家查看大豆作物的生长情况、土壤结构情况和相关植保情况后指出："大豆的大垄栽培技术是科学的、成熟的。但是，因今年的年景特殊，在田间植保中发现的问题不少。药害问题多发是普遍的。"随后，专家们针对发现的问题，有针对性地开出了多剂大豆植保预防处置的具体"良方"。

简报写完后，我交给了吕行同志，让他看看，如果没有问题，就直接发给嫩江市委组织部派驻办。

下午，我看了看果园，又该除草了。回到办公室，感觉还是大平房好，通风还凉快。随后，我安排吕行同志明天带人把草除净。

晚上。我坐在桌前，慢慢地寻思着，设计了一个东明村试验果园的牌子。

写好了，夜也深了，明天再修改修改吧！

八十四

2022 年 7 月 18 日，晚，多云。

上周五，正在忙乎全镇各村支部书记"擂台赛"的我，突然接到镇党委书记王钟山同志打来的电话。在电话中，他说："高书记，由嫩江市委组织部组织的，全市各乡镇副书记和相关村书记、村级组织委员 50 多人的全市乡村书记'擂台比武'活动观摩团，下周一要来我们科洛镇观摩学习，重点看石头沟村和你们村。你们工作队负责筹资建设的村标怎么样了？得在他们来之前，把你们的村标安装完啊，让他们好好看看咱们的党建品牌引领工作情况！"

"王书记，这事有点太急迫啦。但是，但是……咳！我们尽力完成！"两个"但是"刚刚出口，我转念间还是答应了。

王书记之所以这样问，一定不是没有考虑到我们工作存在的困难，而是相信我们一定能够解决这个问题，能够按要求完成安装工作。给你下达了一个有挑战的任务，但又是只要真努力就能够实现的目标，既考验你的政治素质，又考验你的工作能力。这书记、这领导，真够可以的，想得高远，做得缜密，情通理正。

是呀，压力往往也是动力。时间紧，难题多，任务重，但因此也意义很大，影响很远。还能说什么？撸起袖子干吧，就算我们这两天不睡觉，也必须把这个事情干得齐整、利索。

周六一大早，我坐了两小时小客车，赶到了九三农垦马卫东广告宣传工作室。卫东师傅听明白我的来意后，一个劲儿地摇头说："这活儿太多，太急了……"看到我向他直拱手，他又一咬牙说，"行了，高领导，咱们多年的老关系，你开口，咱啥也不说了，我们调整一下今天的工作，就是不吃饭、不睡觉，我们也得把你们的活儿给保质、保量、保时间地抢出来，不能耽误领导你们的大事！"

得到了马师傅的承诺，我终于把心放回肚子里。等待的过程，我又跑去联系了吊运需要的 75 吨专用吊车和专业大板车，购买完 13 米长、1.5 宽的大红绸子和其他安装村标所需的材料。然后返回马师傅的工作室现场"监工"。

王钟山书记又打来电话询问我们工作的进展情况，我简单说了下工作进度，接着反映了一个小问题："王书记，就是有点小麻烦。马师傅的设计、打磨和雕刻费用暂时不用给付，先欠着，没问题。但是，大吊车和板车的雇佣费用还差了一点点。"王书记听后，沉吟了几秒钟说："老高书记，这样吧，你再垫付一半，另外一半呢，批钱需要一些流程。我和我夫人商量一下，我个人先拿 5000 元垫上，不够的你再垫点，你看这样行不？""行、行，谢谢，我的王书记！"放下电话，我心里一阵阵发热，由心底不自觉地蹦出了一串串字符：有情怀，有担当。真讲究，真务实，好一个务实的领导！

什么也别说了。此时此刻，语言是矮子，行动才是真格的。没有别的，只有眼前飘过的两个字：干活！三个字：干好活！

真还别说，老天也很给面子。天气预报说大晴天，高热。我们本来都预备好要被当乳猪烤了，而实际上，当马师傅和我们干起活儿来，老天好像暗中帮忙似的，配合着我们的工作，一会儿下雨一会儿晴。当我们休息的时候，下雨；当我们吃午饭的时候，下雨；当我们忙乎干活儿抢工的时候，它就带笑脸，一会儿晴天，一会儿多云，正如马师傅开玩笑地讲："老高书记，你们东明村真的有福气呀，这老天都在自愿地帮助你们呀！"

可不是嘛，本来很紧张、很艰苦、很难完成的工作，但是，我们就这样很顺利地完成了。

又想起一句话：你只管努力，老天自有安排！

我们一直干到晚上近八点，活儿干完了，我们又逐项检查一遍，齐齐整整、板板正正。随后，我给王书记打了个电话，没人接听。他今天也忙坏了、累坏了，让他好好睡个觉吧。我又发了条微信，希望他醒了就看到，安心。

第二天早上，我三点准时起床，三点三十分到达村标原石的加工现场。嫩江市的大吊车已经来了，大板车也进九三农垦了。四点多，我们正式开始工作。

早晨近六点，原石终于被吊装在大板车上。接着，吊车司机、板车司机、我和马师傅四人开始往大板车上装大理石。

大理石个个不听召唤、块块不好摆弄，好像和我们开玩笑似的，耍着赖，一个劲儿地往地上落。哪块不使把力气，哪块都不肯自愿上车。我们三个人在车下搬，一个人在大板车上摆。百八十块的大理石，弄了近一个小时，最后，弄得我们每个人汗流浃背，筋疲力尽，才总算把它们一个一个抱上了车。直到现在，我的右手脖子和两个脚脖子还在隐隐作痛，连打字都很吃力，只能用一个指头，慢慢地戳……但，戳得很开心、高兴。

八点多一点，我们的吊车和板车到了村里。王书记也赶了过来，现场指挥安装。原石安装稳妥后，他才放心地赶回了镇里。

随后，一个上午，我领着老丁头儿、老赵头儿和老杨，我们四个平均年龄 67.75 岁的"老年轻人"，把固定原石的盒子板支好了。

中午，在杨老哥家吃个消停饭后，我们又马不停蹄地和混凝土，浇筑、固定村标原石。一直弄到下午三点多，总算把应该干的活儿干完。不，不是干完，是彻底干好了。

今天早晨，一大客车的 50 多号人，在科洛镇王书记和李秀副书记陪同下，兴高采烈地进了我们村。

看着嫩江市委领导、各乡镇副书记和相关村的代表们喜笑颜开的笑脸，我们也由衷地笑了起来。

八十五

2022 年 7 月 20 日，晚，多云。

这几天，又热又难受。十七日早晨，那一百来块大理石板真重呀，弄得我自当天上午开始，手脖子和脚脖子都有些红和有点肿。没有办法，和谁说嘛，都这么大的年龄了，还逞年轻。只能一个人瞒着大家，在谁也不留意的时候，请个外出办事的事假，悄悄地坐上了回家的小客车。到了家中，背着老婆，偷偷地找了个熟悉的医生看了看。医生说："老高，没什么大事，就是有点抻着了、崴着了，什么药也不用，自己在家待几天，酸疼过后就没事了。"

昨天，市委组织部派驻办小马打来电话，说是在前几天弄好的材料基础上，要开个全市驻村第一书记工作座谈会，让我发发言，激励一下年轻的第一书记们。说实话，小马的主意很好的，但是，我这情况怎么能说，怎么能去呀？考虑再三，我说和主管我们驻村工作的潘副部长请个假吧，小马答应了我。放下电话，我打通了潘副部长的电话。

电话中，我认真地解释了不能参会的具体事由和原因。潘副部长非常理解，但是，他又问起了我们队员张军和吕行的情况。我实打实地汇报说："张军同志让我派出去办事了，明天赶不回来。吕行同志几个月都没回家了，我给他放了几天假，回家看老妈去了。"潘副部长听后，笑着说："老领导，没事的。你们干了不少实事，我们组织部门心里都很清楚。我们会在座谈会上，帮你们好好地和大家介绍介绍的，放心吧！"

放下电话，我心里很不是滋味儿。高兴的是，难得遇到像潘副部长这样通情达理、和蔼可亲、不图虚名、实实在在干事的好领导。正如常言说的那样："人生三大幸事之一，难得遇到一位好领导。"不是吗？就这简简单单的几句话，不仅仅反映出一个人为人温和、尊崇实际的可贵品质，更重要的是对下属满满的理解、支持和关爱。而难过的呢？是我自己实在不争气。这件事情说也说不清楚，做又做不了，总在关键的时候掉链子，丢人。

今天上午，老刘书记打来电话。我们聊了聊蓝莓、草莓、肉牛养殖等几件事情。我较为详细地说明了我的意见。

一是蓝莓和草莓种植是个好产业，好事。但是，就目前的市场行情看，大部分种植者都不怎么挣钱。加之，我们在种植技术上，现在还是一片空白，干这件事风险很大，若弄不好，亏损不说，关键是白白地耽误几年工夫。

二是肉牛快速养殖是个好项目，但是，我们需要谨慎一些。等过几日，我们一起跑内蒙古自治区和周边市场，再找专家好好咨询咨询，先试验，然后再干。

三是村标的事。我的意思是先缓缓，等募集的资金到位后，我们请几个瓦匠师傅，干脆利落地一口气弄到位。

四是垦地党建共建。这事没有多大难度，等我们人齐了，再做也不迟。

老刘书记听后，愉快地同意了："兄弟，好，咱就这么办。"

今天下午，我躺在床上，给刻字的马师傅打了电话，定了在大理石上刻字的事宜。

八十六

2022 年 7 月 23 日，晚，雷阵雨。

昨天，村里传来消息，我们在全镇七个行政村党建擂台赛中得分倒数第三名。

"第三名"，怎么可能？其他六个村的情况，我和老刘书记再清楚不过，无论如何我们也不可能是这个名次呀！可结果就是冷冰冰的。

事出反常，必有妖！

我拿起电话，询问了一大圈。杨才林副镇长、范玉萍委员也很惊讶。他们都说，这个结果太出乎意料了。最后，我直接给主管这项工作的李超副书记打去了电话。他说："高队，你们实际得分很高。事情的原委，王书记会去村和你们解释的，你放心吧！"

王钟山书记和我们解释？解释什么呀？

我们实际工作得分很高，排名却在后面，这更加让我们想不通了。

卫生环境、村容村貌，我和老刘一班人立足实际，埋头苦干，责任到人，与往年相比，在人居环境治理上，我们可是下足了功夫，并取得了不错的效果。劳动安全、产业发展和村务治理等重点工作，与其他六个村子比，我们心里清楚呀，都是走在全镇前列的，且有些方面，我们已经远远超过其他六个村了。

还有什么原因，是我和老刘书记不清楚的，让我们获得如此"殊荣"？

我的头都大了，怎么想也想不明白了。想不明白，没有办法，那就只能等着，看看王书记如何向我们解释，如何说明。

傍晚时分，老刘书记打来了电话。他说："老高兄弟，什么也别说了。今天下午王钟山书记到咱村里来了，一个劲地解释，说是他的责任，把关不严格，没有上会，出了纰漏，抱歉了！让我们担着！"他一边带着气一边说着："我也没客气，该说不该说的，都说了！这明显有失公平公道，给我们工作上眼药呀！"听书记刘大哥都这样说了，我也不好说什么了，只是劝了劝他，说："书记大哥，反正比赛结果都报到嫩江市委组织部了，你也别上火，我也不上火。以后有时间，我们找个机会去前几名村里，取取经，为咱们今后的工作再加把火，再添点柴，努力努力，加一把劲吧！"

还能说什么！真是的。王书记说自己没把好关，李副书记说我们分数得的还很高，可擂台赛的最终结果却是我们得了"第三名"，怎么回事？讲不通呀！再说了，这么大的事情，竟然没有开会研究就上报了，说不通呀！不想了，不通就不通吧，通与不通，事后再深究也没有什么意思了。这事只能深深地压在自己心里，埋在自己的心底，不能再扩散了，不能再纠缠了，否则，不利于团结，不利于目前工作，不利于下步工作，更不利于未来的全村事业发展了。

倒数第三名就倒数第三名吧。这样也好，常言道，这是压力，更是动力！只要我们坚持不懈地把工作做实做好，只要我们的各项工作能够得到大部分村民认可和满意，如此的"第三名"也就没什么实际意义了。

早上起来，我的手脖子和脚脖子好得基本差不多了，该出关了。上午，去了马师傅工作室一趟。经我们共同商议，决定用三字方言刻大理石。用马师傅的话说："高领导，费点儿事就费点儿事吧，三个字的意思明确，不论是谁，大人小孩，大家都能看个差不多。再说了，有你和我们一起干，我们就更没说的了。"

下午，我们弄了一个下午的字模子，一直干到了晚饭前，才弄到八九不离十的程度，只是在几个字中故意缺了横与竖，留给细心人找吧。

2022 年 7 月 24 日，晚，多云。

今天起来，我就开始忙乎着回黑河的事宜。也有很长时间没有回去了，说心里话，还是很想念的！随后，我打了几个电话，敲定了几件事情。定好了明早 4:30 分去黑河的车。放下电话，我在文件夹中，翻找出来前不久准备的我们驻村一年的工作总结，看了又看，改了又改，添加了些东西，还算满意。

现在，回过头看，我们驻村工作队还是做了一些工作，但是，我们的家人给予了大力支持。不是吗？我们的家人——派驻单位和其下属单位：嫩江市委组织部、司法局、党校的大力支持和无私投入，为我们做好工作提供了坚实保障。没有统计不知道，这一统计心里暖暖的。截至目前，家人们为我们筹集资金累计达 6 万多元。其中，由黑河市司法局筹集帮扶资金 2 万多元，用于慰问村内低收入的老党员、老龄人、低保户，法治宣传和修建室内卫生间，改善了村委和我们的生活。由黑河市委党校筹集帮扶资金 2 万多元。由嫩江市委组织部筹集资金 1 万多元，用于看望村民、脱贫户代表和东明村试验果园项目建设。由嫩江市科洛镇人民政府筹资五千元，用于村标建设。

在驻村工作中，我们开展了一些工作，取得一些成绩，但是这些都与我们背后的家人的强力支持是密不可分的。

其实，反过来再看我们的工作，与家人们的期望和农户的要求还有一大段差距。做好工作的关键是如何以问题为导向，尽力把我们的工作做好做扎实。

一是持续做好党建工作。这次我们村在全镇党建擂台赛中排名倒数第三，虽然不是什么光彩的事情，但从另一方面说，也是一件好事，是激励我们奋勇争先的大好机会。只要我们锚定目标，虚心学习，我们一定会按照"12631"的思路，做好自己的工作。

二是全力做好公益基础项目建设工作。主动协助镇党委，在家人们的助力下，积极争取政策，全力推进项目。重点争取双发屯巷道修建项目和高标准农田路建设，彻底改善双发屯人居环境和农业生产环境。积极争取投资项目资金，建设东明村林果基地等，大力发展村集体经济。

三是继续加大筹款工作力度，尽早完成村标建设工作。目前，在相关单位和部门支持下，村标原石已经立起来了，地基底座业已完成，就差收尾工作。但是，虽说这一阶段我们按照《村标修建方案》推进，修建的款项还有部分缺口，需要我们再加一把力，圆满地完成村标修建工作。

四是积极探索产业发展新路。结合东明村实际，在巩固原有产业发展项目的基础上，积极试验双鸭山市的龙冠、龙丰、龙秋等龙字号寒区苹果，妥善解决林果越冬的问题，为发展新产业、新经济探路奠基。

说一千道一万，关键是资金问题，没有钱，什么事情都办不了。但愿这次回黑河，能有所获呀！

下午，联系了好友董长平，我们相约走了五公里路。还好，在我们徒步期间，老天很眷顾，一直阴天，没有晒着我们。

写着写着，感觉好像有点重复。是呀，重复就重复一点吧，反正是日记嘛，想起什么写什么，写出来就好！

八十八

2022年8月3日，晚，晴。

上周，去了一趟黑河。第一件事就是回到了单位——司法局，向戴局长、杨副局长全面汇报了我们一年多的驻村工作。然后去了党校，向李百青常务副校长进行了深入而全面的汇报。周五下午，才排上号，终于向市委组织部主管我们的周万发副部长汇报上工作。汇报的重点都在争取项目上，恳求各位领导的助力。

万发副部长在百忙之中详细地听完我的汇报后，又重点询问了我们的生活情况。最后，给予我们的工作很高的评价和肯定，同时，他非常正式地表示，村里的项目建设工作，该干的一定坚持干，不能辜负全村党员、群众对我们的期望。听了万发副部长的一席话，心里热乎乎的，浑身像加满了油似的干劲倍增。

在这期间，我看望了一下吕行同志的妈妈。周末，从黑河市急匆匆赶了回来。原来计划在黑河停留一段时间的，但是，省组织部又安排了一个培训，无奈，只能打断行程，准时参加 8 月 1 日的学习培训了。

前天上午，我和土窑子屯的老赵大哥步行去了一次后沟水漫桥施工工地。自去年夏季洪水冲垮了后沟桥后，嫩江市里、镇里、村里的相关人员和我们都没闲着。通过做工作，在嫩江市交通运输局谭鑫局长的推动下，我们的后沟水漫桥才正式落地施工了。现在的工地上，几台料车进进出出，一台挖掘机正在清理淤泥，三三两两的施工人员，各司其职，忙乎着自己手中的活计。

在现场，我们找到了工地施工负责人，他向我们介绍了工地情况。后沟水漫桥以 4 节内径为 2 米的水泥涵管为中线，桥长 35 米、宽 6 米，总投资 100 余万元。因施工在雨季，预计总工期在一个月。目前，工人们正在挖掘水泥涵管的地基。

离开了工地，步行了一公里的路，我们又转回了土窑子屯巷道路边沟的修建工地。工地负责人介绍说："路边沟总长近千米。将边沟内侧加宽，与道路接齐。在边沟外侧浇筑水泥后，统一砌砖。整个边沟工程预计总投资约 60 万元，预计半个月时间完成。"

两项民生工程前后开工，是好事、喜事。看来，我们村标这个"大诱饵"，开始悄悄地发挥作用了，好事发生在我们东明村。只是过水桥的工期有些稍长，影响了我们村民的日常出行。无奈，克服点困难吧。因为，雨季施工，加上工程造价有限，抢工期和便于村民出行，是不可能兼顾了。想到此处，看在眼里，急在心中。工程预算有限，雨季不定，再加上用工高峰期等因素，完工的期限，只有默默地祝愿了，早点干完吧，以方便村民出行！

农业、农村、农民，关乎国运民生。什么时候，在农村干点事业，干点工程建设，标准、质量和速度能与城镇里一样，那么，我们的乡村就真的能振兴了！

不写了，休息。

八十九

2022 年 8 月 16 日，晚，晴。

今年，进入八月，天太热了。尤其是最近几天，简直热翻了天，就连晚上，热得都睡不着觉了。感觉今年的天气真是让人有种热炸了的感觉。确实，今年热得有些夸张了。连续 5 天的高温红色预警，全国各地频发"高烧"。有的地方竟然达到了 41.8 摄氏度。记得小的时候，三十摄氏度就算是高温了，偶尔能到 40 摄氏度，就是新闻头条了。而如今，连续几天 40 多摄氏度，大家却习以为常，见怪不怪了。这上哪里说理呀！即便说吧，也都说不清楚。反正，一个"热"字了得！

在这期间，我们的队友吕行同志，花粉过敏症又如期来临了。看着他一天天无数次地擦眼泪、擤鼻涕堆积起来的小山似的卫生纸堆，我的心里有多么心疼。孩子，终归是孩子！

"孩子，实在不行，放你长假，回家休养一段时间，再回来，行吗？"我多次和他商量。

"不了，队长。这毛病过几天就好了，你别担心了。"每逢我这样劝慰他时，他总是态度坚决地回答我。没有办法，但是，还是忍不住地劝了又劝。

多么好的大孩子！

为了工作，为了事业，能如此地坚持，坚持，再坚持。仅凭这点，还不能诠释什么是优秀吗？能始终如一地坚守岗位，就够得上优秀了。尤其是一名出了校门就工作的孩子，能坚守住这样艰苦的驻村岗位真的不容易了。

其实，真的优秀不是说出来的，更不是故意表现或者摆拍出来的，而是以实际行动干出来的。不是吗？我们的吕行同志，就是其中一个。

我的伙计，另一个大孩子张军同志也不错。这些天来，他与老刘书记等人，在遥远的山东某地默默地做着信访维稳工作，守护着一方平安。

而我呢，可能因为今年太热的原因吧，血压极为不稳定。在黑河汇报工作的时候，高血压接近 200 毫米汞柱，低压就不必说了。尤其是这几天，更是高得不像话了。疲惫、冒汗、昏睡、恶心。想想，可能都是这不稳定的血压给闹的。

血糖呢，也不稳定。每天早上，自己偷偷测测，空腹血糖均在 13 毫摩尔每升以上。没有办法，前几天，我偷偷去了几次医院。在医生反复叮嘱下，进行了一系列血压药物调整与干预。还好，这两天血压恢复到了 90 至 160 毫米汞柱之间，还算可以了。而血糖却没有遵从医嘱，没有进行任何药物干预。说实话，有的时候也不能全听医生的。高点就高点吧，本来血压就高，常年服药，再来一个所谓的"肚皮针"，那不就真的成为一个名副其实的"药罐子"了。

昨天，我们土窑子屯的路边沟修建工程基本完工了。从头走到尾近500延长米的工程，我仔仔细细地看了看。感官上觉得施工质量还可以，看上去厚厚的水泥比较坚固，应该属于较为安全耐用的那种。我和老丁、老赵、老杨等人唠了唠，他们反映，大伙对这工程质量还是较为认可的。用他们的话说："能修成这样，中了。"但是，在我心中还有遗憾，感觉这个工程唯一不足的是，路边用红砖铺就而成的，有些不太般配，不怎么配套。然而，细细想想也是，哪个工程不是严格按着预算与设计完成的？有多少钱，干多少活嘛。

今天，早上起来，我就和这段时间内联系过的瓦匠师傅逐个通了一遍电话。山河农场有限公司的几个瓦匠正在工地上忙着呢，没有时间给我们干活。嫩江市的瓦匠甲说："高师傅，我可以。每天吃住你管的话，我的工钱至少每天500元，工期至少5天以上。"瓦匠乙说："500元一天，5天以上，还得等我几天后才能去。"瓦匠丙说："我可以。现在就能去。但是我主业是干装潢的，抹灰、砌厚壁大理石砖不是强项，要干，我也能对付干。"前几天说好的，而立秋过后，瓦匠师傅基本上都忙上了。还不是专业的。看来，前期工作白做了不说，我们村标收尾工作也难做了。

干脆找找在山河农场有限公司干工程的马经理或小何经理吧。想一想，还是不行。找到他们倒是可以，他们会按时派来师傅帮我们把活干了，并且准能干好。但是，他们是我的老友，不会要工钱的，干的活计太小不说，我欠他们的情可就太大了。这大秋天的，他们的工程一定也很忙。什么也别想了，干脆，还是自己去街上找吧，碰碰运气。

还好，在街上逛荡了两个多小时，终于物色到了刚刚结束了手中活计的高师傅。我们当面谈好了明天工作的时间等。中午时分，我给土窑子屯的老杨大哥打了个电话，让他们把沙子弄好了，准备明早开工干活。

晚饭时，我又给高师傅打了一个电话，又敲定了一下明早的工作时间，终于才把心放到了肚子里。

现在看看，这一天天的，也不容易。

九十

2022 年 8 月 20 日，夜，晴。

8 月 17 日早晨 6 时，我和瓦匠高师傅一起租车前往土窑子屯的村标施工现场。将近 7 时，我们就赶到了施工现场。老杨、老赵和老丁已经把水泥、沙子和水运到了工地。一个瓦匠师傅指挥着四个平均年龄在 60 岁以上的小工，布线、超平、倒水、和泥，像模像样地干了起来。干了一会儿后，负责村标底座混凝土超平的我和老丁，就累得汗流浃背地干不下去。钢钎、大锤、手锤，仿佛重若千斤，一锤下去，几束火花，一个白点，突出的混凝土就是赖在台面上，任你怎么敲打也不肯下来。

"高书记，实在砸不动了，想想别的办法吧！"老丁抹了抹满头大汗，对着我说。我看看他，又回头看看正在忙乎的其他人，有气无力地回答说："算了，大哥，咱们先别干了。找找咱村里谁家有电镐，我们借一个。""咱村里哪有那个东西呀，能干这个活的年轻人，都在外面呀。"老丁无可奈何地说。

我们坐在地上休息了一会儿后，我给山河农场有限公司的小齐打了一个电话，让他帮忙借一个。放下电话，王钟山书记就来到了现场。他询问了一下工作后，我们一起研究了村标建设的后续工作。王书记围绕村标，红色地砖怎么铺设，绿化树如何栽种，花卉如何设计等给出了建议，并帮助我们解决了电镐的问题。大约半个小时后，王书记离开现场回镇政府去了。

有了电镐，我们的工作就顺畅多了。一天的时间，就完成了基座抹面找平的工作。第二天早六点，我们就开始了固定大理石面砖工作。60 厘米见方、3 厘米厚的理石，块块坚硬沉重，切割费劲，搬运费劲，砌挂更费劲。不过，好在瓦匠高师傅经验丰富，技艺纯熟，大半个上午，底座立面眼看着即将结束。在这个时候，高师傅接到了一个电话："87 岁的老娘，在讷河市病逝。"

看着高师傅急迫的神情，心里虽然闪过换个师傅接着干的想法，但是，我还是赶紧掐灭了这个念头，决定找车送人，收拾现场，拖后几日再干吧。

事情就是如此，预计不错，变数难料，计划没有变化快。村标收尾工作看来还得磨上一磨。怪不得人家常说："好事多磨嘛！"

等待吧，一切的美好，不都是在等待和希望中诞生的嘛！

九十一

2022年8月23日，夜，晴。

今天是个好日子，处暑。虽然中央气象台仍在高温红色预警，但是节气到了。风中不知不觉就有了秋的味道。

夏未远，秋将至，正是一年中最好的时候。

今天，我们科洛镇东明村村标，完美竣工了！

昨天早晨6时，我和高师傅用了一个多小时的时间，租车从九三赶到了土窑子工地。一整天，瓦匠高师傅领着我们四个"小工"，把村标底座的大理石全部砌筑完毕。

今天清晨5时不到，我就和高师傅起来了，准备着今天的工作。将近6时许，吃过早饭，我们就到了工作场地，开始了村标地面的砌筑工作。

上午10时30分左右，在一片欢声笑语中，我们的砌筑地面大理石工作基本完成。整个村标基座加地面计划使用大理石90多块。我们已经砌筑了93块，就差最后一块，没有大理石了。老赵、老丁、老杨和瓦匠高师傅齐刷刷地看向了我，似乎在问："到哪里弄最后一块大理石呢？"我也无可奈何地摇了摇头说："用水泥做一块砖，写上字，安上吧。"

写字，写什么呀？谁来写呀？大伙你一句，我一句，议论起来了。"谁写字不好看？"我看着大伙问了一句。"老丁大哥，就你回答的最快，嗓门还大，那就是你了，找个树枝去准备一下吧，我们弄完了水泥砖，你来写。"我看着老丁笑着说。

丁大哥侧着头满脸疑惑地问我："高书记，写啥呀？""老丁头儿，大伙都说了，你也听见了，你老人家想写什么，就写什么吧。"我故意逗他。"老丁，你就放胆写吧，实在写得不好，我用大铲一抹，你再重写，不就完了嘛。"瓦匠高师傅插话说道。

中午11时，九三艺术装潢工作室的马师傅，自己开着车来到了我们施工现场。不大一会儿，马师傅和我们一起用专用胶把村标正面"东明传说"、东面"村标简介"、南面"秀美东明"和西面"捐赠单位"，按着顺序贴到了村标上。我看了看手机,时间刚好是 2022 年 8 月 23 日上午 11 时 18 分整。

"咱们的村标竣工啦!"不知谁喊了一嗓子。大伙愣了一下,再次哄笑起来。在笑声中,大伙纷纷拿起了手机,开始拍起照来,照相留念。

是呀,从年初酝酿建设村标,到五月四处筹款,从六月份开始村标地基动工,到今日在大家集体智慧和共同努力下村标竣工,一春、一夏,加上大半个秋天和一点冬天,工程虽说不大,但是我们整整干了将近八个月,历时四季的时间。在这期间,用了 20 多天时间,漫无目的地四处找石头。5 月 16 日找到了泰山风景石。6 月 8 日村标地基破土动工。8 月 6 日村标原石刻字完成。8 月 18 日村标原石入村,一直到今天,我们的村标终于建设成功! 这一个个不经意的日子,这一段段难忘的瞬间,既有艰辛劳作的汗水,又有快乐无穷的笑声,还有数不尽的无可奈何和欢悦,更有说也说不清,写也写不尽的情感。

是呀,这村标不仅仅是代表着我们东明村 540 户、1880 人口浓厚情感的寄托和对美好生活的期许,代表着我们东明人在持续巩固扶贫攻坚成果与实现乡村振兴有效衔接中,始终坚持不懈的开放进取、自强不息的意志和决心。更为贴心的是这村标充分体现和凝聚着上至黑河市,中到科洛镇人民政府,下到我们东明村,外至北大荒农垦九三分公司及下属农场有限公司,多个政府部门、企业单位和干部群众的强有力支持与炽烈烈而默默无闻的爱。黑河市委组织部副部长周万发、办公室主任皮振江,黑河市委党校常务副校长李百青、社会主义学院副院长梁玉钱,黑河市司法局党组书记局长戴春雷、常务副局长杨光辉,嫩江市科洛镇党委书记王钟山、镇长姜忠洋,农垦北大荒集团山河农场有限公司董事长孟龙洲、总经理徐志刚,嫩江农场有限公司董事长冯晓辉、总经理关利杰,连同九三和远在哈市的马宏伟、岳春玉、王大庆、高峰等朋友以及各位师傅们,为了东明,为了我们,能帮助的,全心全意帮忙;能尽力的,无不竭尽全力。可以说,各级各界领导、同志和朋友们的支持、支援与无偿贡献的爱心,与我们东明人的情感,自然而然地交融一处,汇集入这厚重伟岸的村标之中,形成了东明村独有的情感和文化符号。

要写的,要说的太多了。此刻,空提笔,却不想再着墨。那些温暖已经印在岁月的诗篇里,刻在东明村村标的大石头上,流在东明村村民的血液里。

"曲未尽，词已穷。"

看窗外，夜，很深，很静，很美。

今夜，好梦!

明日，充满阳光!

九十二

2022 年 10 月 7 日，夜，晴。

今天，我非常高兴。扭伤了一个多月的老腰，终于允许我如常人般坐在电脑桌前，较为正常地工作了。

回顾一下，在这一个多月时间里，那一个个人，那一件件事，暖在心间。

8 月 30 日下午，是个极为特别，极为特殊的日子，令我终生难忘。哪怕是一个个极为微小、极为细小的情节，都深深地铭刻进我的骨子里。

吃过午饭后，我挎上了装有 6 千元钱的背包，喜滋滋地走出了村部大门，准备步行去 2 公里外的土窑子屯给付建设村标工程所欠村民的尾款。

"高队，你等一下。"突然一个女高音从身后传来。我停住了脚步，回过身来，见晓艳副书记站在村办公大厅打开的窗户前正在叫我。"什么事呀，老妹子?"我大声地回问道。"大哥，帮我把电动车骑回家里，交给我的老婆婆唄? 晚上我好充电。"她笑着回答说。"好——的。"我边回身走向她的电动车，边慢慢腾腾地答应着她。

骑上小小的电动车，把挎包斜挎在怀里，熟练地收起脚梯，打开车锁，启动车子，开出了大门，迎着微风，沐浴着有些西斜的阳光，不自觉地哼着谁也不知名的小曲，沿着水泥村路，不紧不慢地向土窑子屯驶去。

车行不到一公里，就到了新修建的北沟子水漫桥的南端。一条不高也不矮的拦车通行的小土坝，横亘在了我的车前。我停下了车，关闭了电门，支好了车子，看了看土坝，还行，车子还能弄过去。想毕，我回过身子，推起小小的电动车，连拎带推，没怎么费劲，就把它弄过小土坝那边去，放在新修完的桥面上。

看着脚下新修葺的水漫桥，心里格外高兴、兴奋。想当初，为了及时修建它，我们没少努力，没少下功夫。现在终于见到果实了，叫人怎能不由衷地高兴呢！不兴高采烈、敲锣打鼓地庆祝庆祝就不错啦。正所谓："历尽千难万苦，至今终成正果。"

把背包放在地上的电动车上，我在桥上，走了走，看了看，尤其此时有点西下的太阳，照耀在桥面上、桥身上，新新的桥，黄黄的光，美丽的影，格外耀眼，格外美妙，格外好看。在不知不觉间就融入了其中，摸出手机，前看看，后撤撤，这对对，那校校，一个没忘形，没留意，"咕咚"一声，我的屁股结结实实地坐在桥西侧的一条小土沟子的硬邦邦沿上。

霎时，一股强烈的剧痛，那种咬碎了牙齿都无法忍受的痛，酥酥麻麻、酸唧唧，无法用言语形容的疼痛，从尾椎尖端升起，一路蹿到腰间，迅猛地冲向脑门。汗，一下子从浑身上上下下个个毛孔齐刷刷地穿了出来。

坏了。我扔掉了手中的破手机，紧紧地咬住了牙关，完全没有意识地抹了抹脸上的汗水，我的尾巴根子，我的脊椎呀，千万千万别……不能动，也不敢动；不能想，也不敢想。就这样，我傻傻地坐在冰冷的土地上，叫也不是，喊也不是，哭也不是，眼睛里的泪和着汗水，无法控制地一个劲儿地往下流淌。

大半天的工夫，丝毫不敢动弹的我，试着摸出了烟和火机，哆哆嗦嗦地点了一支香烟，胡乱地塞到了嘴里，咬在牙关，混着泪水和汗水，狠狠地吸进一口，深深地咽下肚子里。痛，轻了不少。

抽完了大半支烟后，我试着动了动胳膊和腿脚，还能动弹，感觉好像骨头没事。扔掉了香烟，摸起了手机，牙根一咬，一个冷劲儿，我猛然从地上站了起来。刷的一下，电流般的痛，疼得我的汗又一次迸溅了出来。

哈着腰，捂着肚子。感觉我的胃、我的肠子都不是我的似的。强忍着站了一小会儿后，试探着，慢慢地挪动着两个早已不听话的脚，蹭着蹭着，回到了电动车旁。

我慢慢地挎上了背包，看着眼前的车子，我可犯起愁来。坐了一个大腚蹲儿前，我怎么就没把车子直接扶起来呀？可恶！这样想着，我不由自主无奈地长长地叹了一口气。

真是：世间什么药都有，就是没有后悔药！

真的还别说，老天从来没有绝人之路。就在这个艰难时刻，我们伙食点斜对面的，患过心脑血管堵塞已经康复的，七十多岁的老刘大哥骑着自行车从南坡上下来，来到了拦车的小土坝前。

"老刘大哥，你这是忙什么去呀？"我勉强装作没事人似的，和他打着招呼。"高队,我闲着没事,来看看这桥。"他一边放下车子,一边回答。"老刘大哥,这车我弄不起来了,麻烦你过来一下,帮我扶一下。"老刘大哥二话没说,过来把电动车拎了起来,交到了我的手里。"谢谢了,大哥!"我边说着,边怕大哥看出我的异常,坐上车子,打开了钥匙门,就向土窑子屯驶去。

好不容易才到了晓艳副书记家。她的婆婆一个人正在外屋择着秋菜。"老大嫂,我有点累,在你家炕头躺上一会儿,歇歇脚就走,好吗?"我忍着疼痛,跟正坐在小板凳上的老大嫂打着招呼说。"高队长呀,炕不咋热乎,你躺着去吧。"她仰起脸,笑着对我说道。

我趔趄着一头扎进了开着门的东屋,慢慢地坐在炕沿上,缓了一口气,卸下了背包儿,侧着身子,一点一点地试探着平躺在了火炕上。我的屁股,我的腰,我肚子里的肠子,连同我的胃,此时此刻,说也说不清楚,哪哪都疼,疼得我难以忍受!好在,事到如今,凭着多年经验感觉:我的脊椎、我的尾巴根子、我的老腰应该没有什么大问题,否则,我早就动弹不得了。

一个姿势,躺了大约半个小时的时间,好多了。我咬着牙,站了起来,拿上了背包,告别了老大嫂和另一个叫不出来名字的,在我休息时来大嫂家帮忙择菜说话的女人,我缓缓地走向屯西头道边的老赵大哥家。

几百米的距离,好不容易来到了老赵大哥家。老赵大哥没在家,只有患有腰椎间盘突出症的赵大嫂,一个人拄着棍子在屋里慢悠悠地忙乎着。"大嫂,大哥呢?"我装作没事似的问道。"哦,是高老弟呀。你大哥去嫩江了。"大嫂答应道。"那院子里的老丁大哥在家吗?"我迟疑着问道。"他呀,好几天都不在屯里了,出外串门去了。"大嫂缓慢地转过身来,看了看我回答说。"大嫂,那我给大华打个电话,在你这躺一会儿,等他接我去嫩江,行吗?"我解释着说。老大嫂,没有立刻回答我,却定定地看着我,神色十分紧张,用焦急语气地问道:"高老弟,你这满头大汗,怎么了?""我,我,我刚才在北沟子桥那儿,坐了个大腚蹲儿,摔到了。"我磕磕巴巴地回答。

她看着我,急切地又问我:"你是咋过来的,走的吗?""嗯。"我点了点头。"那你快别说话了。坐下,马上上炕躺着,我给你倒点儿水喝。"她边说着,边给我倒了两杯温开水,递到了我面前。我接过水杯,几口就把水一饮而尽。"大嫂,你有药吗,我想吃点,我疼得实在受不了了,都快疼晕了!"我说道。"我有治腿的药,不能给你瞎吃。对了,有去痛片,给你吃两片,先止止疼。"大嫂找出药来说。"去痛片?我可从来没吃过。那我就先吃一片吧,大嫂?"

我疑惑地说。"不行。看你满头是汗的，摔得一定很重，很厉害，别说话，赶紧吃了吧，止疼。"老大嫂态度坚决地对我说道。我没再言语，默默地吃下了药片，慢慢地斜躺在火炕上。"你先别动弹，在炕上躺一会儿，我去后院看看。"老大嫂边说着，边不放心地走了出去，掩上了屋里门和外房门。

听着老大嫂走远了，我忍着疼痛，给在科洛镇办事的大华打了个电话。大华说，他最快也要一个小时后才能回到屯子里接我去嫩江。收起手机，我静静地侧着身子躺在炕上，忍受着莫名其妙的阵阵疼痛。

也不知道过了多久，从什么时间开始，汗没了，疼痛也减少了许多。大华开着车，拉着杨才林副镇长、杨晓宇同志和一个叫不上名字的小女孩，回到屯子。我坐上了车，见到车内人多，也没有拉下脸面和大华多说什么，抱着背包，与他们一起倚在车的后座上。

本来嘛，坐个大腚蹲儿，不是什么好事情，羞于启齿。与前不久，立村标原石那会儿搬运大理石板弄伤手脚一样，不管怎么说，也不是什么光彩的事。自己的糗事，越少人知道越好。尤其，你的亲人，你的领导，惹他们担惊受怕不说，更为主要的是叫人牵挂，令人忧心。加之我还能走，又分别在大姐和大嫂家火炕上躺了两次，歇了歇，吃了药，缓解了许多，好了许多，就不去嫩江市关氏正骨医院看了。索性，直接让大华给我送到汽车站去，直接坐车，回农垦九三的家吃点药，养一养，或许，一会儿就没什么事了。

坐在车上的我这样想着，在心里悄悄地改变了上车前的决定。

会议室里有点儿凉。看窗外的秋月，格外明亮。想秋收一天的农户，今天，一定是收获满满的。不写了，等有了时间再说吧。

九十三

2022 年 10 月 8 日，夜，多云。

8 月 30 日下午，从东明到嫩江，再到九三，接近两个小时的时间，我终于咬着牙，忍着痛，回了家里。进了门后，强打精神，装模作样地和正在一楼收拾客房的老婆大人打了个招呼，就偷偷地上了二楼，溜进了卧室。我急急忙忙地翻箱倒柜，终于在柜子里，翻找出来一包三七药片，胡乱地塞进了嘴里，就悄无声息地爬到了床上，弓着腰，静静地躺着。

躺着，躺着，怎么回事？怎么越来越疼得厉害呢？不行。我又摸起电话，联系上了农垦九三中心医院原心脑科主任李江老大哥。在电话中，听完我叙述了事情的经过后，李大哥安慰着我说："老弟，我和你大嫂现在在双城车站呢。听你说的情况，应该没有什么大问题，你都能从村里折腾到家里来了，看样子骨头没事。最大可能是重重的一跤，伤了你的筋肉了。你就把心放在肚子里吧，疼是必须的，何况你都这个年龄了。现在医院管得紧，你就别住院了。一呢，你这种情况住院的话，也就用点外伤药什么的，消炎药一律不让用。二呢，你住院呢，也就三五天养着，还不让你出来溜达，不方便，还不如在家呢。老弟，我的意见呢，干脆不如你就让淑荣弟妹，去药店给你买点三七片什么的和治腰疼的药，在家养着，最多疼几天也就没什么事了。"

听完李江大哥的话后，我刚刚悬起的心又放了下来。

李江大哥退休前，是九三中心医院最有声望的医师之一，是心脑学科方面的专家，更是我最信任、最依赖的好大夫、好大哥。他的医技医德在九三垦区内是公认的。别的什么都不说，就说一点，凡是找他看病的患者，不论高低贵贱，不论男女老少，能用最便宜的药治疗，他绝对不给开贵的或者进口药方，另有要求的除外。

放下手机后，眯瞪了一下，又给远在山东进行信访维稳的老刘书记打了个电话，给镇里王书记和派驻办马天勇同志发了微信，算是临时打个招呼，请个假。

晚饭时分，老婆大人在一楼喊了我几声，叫我速速下楼吃饭。她见我在楼上没有回应，马上上了二楼，要揪我下楼吃饭。

"怎么回事，怎么弄得满头大汗呀？你这是怎么了，你说话呀，可别吓唬我呀！"老婆看着弯着腰，躺在床上的我，急切地连连问我。"我，我，我就是在村里自己弄了个大腚蹲儿，没好意思吱声，就跑了回来，寻思着吃点药，挺一挺，就没事了呢。谁想就这样了。"我磕磕巴巴地解释着说。

"都这样了，还瞒，还挺，你，你，你咋早不说一声呀？找死呀，你！"她又急又恨又心疼地跺着脚说。"没事的。你本来就坚决反对我驻村，总唠叨我退休，还今天担心我这个，明天担心我那个的，我哪敢说嘛。"我活脱脱地好像一名逃了课的心虚小学生一样解释着。"还嘴硬，说没事呀！"她恨不得上前打我几巴掌说。"我给李江大哥打电话问过了。他说骨头没事的，就是疼，让你给我买点药，挺几天，养几天就能上班了。"我连忙解释给她说。

"不行。真能耐你了，瞒着我偷偷地跑楼上趴着来了。你赶快、麻溜地起来，谁说也不行，我们立马打车去医院，上什么班！"她边扶我起来，帮我穿鞋，边训斥着我说。

看着老婆大人这架势我实在躲不过去了，我只得央求着她说："那我给董主任打个电话先问问，再决定，行不？"她看了我一会儿，点了点头。我又给医院普外科主任董怀宇老弟打了一个电话。他听完我的叙述后，在电话里说："大哥，虽然你腰能动，腹部也不胀，就是一个劲地疼，但是，你我都这个岁数了，最好你还是能来我们医院一趟，确定一下，骨头真的没事后，再回家让大嫂给你买一盒布洛芬缓释片，吃上十多天后，看看再说。"随后，他很郑重地补充说："大哥，今天，我没当班，不能陪你。那药也不能多吃，最多吃十几天呀，吃多了不好。"还没等我放下手机，老婆大人转身就给她的密友，我的兄弟董长平的爱人、医院急诊科的韩护士长打去了电话。

半个小时后，我们打车到了九三医院，远远地就看到了韩护士长在急诊室大门前专门等着我们。在她的引导下，我们顺利地来到了医院东楼三楼的影像科。在走廊等了等，影像科王娟主任亲自操作，给我做了正面、侧面脊椎和尾椎 X 光透视。等我龇牙咧嘴、满身大汗地整理好衣服，王主任走出工作室，来到我们面前说："高主任，你可真幸运呀。通过 X 光片，你的脊椎、腰椎和尾椎没有错位，也没有骨折，更没有骨裂。只是自尾椎第一节和第二节脊椎之间的缝隙有点大，摔着了，有些肿胀，属于严重的腰挫伤。""挫伤？王主任？"我不明白地问道。"老高大哥，就是你粗心大意，不在意，不注意，一下子就坐在地上了，给蹾的。连接腰椎缝的筋和肉让你给蹾的拉扯肿了，没大事，叫嫂子给你买点药吃，一个月就好了。"小韩护士长抢过了话，笑着快言快语地解释道。

"哈哈。"王娟主任，小韩护士长和老婆大人三个女人，同时笑了起来。看着她们的我，虽然很疼，很痛，很难受，但是，看到她们说说笑笑，我还是感觉很舒服，很贴心。因为，她们是我的亲人，我的朋友。她们的说笑有力地验证：无数个害怕没了，无数个担心没了，有的只是至少一个月时间里的我的疼和痛。我勉强地咧了咧嘴，谢过王主任后，在老婆大人搀扶下，和小韩护士长离开了医院东楼。

这个时候，我的手机响起来了。"这是谁呀？大晚上的还折腾人。"老婆大人很不满意地嘟囔着。我停住了脚步，习惯性掏出来手机看了看，按了说："陌生电话，不管它。"老婆撇了撇嘴，没再吱声。还没等我说完，手机又一次响起。"这是谁呀？"老婆又问道。"我真的不知道。"边拒绝接听，边回答她说。手机第三次固执地响起。"到底是谁呀？"老婆再问。我没再回答，直接接通了电话。一个女孩的声音透过电话传了出来："你是驻嫩江市科洛镇东明村的高洁队长吧？""我是。你是哪位？"我忍着疼问。"我是省委组织部的。我们现在查岗，你们三个人现在都在村里吗？"她问道。"哦，查岗。我们张军请假在山东信访维稳呢，吕行在村里，我没在。""那你请假了吗？现在在哪？""我请假了。给镇里王书记和派驻办发短信了。""有假条吗？""我们有假条，在村里吕行手里呢。""我们视频一下。""视频？哦，那我说实话吧，我今天腰挫伤了，在医院呢。""那你签到了呀。""我早上签到，下午挫伤的。"没等我说完，老婆大人一把抢过了手机，按了，生着气说道："还省委组织部的呢，不懂事。连'官不差病人'的简单道理都不懂，人家都到医院了，还啰唆，问这问那的。今天，就是中组部来了，也不好使。""你——捣什么乱。"我非常无语，抢过手机，回拨一下，占线。我又给村里的吕行同志打了一个电话，也占线，没有打通。"都快要死的人了，还工作，我看你还是疼得轻！"老婆一边埋怨着，一边扶我上车。

回到了家中，吕行打来电话说："队长，省组织部查岗了。让我找假条，我一着急，我们的那一沓假条没有找到。你记得放哪里了吗？""孩儿，没事的。假条就在办公桌的抽屉里。"我在电话中说。"没有呀，我都找了呀，队长。"他边找边说。"咋能没有呀？好几张呢。"我说。"队长，我满屋子找了，没找到。是不是装修办公室的时候叫谁给扔了？"他解释说。"哦，孩儿，别找了，没什么事的，等我腰好了回去，我再看看。"我安慰着他说。

就这样，8月30日，满满的一个小半天，总算过去了。

在这之后一个多月的时间里，我经历了很痛苦、很困苦的几个阶段。第一阶段，硬生生卧床十多天。卧床初期，饭，吃不下。水，喝不进去。睡觉，也睡得不消停。我每天基本上都得保持着侧卧的姿态。第二阶段，卧床加慢慢地下床恢复的十多天。在这段时间内，我大部分时间里躺在床上，偶尔，在老婆大人的帮助下，慢慢地站了起来，在卧室和客厅之间，挪动着脚步，锻炼锻炼，恢复恢复。第三阶段，缓慢恢复加不定时卧床，又十多天。现在，离开了床铺，可以慢行，可以坐住凳子了，基本上可以正常坐在椅子上，敲击着熟悉的键盘，迸溅出暖暖秋阳下那行行金黄色大豆般的诗情话语。

一个多月的时间里，我挫伤的腰，分着时间，分着地方，将大半身子疼个遍。刚开始的十多天里，虽然内服了布洛芬片、扶他林片、三七药片；

外敷了扶他林软膏、云南白药喷雾剂等，疼痛有所缓解，但是，基本上整天都在床上捱过来的，连去个卫生间，都是一场场特殊的"搏斗"。尤其在前三五天内，基本上吃不下饭去，只能喝各种各样的粥，基本上没有睡上一个完整的觉，浑身上下，除了两条腿外，碰到哪里，哪里疼痛，就连说句话或者微微地咳一下，腰就跟着动，疼痛就跟了上来。接下去的十多天里，肚子不胀了，浑身不疼了，只有四个点位，疼痛如常，即脊椎肿胀缝、两个腰眼和尾椎四个部分。其中，回村修养的五六天后，尾椎不闹哄了，脊椎肿胀缝、两个腰眼，疼痛照旧如初。现在，只要坐的时间长了一点，走的时间多了一点，腰还是不行，应该是脊椎肿胀缝影响的，总是感觉到丝丝拉拉的疼，但是，不是很厉害。

一个多月的时间里，前十多天，大体到 9 月 15 日，除了给好友——农垦九三中心医院普外科董怀宇主任、原胸内科李江主任等人打了几个求医求援电话，在急诊科我的好兄弟董昌平爱人韩护士长帮助下，悄悄地去了一趟医院的影像科，找到了王娟主任，给我看看正、侧面腰椎和尾椎状况，确诊一下是否断裂、裂缝和是否需要住院治疗。

9 月 16 日上午，因嫩江市委书记刘铭、市长崔凯同志要率领相关部门和单位等两大客车 50 多人，在 17 日早上到我们东明村进行观摩调研，没有办法，我只能咬着牙，搭着朋友去农垦山河农场有限公司办事的顺风车，回到了村里，勉勉强强地一边休养，一边工作。一直到今天，再也没有回过家。

一个多月的时间里，大部分时间，即使在村里，基本上都和床打交道了。尤其在家里那半个多月卧床的时间里，我一直都在反思和总结着自己。归纳起来，大致有如下三条值得注意：

一是以后凡事，千万要格外小心加谨慎。因为，都快六十岁的人了，自己不年轻了，不论想什么，做什么，要细中加细，切记得意忘形。就如这次挫伤，如果不双手端着手机，如果事前留意身子前后的状况，如果没有全身心地入境，我怎么能痛苦、遭罪，让人牵挂了一个多月时间，至今，这份苦楚还没有了结。

二是千万不要过分自信。正因为自己不年轻了，还总在心里别着劲，不服老，不服输，总拿自己当小伙子，什么也不在意，什么也不留意，明明自己眼睛的余光知道了有个小小土沟存在，还心不在焉地想着，只要自己一迈腿就能过去，结果硬生生地闹了一个实实在在的大腌蹲儿，自己跟自己开了个天大的、不好笑的玩笑不说，还给亲朋好友平添了许多麻烦。

三是从今以后，千万千万要记住，不要赶时间了，不要着急了，不要讲效率了。不论做任何事情，哪怕是天塌下来，抑或针眼似的小事，凡事要一慢、二慢、三再慢。只要安全，只要质量，只要健康，其他的，什么都不是重要的。本来嘛，这个世界，从古到今，根本就不存在什么重要的事情。让那些所谓的重要事情，顶重要的事情，顶顶重要的事情，有多远就给我滚多远吧！

夜深了，看窗外，秋月羞答答地躲在薄薄云彩后面，已经升到了半空。圆圆的、金灿灿的，有些朦胧、有些迷离。劳作了一整天的农户，搂着一秋的收获，甜甜地睡在自己的梦里，很暖，很甜。会议室内，地暖没开，凉凉的。虽然身上穿上了小棉袄，脚下垫上了毡垫，但是仍感觉有点儿凉。不弄了，回屋钻被窝去，宿舍还是暖和一些。

九十四

2022 年 10 月 9 日，晚，多云。

今年春，老刘书记就和我商量，我们村通过省"清化收"工作，清理出来一些至今还没有收费的新增集体耕地，看看如何处理，才最为稳妥。记得当时，我们商量着看看镇里的其他村子怎么办后再说。

九月下旬，老刘书记跟着其他几个村书记，去了一次嫩江市农业农村局的农经站后，又和我商量，能不能替村书记写一份共同申请。我不假思索地答应了。

几天后，老刘书记收集了相关资料交给了我。第二天，我躺在床上琢磨了半天，用了一下午和晚上的时间，一会儿起来打几个字，一会儿躺下养养腰，终于完成了《关于村集体新增土地问题的请示》。

第三天，我又校对一遍后，把弄完的电子版申请发给了老刘书记，让他们看看妥否，如果没有修改，就分别签字、盖章、上交。

今天写的不多，还不到晚上八时。站起身来，走到窗前，打开窗户，一股清凉凉的空气，扑面而来。闭上眼睛，深深地吸入一口，格外清新，格外香甜，沁我心肺，清我头脑。院子里，一轮明月，大大的、圆圆的、黄黄的，高挂夜空。不远处的田野上，夜收的机车传来阵阵的轰鸣声。每台机车一盏大灯，一闪一闪的，在融融的月光中，显得格外分明，格外明亮，好似天上的星星散落在田野间，由东向西，一颗，两颗，三颗……数也数不清楚，移动着，奔跑着，正在用全身的力量，与月比速度，与星共光辉。

好一幅壮阔、秀美的东明夜收画卷。

关上窗子，不写了。收拾收拾，看晚间九时的中央新闻去。

九十五

2022 年 10 月 11 日，夜，晴。

今天早晨起来，走出村办公室大门，急匆匆地向着室外公厕走去。猛一抬头，"啊——"我不由自主地轻轻地惊呼了一声。

一张罕见唯美的画卷，悬挂在东南方的天地之间。不远处馒头山的南北两座山之间，一抹紫红紫红的朝霞，不，不是，是金红金红的朝霞，不，也不是，是乌红乌红的朝霞，染满了半个天空。这红，让我突然想起了作家萧红描写那只大公鸡所用的词语，"乌红乌红"的，就是那种罕见的黑红中透射出金光的那种颜色。

来不及细想，掏出手机，架在村部大院围栏的横杆处，一口气拍下了好几张图片。

从公厕出来，无意间，又瞥见一轮俏白又秀媚的月亮，大大的、圆圆的斜挂在我们村部西侧的叫排竹的树梢上。我生怕惊着她似的，又一次悄悄地摸出手机，快速地拍下几张图片，就回到了村办公室内的宿舍里。

9 月 28 日至今，我们全村平安，我们的村民生活平安，我们的秋收生产平安，我们也平平安安。

平安，平安，这份难得的平安，是党，是党组织带领着多少个你、我、他，不分昼夜，甘愿奉献，负重前行换来的！不是吗？新中国，是我们无数先烈的血换来的。

平安难得，和平难得，我们且行且珍惜吧！当下，岁月虽然静好，但是，仍需我们扎实地做好每一件工作，干好每一项事业，负重前行。

我们东明村的后沟子修建工程提前竣工了。后沟子桥工程包括 35 延长米单涵管的水漫桥和70多米长的水泥引路。整个工程经过几个月的精细施工，作为国庆献礼，在10月1日前正式完工。今天下午，抽出时间来，我独自步行一公里，特意去了一趟后沟子桥。在桥的四周，仔仔细细地转了又转。弄了我一个大腚蹲儿的小土沟上的土坡子不见了，现在变成了泄洪沟。转完后，我在桥的西南、西北和东南三个方向，分别选了三个点，在每个点都用手机拍下了几张照片，算是给自己留个没有完全离开疼痛的纪念吧。

我们东明村几十年来最大、最实惠的民生建设项目——黑土地保护高标准农田路修建工程九月份入村落地开工了。整个工程预算2050多万元，工期预计2023年春耕前完工。工程包括我们全村的24条农田路，29座泄水水泥涵，6座过水水泥桥，7个石头谷防，5条大型冲刷沟。施工农田路总长35.28千米，路面宽4米。修建晒场2个，面积7980多平方米。

前几天，老刘书记、大华和我，分别实地察看了几个桥、涵、路等施工现场，施工的师傅们都在紧张有序地工作着，在与时间争抢着工期，在与季节争抢着质量。尤其老刘书记，整日吃住在村，没黑夜没白天，不顾年高多病，不辞辛苦地整天开着自家车，一会儿拉着大华等人，一会儿拉着我们，为全村农田路修建工程正常顺利进行，搭路架桥，解决着施工过程中遇到的各种问题。

"老李大哥，这条路得从这直接过去。需要占你家这块地的一小块地，行不行呀？"老刘书记边用手比画，边询问着种植大户李某某。

"中，中，中。政府出钱，你们出力，给我们修路，是几十年来最大的好事、喜事，别说就占我这点儿地了，就是从我的这块地中间穿过去，俺都一百个，一千个乐意。"带着浓厚山东口音的李某某无比兴奋地连连回答。

"老张兄弟，这个泄水的水泥涵洞正对着你家这块地的地头沟子。夏天雨水大的时候，可能要影响到你地头的庄稼生长。我们看了又看，不管怎么弄，实在是躲不过去呀。"老刘书记指着要修建的地方笑着问着张某。

"刘书记，修在这儿，正正好好。你们就放心吧，甭说顺着我的地头了，就是对着我的这块地，咱都没啥意见。再说了，这路修得又宽又平又结实，都修到咱们心坎里了，咱们大伙儿都想凑到一块，烧上几炷香，杀上几头年猪，好好地谢它几天几夜了，哪儿还来的不行呀！天地良心，咱要是敢有一点点迟疑，别说你们领导说不过去了，就是咱们那老哥们几个，也饶不过咱，非得把咱给结结实实地按在地上绑了，扒了皮，抽了筋，活活地给吃了呀！"不等老张说完，在场的人们都不约而同地笑了起来。

我们东明村的秋收，更不用说了，也是没日没夜、紧张、有序、安全地进行着。

秋收前，在老刘书记的主持下，我们召集了全村三个屯的农业专业合作社负责人和种植大户，在村部办公室利用一个上午的时间，一起开了个秋收工作会议。重点研究了今年全村 7953 亩带有国家补贴秋整地政策指标落实问题。会议中，与会人员发言热烈，不用点名，就你说他也说地议论开来了。老刘书记看看我，我看看他，我们对视了一下，都忍不住笑了。

"你们说的都不错，都对。我非常赞同老刘书记说的，我们三个屯子都有北斗定位系统的大型机车，地都差不多，7953 亩秋整地指标平分，每个屯 2651 亩。但是，必须做到地有数，机车不固定。你们每个屯由机户自己协商，签订合同。"还没等我话音落下，老刘书记就接过来决定："好，我们就这样定了。指标给到你们每个屯，你们自己回家研究去。研究好了，找种植户签订合同后，再严格按着程序要求，报给镇里审定。"大家你看看我，我看看你，静默了一会儿，会议室里齐刷刷响起一个声音："中！"

九月末，我们全村的秋收工作正式拉开了大幕。秋收的喜报一个接着一个。"今年的大豆长得好呀，我那一公顷山地都弄到了 4000 多斤。""好家伙，高队，别看今年的豆粒长得小，俺家的大豆一公顷弄到 6000 斤没问题。""老高，你看看这豆子，个头小，但产得多，十多年了，都没有今年这个产量了。一公顷不挣个 5000 到 6000 元，那就是个不小的事。"

……

听着一个个丰收的喜讯，看着一张张喜悦的笑脸，再看看那东一堆，西一堆，院子里、仓库中堆得高高的、满满的、金灿灿的大豆，老刘书记、才林副镇长和我，由衷地为他们高兴。但是，在高兴之余，我们的担心也在增加。到目前为止，往年在全村地头收粮的人，一份也没有。所有收获回来的大豆，东一家，西一家，就这样堆放着。即使有的有个库，也是简简单单、粗放地堆在地上。不但增加了额外的粮食损失，一旦有个突发情况，后果真的难以想象。

看见眼里，忧在心中。我们三人凑到了一起，商量着如何解决"产得好向卖得好转变"，彻底解决我们的种植户增产又安全增收的难题。

几天前，老书记、才林副镇长和我，我们三人开了一个小会。商量来，商量去，最后决定：集各方智慧和力量，在村内设立一个本着农户自愿，买卖当面交易清楚的粮豆收购点。即由驻村工作组负责牵线搭桥，尽最大努力在最短时间内，把粮食经销商引进村里。由才林副镇长、老刘书记负责，落实收粮所需的场地和晒场等具体事项。

会议结束后，我们就开始行动起来。打了将近半个上午的电话，终于联系到黑龙江省九三非转基因大豆销售有限公司的我的原同事、好友、老弟刘佳波经理。他在听完我的叙述请求后，很爽快地答应说："主任老大哥，你就放心吧。只要粮食价格出来，你们村那些粮食，符合我们要求的标准，能接受我们的价格，农户愿意卖，我们就都收了。"放下电话，在我身旁一起听电话的老刘书记和才林副镇长，我们一起都乐了起来。

昨天，吕行同志和我在土窑子屯村值班一天。上午，姜忠洋镇长来村里检查秋收和秋整地工作。下午，我又联系一下九三的佳波经理。在电话中他介绍说："主任老大哥，根据我们了解的情况，黑龙江省全省范围内，今年大豆产量普遍都多，都好，就是蛋白质含量不怎么好。按现在的市场行情看，预计蛋白质高的大豆价格可以，低的就不好说了。昨天，绥化地区有一家出价了，大豆每斤 2.90 元，其他家都在观望，都在等待着中储粮出价。预计要等到 10 月 20 日左右才能出来。"

等待，耐心地等待吧！

夜深了，人静了，月光爱抚着早已熟睡的东明！一觉醒来，明天，一定又是个收获的一天。

九十六

2022 年 10 月 14 日，晚，晴。

昨天上午，嫩江市农业农村局利用腾讯会议的方式，召开了嫩江市2022 年度防止返贫监测帮扶第二轮集中排查和巩固脱贫攻坚成果暨乡村建设信息采集工作培训部署会议。会议重点对近期重点工作进行动员和周密的部署。

今天早晨，吃过早饭后，嫩江市前进镇驻前进村的黑河市商务局的老金队长、驻塔溪乡河北村的黑河市北方公司的马孔才队长，分别打来电话。我们聊完了工作，聊生活，最后聊到了我们被省委组织部、黑河市委组织部和嫩江市委组织部三级组织部门会议点名通报的事情。

放下电话，我认认真真地捡起这个事情。本来对待这件事，我只是一笑而过，根本没有放在心里。现在，想了又想，反复再想，怎么想怎么不是滋味。值班一整天，大脑中虽然多次主动强制关闭阀门，但是，不论怎么使劲，就是一个也关不住，反反复复，纠缠不休，"剪不断，理还乱"。

傍晚时分，从卡口回来后，镇委王钟山书记专程来到了村里，慰问我们驻村工作队。特意提到了省委组织部查岗的事情。据王书记说，那天晚上，查岗的人也给他打了电话，询问了我的事情。他汇报说："昨天晚上，我们还在一起吃饭了呢，高书记在岗呀。"查岗人员说他撒谎。王书记说，那他就不知道了。

这一天，旧事反反复复地重新提起，交织着、纠缠着，如同量子的电波，扯不断，剪不断，没完没了。归结一处，简单地说，就是一个字：烦。两个字：烦人。

晚上，独自坐在了电脑前，静下心来，仔细想想，感觉有必要拎清楚，捋明白。

一是在这件事情上，犯了经验主义错误。总认为自己拍个照片没什么问题，没什么事情，仅凭多年拍照的经验干活，凭着自己还年轻的心体验，结果，出事了。最为可恶的是，事发之后，全然不把本来就是事的事，不当回事，还继续按经验习惯随意处置，嫌麻烦，怕丢丑，捂着盖着，顺其自然，听之任之。尤其因自己防备心理过于强烈，过于偏激，对待省委组织部查岗电话不够重视，认为自己已经解释过了，就认为没有什么事了，不主动跟进，不解释，不说明，结果不但麻烦了组织，连累了亲人、朋友和领导，自己还躺在床上痛苦多日不说，事与愿违，添加了不必要的麻烦！

二是在这件事情中，犯了主观主义错误。因为主观上，粗心大意，不细心，事发后又碍于自尊和面子，没有引起足够重视，没有正确对待和处置，无意中给组织、单位和领导添了不可收拾的乱子。

这一结果，就我个人而言，本来就是错误在我，无可争议，加上脸皮厚，自尊心不强，要求又不高，简单地想着点就点了呗，无所谓，就当小时候因旷课逃学被老师逮着了一样，批评一顿了事。而我的单位、我的领导呢？黑河呢？黑河市委组织部呢？嫩江市呢？嫩江市委组织部呢？不敢多想了。实实在在的就说一句：添乱实在多多，实在严重，实在对不起，实在抱歉，抱歉！

三是在这件事情处理中，犯了狭隘主义错误。常言道：国有国法，村有村约，家有家规。无规无矩，不成方圆嘛！我们驻村工作，本来就有纪律与制度要求。尤其请消假制度，明明白白，整个铁一般的制度约束体系就明晃晃地放在眼前。而自己呢？在事发后，尤其在省委组织部查岗后，考虑不周全，重视力度不够，仅仅站在狭隘个人角度去考虑，从自身主观因素出发，其实质就是狭隘、自私，忽视了事情本身的性质和波及面，才导致给各级组织和领导带来了不良影响。

拎了拎，理了理，信马由缰地弄了这么多废话。站起身来，离开了键盘，仰起头来，长长地呼出了一口气。一整天压在心里的石头，总算落地了。

反正该说的说了，不该说的也说了，暂且不管了。对也好，不对也罢，暂且也不论了。白纸黑字，实事求是，就摆在这里，也不看了，更不改了，就这个样子，以警示今后，警示今后的自己！

蓦然回首：深夜里，窗外的月好亮好亮！月光下的大团山好美好美呀！

此时此刻，我情不自禁地从心里吟唱着那首歌：你问我爱你有多深，我爱你有几分，你去想一想，你去问一问，月亮代表我的心……

九十七

2022 年 10 月 16 日，夜，阴。

近来，不知道怎么了，每篇日记写得比较长了，内容较为庞杂了，时间间隔也在不自觉中拉大了。今天，正好有闲，依据内容，换种方式试试记录一下。

（一）

10 月 13 日下午，在东明屯东大华的大豆收割现场、屯北四轮车拉挑豆秆现场、屯西的村晒场和屯南的大豆地整地现场，绕着屯子转了一大圈，用时近 2 个小时，步行近 5 公里。其间，所见农户普遍反映，今年秋天真给力。粮豆产量好，秋整地安全又顺利，这边刚刚收获完毕，那边的地就整完了。用大华的话说："高队，据七八十岁的老人讲，活了这么多年，就没见过今年这样多的粮食产量，而且，整地又快又好！"

在绕村的路上，迎着阳光走路的时候发现，消失多日的"小咬"，又活跃了起来。说起来也怪，今年的"小咬"特别多，又厚又密。自进入秋季，密密麻麻、漫天飞舞的黑色小虫子，不管早上，还是晚上，成群结队，横冲直撞。最密集的时候，估计每立方米空间里飞舞着数千只黑色的小家伙。有时，风大一些，顺着风势，砸在行人脸上，好似砂砾一般，有点疼的感觉。这种黑色小家伙俗称"小咬"。虽然它不咬人，但是，很烦人，很闹人。小家伙们总是一团团地萦绕在你的头顶上，赶不走，也躲不开，并且时不时地伺机冲撞着你的脸颊，冲撞着你的眼睛，扑到你的身上，戏弄得你手忙脚乱。假如你穿着一身黄色衣服，妥了，小家伙们呼朋唤友、成群结队、前赴后继地扑到你身上，厚厚的一层，粘着你，腻着你，骚扰你，烦着你。弄得你急也不是，恼也不是，无可奈何，毫无办法。

其实，真正的小咬叫蚋，而漫天飞舞的"小咬"叫蚜虫。我的一位朋友嫩江植保站董爱书告诉我，分辨蚜虫和蚋的方法是观察翅膀。小咬，也就是蚋，只有一对翅膀。而蚜虫，有两长两短的两对翅膀。再有，观察它们是否咬人。小咬，咬人，是一种与蚊子、家蝇相近的吸血昆虫。而蚜虫，不咬人，却烦死人。

老百姓习惯把蚋和蚜虫混在一起，都叫它们"小咬"。这些小家伙多生活在农田中的菜地里。春夏时节，它们没有翅膀，整天腻歪在农作物上面，农民称其为"腻虫"。到了秋末，这些没有生长翅膀的小家伙就有了根本性变化，自然而然地产生了长有翅膀的后代，也就成了我们口中所说的"小咬"了。

今年，"小咬"特别多。尤其在植物生长茂盛的地方，密密麻麻，铺天盖地的。可能因为今年的年景好，秋天雨水少，光照充足，较为干旱等因素影响的。与老人和跑山人说的"野生的蘑菇多的年份，野生榛子就少"一个道理，"小咬"多，瓢虫，也就是花大姐少，而粮食产量就特别好。想想，真是这样的。在我的记忆里，好像也遇到过一次。有一年小咬确实很多，那年粮食产量超过了历史平均水平。据此理推及，今秋，我们东明的粮食产量一定会再次刷新有史以来的记录。加之今春土地转包价格上涨等因素，2023 年全村的人均收入在去年人均 12000 元的基础上，又将新增。

下午，科洛镇政府以视频会议的方式，召开了科洛镇 2022 年度培训部署会议。与会领导利用半个小时的时间，又对相关重点工作进行了详细讲解和具体要求。

接近傍晚时分，值班尚未结束，为了准时赶到伙食点吃晚饭，我一个人，迎着西下的阳光，走在回东明屯的通村路上。

看看天，瓦蓝瓦蓝的，好像完美的宝石，云儿，雪白雪白的，好似刚刚水洗一般，有点稀薄，有点透明；远处的山，远处的田野，白的、黑的、黄的，五彩斑斓，美不胜收。看着、看着，刹那间，想起最近的点点滴滴的工作。随之，一股有点酸，有点苦，有点涩，还有点甜的滋味儿，翻滚着，涌上了心头。

想家了！

> 秋风秋水秋人冷，
>
> 柳败草衰伊心疼。
>
> 白云生处家何在？
>
> 几行鸦鸟向南行。

身上的钱少了，头上的发长了。能穿的衣物单薄了，回家的心情厚重了。这样想着，想着，脚下的步子加快了许多。

回到村办宿舍里，看看距离吃晚饭的时间还有点空闲，就喊来正在准备考博的吕行，帮着我拎水，帮我架起家里带来的洗衣机，洗起衣服来。刚刚把衣服投入洗衣机内，镇委王钟山书记就来慰问我们驻村工作队了。在会议室里，我们聊了工作，聊生活，聊得很开心。

本来嘛，生活与工作就不容易。有些事情该翻篇就得翻篇。因为自有记忆以来，读过国高，拎着枪，解放过四平、解放过锦州，读过东北军政大学，早已经病逝的老军人——我的爸爸就经常教育我们说："遇事，不要怕。只要大胆坚持做下去，只要身正不怕影子歪地扛下去，早晚会有所收获的！"

是呀，只要咬紧牙关，还有什么事情扛不过去吗？毕竟我们是男人，"男人的脊梁山都压不倒！"

吃过晚饭，我打开了电脑，开始写起日记来。写着写着，忽然有些伤感。离村的日子越来越近了。从初来东明的陌生到朝夕相处的熟稔，不知不觉中我已经把东明当成了家，把村集体和村民当成家人。在淡淡的离情别绪中，一个想法由心底迸出，把自己入村以来随手记下的文字，归拢归拢，写成一篇驻村日记，留给东明，留给黑河，留给自己，是对第二故乡的留恋，对派驻单位的交代，更是对自己这段亲近村里农民，贴近蓝天黑土的，不一样的忙碌生活的纪念。我要给自己出本书！这念头一起，心情一下子就激动起来。放在键盘上的手打不下去了。回头看看这十多平方米的办公室，墙上挂着白天去地里蹭了一身泥的衣服，心里激动、苦涩、快乐、欣慰各种情绪交替。站起身，拉开盖不住窗户的窗帘，黑沉沉的夜幕，心里却似有一轮明月慢慢升起来。

（二）

昨天，我真真切切地感觉到了"金秋时节两头凉"。清晨，太阳还没有出来的时候，在村部的院子里，本想慢走上几圈，清醒清醒，但是，还没有走上两圈，就冷得上下牙齿打起鼓来。没有办法，只能走回宿舍，翻出了小棉袄，穿在身上，才感觉到热乎起来。

快到中午的时候，嫩江市委组织部派驻办召开了喜迎"二十大"相关工作安排视频会议。弄了半天手机，怎么也没有弄明白。最后，弄得很烦，干脆放弃了。由此看来，年龄大了，不比年轻人了，弄个手机都弄不明白了。

下午，接到了单位政治处王晶同志通过微信转来的通知。看过通知后，拿着手机，正在琢磨怎么弄的时候，大孩子张军值班回来，只用了一小会儿，帮我在手机上把学习软件干净利落地安装完毕，解决了我按时按期完成学习任务的问题。

今天上午十时，举国关注，举世瞩目，中国共产党第二十次全国代表大会，今天在北京隆重开幕了。我们在家的村两委成员和驻村工作队成员，在村部会议室里，集体倾听了习近平总书记代表第十九届中央委员会所作的二十大的工作报告。

中午12时不到，在热烈、持久的掌声中，习近平总书记做完了报告。听后，我们在场的所有人都非常兴奋，非常高兴。是呀，这次会议是在迈上全面建设社会主义现代化国家新征程、向第二个百年奋斗目标进军的关键时刻召开的一次十分重要的大会。可以说，这次大会的胜利召开，事关如何冷静沉着应对世界复杂局势，事关党和国家事业，事关中国特色社会主义前途，事关中华民族伟大复兴，事关你、我、他，对鼓舞和动员我们每个区域、每个单位及每个人切身利益，尤其，对我们驻村的每名干部来说，具有重大现实和中长期的理论指导和引领意义。

团结就是力量，奋斗才能走向远方。

当然，目标的实现不是轻轻松松、敲锣打鼓说实现就能实现的。我们必须勇于面对更多新的系列挑战，准备付出更为艰巨、更为艰苦的努力。尤其，作为从事基层乡村振兴帮扶工作的我们，必须更加紧密地团结在以习近平同志为核心的党中央周围，高举习近平新时代中国特色社会主义思想旗帜，深刻领悟"两个确立"的意义，增强"四个意识"、坚定"四个自信"、做到"两个维护",立足实际,实事求是,兼顾长远,踔厉奋发、勇毅前行,探索创新,以钉钉子精神,团结广大村民,为实现生态、和谐、富庶、幸福东明的梦想而努力奋斗!

今天的东明,收获正忙,喜报频传。

明天的东明,将意气风发,信心满怀,阔步向前,步步高远,永不停歇!

九十八

2022 年 11 月 21 日,晚,多云转晴。

一个月来,也不知道都忙乎了些什么。看看天气,明天可能有雪。坐在桌前,打开电脑仔细查看,自己无语地笑了,这些日子来,竟然一篇日记也没记。

在脑海中翻了又翻,片片记忆浮现在眼前。尤其,上个月也就是 20 几日发生的一件事,至今记忆犹新。记得,那日,嫩江市法院来了一个通知,要求我们村两委协助土窑子屯的种植大户甲某某与乙某某和丙某某三方发生争议的土地案件,进行实地测量和核实。接到通知,老刘书记和我商量一下,组织村两委人员和我们驻村工作队,利用大半天的时间,对地处土窑子屯东大岗三号地三段土地中、北段、中段的有争议的地,进行现场实地测量核实。

土地争议的事由:今年初,甲方将 26 公顷土地,以每公顷 1 万元的价格,转包给乙方。甲乙双方通过每家每户的份地,含乙方自家人口份地,互相串动调整,最终,乙方实际转包了甲方土地近 20 公顷。乙方将 20 公顷土地又转包给丙方。丙方在土地耕作中,通过机车卫星定位发现,从乙方手中承包的土地数量不够,后利用 GPS 实地测量几遍,还是数量不足,就找到了乙方讨要说法。乙方考虑到自己一亩地也没有耕作,连自家的 4 公顷人口份地还串给了甲方耕作了,就扣除了自家份地的款项后,将丙方实际耕种的土地的 12 万元款项直接支付给了甲方。事后,甲方不论如何计算,越算越感觉不对,说是土地数量有出入,就找乙方要钱。乙方、丙方认为,我们种了多少地,就交多少钱。经三方多次交涉无果,甲方一纸诉状告到了嫩江市人民法院。基本诉求是,要求乙、丙方按年初约定承包地的数量,缴纳承包费用,并承担相关诉讼费用。

174

弄清楚了土地纠纷的来龙去脉后，老刘书记和我商量决定，叫上了在家的村两委成员和相关矛盾方，一起测量核实土地，然后，回到村里进行"锣对锣、鼓对鼓"的当面调节。

实话实说。记得那天，有风，天气很冷。尤其身处空旷四无遮拦的已经秋收过的田野之中，冰雪般的冷凉，直袭牙骨，透彻心底。

衣薄、天冷、风硬，为民解决土地纠纷的工作不能停。按照老刘书记手中拿着的跟宝贝似的几十年前分地的老台账为根据，从早上九时开始，我们在土地争议三方的眼皮底下，扯着50米长的铁尺，认认真真地丈量。直到将近下午一时，我们才完成地块、地数测量核实工作，一个个冻得"嘶嘶哈哈"地返回了村副书记王晓燕的家里。

应该说，如何正确解决矛盾纠纷，是我们司法局职能内的重要工作之一。而如何做到"小事不出屯，大事不出村"，则是考验我们村两委工作能力与质效的硬指标。作为驻村工作队队长的我，自然理解这其中的深刻道理。在村副书记王晓燕家里，以老刘书记为主，我们按照自定的程序，进行了矛盾调节工作。

首先我们明确了法律主体和对应的关系。即这次矛盾纠纷的主体是甲乙丙三方，所对应的法律关系为甲与乙、乙与丙两对法律关系。其次，确定我们核实的户名地块、地数是否正确。第三，在我们监督下，分别让甲乙丙三方进行逐户逐项对账，精准找出地数和地款到底差在谁的身上，也就是把引起纠纷的主要矛盾找出来。第四，针对找出来的矛盾问题，寻找妥善的解决办法。就是如此这般，我们经过一个小时的工作，终于把矛盾对立的甲乙丙三方由开始的谁也不让着谁，过渡到了大家都非常自觉地分别找地方坐了下来，心平气和地商量起来。最后经过十几分钟时间商议和我们的劝导，甲乙丙三方达成如下协议：

一是甲方自动撤回诉讼。

二是根据我们实际核实的结果和三方商定的初步意见，甲乙丙三方各自负责，回家根据自家的小账本，进行最后一次核实确定。

三是按各自实际发生数计算，以诚信为原则，该谁给谁的钱款，必须如期如数给付到位，绝不反悔。

虽然我们在没有遮挡的空旷的大地里冻了一点点，虽然我们没有按时吃上午饭饿了一点点，但是，面对如此矛盾纠纷解决的结果，我们一班村干部还是不自觉地由心底笑了起来。

能不高兴吗？从初春土地承包流转，到深秋矛盾纠纷的和平解决，甲、乙、丙三方一直都在你争我吵，你说你的，我说我的，他说他的，都感觉自己亏了，各说各的理，谁也不认账，导致纠纷矛盾解决不了，最终闹上了法院。而如今呢，看着三户人家脸上露出的笑容，感觉我们从心底发出的笑甜甜的，真的。

土地，是农民的命根子。回顾历史，在中国的几千年长河般的历史中，土地最为珍贵。可以说每位农民都视土地为命根子，每个农民都把一分一厘的土地视为掌上明珠。因为农民全家老少的生存和生活，都要依靠土地而获得。正如农民常常挂在嘴边上的一句话："如果你敢忽视土地一时，那么土地就敢忽视你一年。"加之老农民常说："手中有粮，心中不慌。"这是因为在说话的这位老农民人生字典里，经历了缺吃少喝，经历了粮仓满满，经历了许多许多，这些经历都让农民对土地不能有任何马虎，哪怕一点点，那都不行。这是为什么？因为土地供养着无数人的性命。因为土地博爱，让我们一家老少都能安居乐业。因为土地博大，总有让我们无数的人对生活充满美好的希望。正是这些构成了祖祖辈辈每个农民对待土地的虔诚和挚爱。正是基于这种朴素而单纯的认知，在我内心深处非常理解一位诗人用心呐喊出来的一个声音："为什么我的眼里常含泪水，因为我对这土地爱得深沉"。

不是吗？土地就是农民的命根子，这一点我们任何人都不会否认和怀疑。我们可爱的农民对土地的渴求与依赖，是中华民族长盛不衰的根源所在。"民以食为天。"不管你是不是农民，总要吃饭的。如果饭都没得吃，那么社会能安定吗？国家能安全吗？答案一定是否定的。就拿目前我们的现状来说，农民问题仍然是我国现在最大、最严肃的社会根本问题，而农民问题的关键就是土地问题。让我们大胆地假设一下，假如我们农民一旦放弃或没了自己祖祖辈辈劳作的土地，那么我们农民将会成为什么样子的人？没有了生活依靠和来源，没有了生活支撑和保障，不就彻彻底底地成了一位纯粹的无业游民？这是其一。其二，没了土地没了农民，我们的粮食呢？有人说，我们有钱可以到市场上买。是的，市场可以买到，这是大家都知道的常识。总之，话得说回来，对于我们农民来说，土地就是"命根子"。说点现实的，土地就是我们农民生存和生活权益最集中的体现。目前看，我们每一条增收渠道都与土地息息相关。在村里务农的，说到底是要靠提高土地的利用效率和效益。不在村里生活的，只要手里还有土地，心中就不慌张，一旦没有了其他收入，我们农民还能获得最后的保障，从这一方面讲，对我们农民而言，土地，是退路，更是底线。因此，对待土地问题，尤其是土地纠纷问题，要坚持原则做好如下四个必须：

一是我们必须实事求是，慎之又慎进行处理。

二是我们必须依法行事，不能超出法律轨道处理和解决土地纠纷问题。

三是必须尊重农民意愿，得到农民充分认可。

四是必须维护我们农民的长远利益，杜绝急功近利和任何投机取巧的做法。

话匣子一开，有点搂不住了。看窗外，夜色沉沉。不写了，休息去。

九十九

2022 年 12 月 26 日，夜，多云。

本季度我们的重点工作，即评估巩固拓展脱贫攻坚成果。在全省巩固拓展脱贫攻坚成果后评估动员部署会议之后，按照嫩江市委刘铭书记、科洛镇党委书记王钟山书记的要求，我们以实事求是为原则，以问题效果为导向，以踏实高效工作为标准，以"查缺补漏"为目标，全方位多点面地展开了后评估工作。其目的就是为了不让来之不易的脱贫攻坚成果在一丁点儿松懈之中毁于缺与漏。重点是精准解决因摸排工作中的"想当然"思想造成的数据不严谨，拼时间赶进度过程中造成的以点概面等问题。

在具体工作中，我们结合村情，针对问题，全面开展了省市严肃要求开展的"四个一"活动。以脱贫建档立卡户为中心，反复核实脱贫后的生产生活有没有稳步提升。工作重点是进一步深入自我检查核实责任落实、政策落实、任务落实、遍访落实情况等方面工作，做到真正把工作落实落到广大村民心中。同时，对全村所有致贫返贫风险进行长期的动态监测，通过监测及时发现一切大大小小风险点、漏点，从而通过对症下药、因户施策的具体方式实时化解。对所有的脱贫工作台账进行再完善、再核实、再规范，进而提升每一个工作环节的公平度和公信力，真正实现脱贫致富的路上，不让一户、一个人掉队的目标。

在落实这项重点工作中，有一件事情，令我终生难忘，值得在这里叙述一下。

2022 年 11 月 21 日下午，为全面贯彻落实好黑龙江省巩固拓展脱贫攻坚成果后评估工作调度会议精神，嫩江市委也在政府 10 楼会议室召开了由市委刘铭书记主持，市直单位负责人、各乡镇党委书记和全市五个村支书、四个驻村第一书记代表参加了会议。很荣幸，老刘书记和我参加并聆听了这次会议。

2022 年 12 月 8 日上午，嫩江市委以视频形式召开了巩固拓展脱贫攻坚成果后评估工作第八次调度会议。市委书记刘铭同志亲自主持会议。一大清早，老刘书记和我早早赶到了科洛镇政府的视频会议的分会场。刚刚迈进会议室，就听到镇党委王钟山书记突然传达的一个消息。他说："因为市委这次会议召开得很急迫，会前没有来得及安排有关单位汇报工作。各乡镇、村都紧急准备一下，会上，刘铭书记点到哪个单位，哪个单位就汇报一下。"

"什么？搞突然袭击呀！"会场中的各位不约而同地发出相同的惊呼！在一片惊呼后，大家纷纷拿起手机，掏出了小本本开始各自忙乎起来。老刘书记和我对视了一下，找了个座位，边商量边动手弄了起来。会议刚刚开始不到 5 分钟的时候，王钟山书记接到了电话通知："组织领导决定，会议汇报的乡镇代表是前进镇，汇报的村是双山镇双山村，汇报的驻村工作队是科洛镇东明村工作队，请相关单位准备好汇报。"与会的同志们听完王书记传达的通知，眼睛齐刷刷地看向了我，并鼓起掌来、笑出声来。"王书记，我得出去找个地方准备准备，行吗？"我笑着向领导请示着。在得到王书记许可后，我在隔壁找了一个办公室，在电脑上开始忙碌起来。好在我们做的工作心中有数，不到半个小时的工夫，我就形成了一个小小的汇报材料。

听完我的汇报，主持会议的市委刘铭书记当场就给予充分肯定。加之会后，又陆续听到各相关兄弟单位和有关部门的反馈，我的工作汇报得到了市里、镇里和村里的认可。就如嫩江市委组织部主管我们工作的潘义成副部长说的那样："老高书记，如此规模的全市会议，我们也是第一次遇到。但是，在没有充分准备下，你的汇报中心突出，干净、利落、简洁，连刘铭书记都表扬了你，可给我们组织系统长脸了！"

是呀，想一想，工作本就如此。就拿这次汇报来说，想开了，其实很简单，干了什么，你就说什么，一定能行。

又写了这么多。累了，不写了。

2023 年 2 月 28 日，多云有雪。

这个难以忘记的年，终于过完了。在这两个多月的时间里，没有写过一篇日记。不是不想写，不是没有内容可写，而是实在写不了。在这期间，发生了很多很多事情值得记忆，但是，想写也写不下去。今天有闲，坐在电脑前，想想，需要记录下来。

一年来，在科洛镇党委和镇政府的领导下，我们针对村情和农户的意愿，实打实地谋事干事，并取得了一定的成效。党建、发展、治理和办实事等方面工作，都取得了新的进展。其中，最值得记录下来的，也是最有成就感、幸福感的几个事，也就是"三个最"表现如下：

一是我们的建设项目是历年来最多的一年。计算起来，大大小小建设项目合计 7 项，各类投资合计 2700 多万元。其中，基础建设项目 5 项。项目一是黑土地保护高标准农田建设项目，预计今年五月末施工验收完毕。项目二是七条农田冲刷沟综合治理建设项目，目前，项目主体已经建设完成，其他工作正在收尾以待验收。项目三是后沟水漫桥建设项目，去年年末，已经全面地通过了验收。项目四是土窑子屯水泥路拓宽建设项目，也在去年年末正式通过了上级验收。项目五是我们驻村工作组负责募集资金完成的村标建设项目。产业发展项目 2 项。项目六是东明村苹果园实验项目，100 棵黑龙江地产字号果苗，成活了 96 棵。项目七是我们连年亏损的黑木耳转产花卉种植的扶贫产业项目，一举扭转了亏损局面，实现了年盈利 2 万元，为 34 户脱贫户分得红利 1 万多元。

二是今年是我们得到各级领导、部门和友邻单位关怀和支持力度最大的一年。在黑河市级层面，包村领导徐晓军秘书长先后来村两次，指导和看望我们。市委组织部、司法局和党校领导，也多次深入我村，把温暖送到我们心里。嫩江市级层面，刘铭书记、崔凯市长以及组织部、司法局和党校相关领导多次来村探望和指导工作。镇级层面，王钟山书记、姜忠洋镇长等领导，应该说是我们村的常客。这是其一。其二，我们的娘家人黑河市委组织部援助帮扶资金 2.6 万元，用于更新 20 套会议座椅、两台办公

179

电脑和一台多功能复印机。黑河市委党校援助帮扶资金 2.35 万元、黑河市司法局援助帮扶资金 2 万元，合计 4.35 万元，用于村标建设。嫩江市委组织部援助帮扶资金 1 万元，用于苹果园项目建设。嫩江市司法局送来大屏幕液晶电视机 1 台、衣物两大牛皮袋子，折合人民币不少于 0.5 万元，送温暖到我们的心上。最为难得的是科洛镇党委下拨帮扶资金 0.5 万元，用于村标建设。另外，我们的相邻单位北大荒集团公司山河农场有限公司和嫩江农场有限公司带着浓浓的垦区兄弟情，分别送来了 30 箱精装甜玉米、30 桶地产大豆油，及时分发给了在村的农户。

三是我们村整体工作更上一层楼的一年。一年来，以老刘书记为中心的村两委 7 人和我们驻村工作队 3 人，密切合作，亲如一家。有事大家一起干，有困难大家一起扛，真的做到了工作起来分工不分家。虽说有时在有的事情上，有不同的意见和看法，但是，当大家凑到一起研究研究，只要集体决定了的事，我们的心就贴在了一起，纷纷发力，奔着一个目标，竭尽全力干好它。尤其，老刘书记、晓燕副书记、俊华会计和我们的队友吕行大孩子，一年来的时间，几乎天天长在了村办公室里，忙这忙那，总在忙乎着忙也忙不完的工作。就是这样，我们村里的党建思想工作、经济发展工作、社会管理工作等，在各位可爱的同仁的默默无闻、辛勤奉献之中，一步一个脚印迈入了新的层次，踏上了一个新的台阶。

不知不觉就进入了午夜。看窗外，雪后的夜更加静谧，显得格外诱人！

今夜，真的很美！

一零一

2023 年 3 月 4 日，晴。

今天，周六，又是一个难得的休息日。

上午，和村会计李俊华同志商量合作社建设和发展的事情。我答应了他，等我有时间了，将我们商量的结果做出一个可行的方案，再进行研究确定。同时，我们又研究了一下去年冬天办公用电事情。通过 2021 年和 2022 年两个年度冬月用电最高月份情况的对比，2022 年电费是少了一点，但是 2022 年冬季超常寒冷，最低日气温达到零下 40 摄氏度的影响，由我们驻村工作队张军同志主导的 2022 年村办公室峰谷电价改造工作，还是起到了一定的作用，取得了较好的效果。

下午，村办公室里空荡荡的，只有我一个人。拉下窗帘，坐了下来，静静心，又开始写起日记来。

上个月 24 日，老刘书记和我简单碰了碰头，准备近期召开一次村两委会议，根据镇党委镇政府的要求，研究研究，看看我们村今年重点干好几件事情。最后我们决定，就在这个月 27 日开，好给各位委员一点时间想想，把会议准备得充分一点。

2 月 27 日上午九时许，村两委七人和我们驻村工作队三人围坐在办公室的会议桌前，在老刘书记的主持下，正式开始会议。会议一共有五个议题，我们逐一研究了起来。

议题一，村集体 40 多公顷机动地发包工作。这个议题是每年村里的头等大事，它涉及全村许多重要的事情，像是村集体年度收入了、各个大户流转包地和小户发包土地的价格等，都和村集体机动地发包工作息息相关。尤其今年，根据黑龙江省、嫩江市和科洛政府要求，村集体机动地发包一律纳入全省统一的集体资产管理平台，向全社会进行公开招投标。这个政策性调整，彻底终结了往年我们村集体统一组织的在村内进行的机动地竞价公开招标的办法。因此，这一议题，与会的同志研究讨论的气氛很激烈，时间比较长。最终，同志们做出一致决定如下：

1. 全面做好上平台的前期准备工作。如多少地块？每块地的版图和数量等。

2. 做好咨询工作。即弄清平台收费的标准和进入平台的相关手续和程序。

3. 为依法维护村内土地承包流转市场的稳定运行，确保实现村集体利益最大化，保障村集体和每位农户的利益不受损害，我们划定 3 个必须符合的前提条件，也就是红线，不得逾越，否则竞拍无效。

4. 依法召开村民代表大会，向各位代表全面细致地说清楚，代表大会讨论通过后，按相关要求执行。

议题二，产业发展项目建设工作。这个议题是如何推动全村经济发展再上一个新台阶的大事情。因此，与会的 10 人在研究讨论过程中十分审慎。一是今年村里准备拿出来 2 公顷机动地，进行甜玉米种植引领实验项目。二是扶贫大棚如何再利用。三是东明苹果园持续实验项目。四是电商平台培育和建设实验项目。

针对四个项目与会人员进行了广泛而深入的研究讨论。最终，会议达成一致意见。即不论什么发展项目，既然是实验，是探索，都有困难和风险，都有成功和失败，总有人要迈出第一步进行必要的尝试与试探。因此，为了培育壮大村集体发展产业，为了村集体和人民群众稳定增收，在明确每一项目分工和负责人的前提下，全力支持发展项目实验工作。

议题三，没有纳入黑土地保护高标准农田建设项目内的农田路年度维护工作。农田路的建设和维护，是保障全村农业安全生产的根基。对此，与会人员纷纷发言表示，同意、支持村里在资金有保障的前提下，优先高标准高质量地维护好每一条农田路。

议题四，村务治理工作。一是村两委人员工资待遇和标准问题。二是回村落户的问题。三是低保申报问题。四是人居环境整治问题。针对每个问题，与会人员都充分地发表了意见。最后，会议决定由俊华、晓燕同志分别进行整理后，提交村民代表大会审议决定执行。

议题五，村标项目建设完成情况说明。村标建设大致用了 5 万多元，都是我们工作队自行筹资的，没用村里一分钱。待最后一笔筹资款到位，结算清楚后，也就是我们这一届驻村工作队撤回前，即今年六月三十日前，将村标建设的相关账目完整地交给村财务。

在不知不觉中，会议进行到中午 12 时多。各位参会人员还意犹未尽。

明天，三月五日是学雷锋纪念日。雷锋精神就是一种在默默无闻的日常工作中体现出来的爱岗敬业、热爱生活的责任、担当与无私奉献精神。正如今天我们参加村两委会议的各位同仁，忘记了时间，忘记了吃饭，仅仅针对五个会议议题，以无私忘我，一心为民的精神，各抒己见，坚持立场，真正做到了立议立行，民主集中，把好多想法汇集到了会议的每项决策之中，保证了集体决策的科学性、可行性和有效性，护航着东明村经济、社会事业的持续发展。

是呀，责任、担当和奉献，是我们每一名共产党人必须秉承和发展的精神。

一零二

2023 年 3 月 8 日，夜，晴。

今天，是第 113 个三八国际劳动妇女节。3 月 6 日至 3 月 10 日，因为我们正在参加嫩江市组织的集中学习班训班。村支部书记离岗参加，我们驻村工作队和村两委其他成员线上培训的缘故，村里准备的庆祝活动，被迫取消。虽然活动没有正常开展，但是，在心底感触还是多多的。别的暂且不说，就说说我们妇女应具备的精神，即自尊、自信、自立、自强。

伴随着知识更新、科技进步和新时代发展，人的思想观念发生了巨大变化，我们的妇女社会地位也得到了前所未有的提高。在家庭中，我们的妇女个个都是当家人，抚育儿女、辛勤持家。在学习上，如饥似渴地吮吸中外之精华，汲取古今之精髓，不爱红装爱"武装"。在工作中，更是柔中带刚，勇于负责，敢于担当，敢于践行，不言苦，不怕累，比肩男儿。可以说，在各类社会实践活动中，无处不在显现我们的妇女能顶半边天的勇毅，就如此时窗外的雪原，独领风骚。是呀，正是我们的妇女尊重人格、维护尊严，反对自轻自贱，勇敢地相信自己，抱定初心，坚定信念，反对妄自菲薄，才能树立起来独立意识，加之通过顽强拼搏，奋发进取，不依附、顺从，不自卑、自弱，勇夺今日每位女性自身特有的社会价值。正是如此，温柔、贤惠是我们妇女的天性，美丽、执着、奉献是我们妇女的骄傲，责任、担当和作为是我们妇女的无上荣光。因此，在我们每个人身旁，新时代里，人生的旅途上，我们的妇女看似平平常常，但是，她们却以自身的言行勇敢地擎起半个天空，穷尽自己所有的爱与情，似青鸟般填实了所有大大小小的江河湖海，把整个世界装点得更加美丽、生动，生机盎然，成为我们生活中最靓丽的风景。

一个上午和下午，俊华和我，利用线上听取培训讲座的空闲，进一步研究讨论确定了他的合作社下一步发展建设事宜。其实，对于这件事，我们自去年秋天开始，就进行了断断续续地研究。经过大约一个冬天的酝酿，今天，我们最终达成一致，形成了一个可行的《发挥合作社作用，走向共赢共富道路实验方案》的第一稿。

嫩江市科洛镇东明村东明屯共赢专业种植合作社，2016年注册成立，现有社员5人，资产260万元。社长为李俊华同志。年均种植玉米、大豆100多公顷，效益一年比一年强，合作社生产经营活动也在向标准化、规范化方向发展。为践行合作社"共赢"的初衷，真正贯彻党的二十大精神，坚定不移地走共同富裕发展道路，结合实际，制定了本方案……

可能是研究琢磨的时间太长了，一鼓作气，就写出个方案。回头看看，还可以，没什么可修改的。

看窗外，夜色非常静谧。天空中有一层似纯洁蝉翼般的云，披在当空高悬的月亮那笑盈盈的脸上，显得分外神秘，分外美丽。尤其那盘大而羞涩的月儿，好像使尽全身力气，把点点的光辉洒向大团山，洒向大团山下居住在村庄里的我们，用劳动妇女般的爱，守护着我们。想到此处，一道难以解释的"天问"，骤然浮现在脑海："此时此刻，我们如月亮般的国家、省、市和县四级政府派出的驻村工作队队员们，还有谁没有默默无闻地守护在各自派驻的村子里吗！"

没有，我坚信。

有些兴奋，不写了。悄悄地烧点水，泡泡脚，美美地睡上一觉。相信，明天将是"满电"的一天。

一零三

2023年3月10日，阴。

今天早晨，吃过早饭后，老刘书记开车来了。我就到他的办公室，也就是门卫室，和他商定几个事儿。

第一件事是争取党员指标。对于这件事，很久前我们就商定过，一起做做工作，看看是否还能多争取一个入党指标。村里的年轻人对党的认识更具体更深刻了，入党的积极性空前高涨。加之我们村50多名的党员队伍年龄结构偏大，自身建设和发展迫切需要更多更优更新鲜的血液。为此，这几天我特意请示过了镇党委副书记李秀同志。

李秀副书记很年轻，有思想、能力强、很干练、敢担当、很亲民，是一名很务实、很优秀的基层党务工作者。他在介绍全镇党员队伍建设的情况后，对我说："老高书记，你们村是我们党建工作模范村。村里老刘书记为这事也打电话找过我，镇里肯定全力以赴地支持。但是，我也如实地说：目前，全镇七个行政村，一个村就一个名额，真没有机动名额。现在，我答应不了你们什么。看看以后工作进展情况，镇里和你们一起再加把劲，上下一起做做工作，视情况而定吧。"就这简简单单的几句话，我心里热乎乎的，感动的我说不出什么，却能真实地感觉到，他的工作态度热忱而认真，实在又实惠，工作都做到心窝窝里。

我与老刘书记简单说了情况后，经商定，老刘书记笑着拍定："老高同志，辛苦你一下，下周找个时间，背上你的小小要饭兜，约上李书记，你俩一起再到市委组织部做做工作。"说完，我们哈哈大笑起来。

第二件事是双发屯边彦武合作社生产经营的事情。上周，我陪着合作社的社长和社员一行四人去了一趟北大荒农垦集团嫩江农场有限公司，就合作社生产经营有关事宜进行接洽。农场有限公司总经理关利杰同志领着公司相关部门和第九管理区的新、老书记、主任等，热情地接待我们，坐在一起进行了广泛而深入的交流。这周，计划陪着他们再去一次山河农场有限公司，商定合作社 300 公顷土地所需的 100 多吨的氮磷钾肥料采购的事宜。

第三件事是相关项目。由于还有不到四个月的时间，我们驻村工作队就要结束本轮驻村工作，最近，准备去一趟嫩江市，问问已经列入项目库中的双发屯的巷道、南沟桥等项目情况。同时，计划去市委组织部汇报一下工作，再努力争取村里发展党员指标的事。顺便把筹建村标募捐来的尾款清理一下，争取近期把村标筹建工作画上圆满的句号，为驻村工作圆满结束做好基础工作。

下午，双发屯边彦武合作社的彦武和他的一个社员，开着车，我们一同去山河农场有限公司。山河农场有限公司徐志刚总经理等人接待了我们。经协商，目前农场肥料是有，但是具体价格尚未最后确定，加之农资筹备不等人因素影响，与合作社展开农资合作的事情暂时还确定不下来。

吃过晚饭后，在省直某单位工作的小韩打来电话，说是要去佳木斯市某地驻村，听说我已经驻村很长时间，请教请教驻村经验。

小韩，大名韩延鑫。个子不高，戴个眼镜，一说一笑，文质彬彬，是个典型的当代新青年。现在省直某单位工作，因工作业绩突出，一年前就晋升为四级调研员了。记得，当初他入职的时候，还是一副学生模样的大孩子。

那时候的他，刚刚大学毕业，朝气蓬勃，带着一身梦想，通过黑龙江省公务员考试，考入我们单位工作。了解情况、熟悉工作，提职提级，恋爱结婚，脚踏实地，埋头苦干，笃实前行，从一个毛手毛脚的大孩子，一步步转变为一名出类拔萃的公务人员，我们一起奋斗工作了五个年头。

在电话中，我们聊了很多、很透。尤其如何开展好驻村工作，我们聊得既广泛又集中。为方便记忆，现在归纳起来，简要地说就是"1234531"重点工作模式，也就是我们驻村两年来的工作经验和体会。

"1"是一个目的。即全心全意为老百姓做点事，也就是实心实意为民服务。这是我们每一个驻村工作队工作的根本。其实，农民很淳朴，很朴实，不善交流，不善言语，就像我们东明大团山那般浑然厚重，自然坚韧，但是每家每户每名农民，心中都有一杆秤，心里明白，都知道谁在干事，谁真的为他们提供服务。这个目的，要明确，要牢牢地记在心里，并尽最大努力、最大可能去践行它，实现它，绝不辜负我们的百姓。

"2"是两个"2"。第一个"2"是两个彻底转变。这是我们每个驻村工作队顺利地开展好工作的关键。一是彻底转变干部身份。简单地说，在老百姓面前，别把自己当领导、当干部。什么叫领和导？什么叫干和部？就是指引、引导、服务加干活的人。用老百姓的话说，就是实实在在领着大家向着心中梦想的美好生活一步步迈进的人。二是彻底转变市民身份。对于这一点，驻村的我们往往没有在意，都忽略了。因为我们在城市里生活时间长了，我们的言行和习惯早已牢牢地铭刻着市民两个字，往往在不经意间，都体现得淋漓尽致。这个绝对不行。因为我们是驻村，就是生活工作在农村，因此，我们必须转变。从入村的第一天就把自己农民这个身份担起来，让自己成为农民中的一员，说农民听得懂的话，做农民看得懂的事。另外，一定要注意自己的工作方式和方法。这是小事，但是，在村里却不是小事。工作性质变了，服务对象变了，工作条件变了，工作环境变了，已经不是我们原单位，所以我们要彻底改变自己，做一回真正的农民，那种老百姓心里喜欢的新型的农民。正如老百姓说的那样："到哪个山，就唱哪首歌""干什么，你就全力吆喝什么"就对了。

第二个"2"是两个文件。一是驻村所在的县市组织部下发的任职文件，即任职某某乡镇党委委员的文件。二是驻村所在的乡镇党委下发的任职文件，即任职某某村第一书记或支部委员会委员的文件。我们不要小看或忽视这两个文件，千万要拿到手里。它们不仅仅正确捋顺了我们的组织关系和程序，维护了我们合法权益与义务，更为重要的是合法合规地接续了我们每个人档案里的个人简历。如我本人档案中的个人简历就可以填写：某某年任黑河市司法局副处级干部。其中，某年某月到某年某月，任嫩江市科洛镇党委委员；某年某月到某年某月，任科洛镇东明村党支部第一书记兼驻村工作队队长。

"3"是三个"3"。就是三种情况、三对关系和三个工作群。这是我们每个驻村工作队做好工作的牢固基础。

第一个"3"是全面了解、掌握三个情况。即全面了解、掌握驻村的历史情况，现在状况和历届驻村工作队的情况。最好在入村前，通过上届驻村的同志，早做些功课，以最短的时间，最快的速度，高质量、全面客观地了解掌握这三种情况。不同的村，不同的驻村工作队，有不同的特点，不同的特色。秉承优良的传统，才能继往开来。立足当前村情民意，才能做好我们驻村工作。因此，在进驻之前，一定要全面做好功课，入村后用极短的时间迅速复核了解的情况，及时校对偏差，打好有计划、有把握的仗，才能便于我们每支驻村工作队的工作更顺利、更高效地全面开展起来。

第二个"3"是正确处理好三对关系。即处理好对上、对下和与村两委的关系。在这三对关系中，最为核心，也是最为关键的是如何正确地处理好与村两委的关系。我们千万要正确地理解驻村工作队的"帮扶"这个词的深刻含义，精准把控住"帮"和"扶"内涵与外延，精细把握这两个字的要义和精髓。这是对我们每支驻村工作队开展好一切工作的硬性要求。因此，在入村第一天的新老驻村工作队交接会议上，我们就提出了一条硬性原则，供队员们遵守。即"参议决议不决策，助推工作不捣乱"，这是其一。其二，突出中心，鼎力配合工作。虽然村支委、村委会和我们驻村工作队的工作各有侧重，是名副其实的三套人马、三个领导班子，那么，按照党的统一领导和民主集中制要求，整个村的班子只有一个"班长"，这个班长就是书记或村主任，就是中心。这个至关重要，我们每一支驻村工作队必须把握准确，做好助力、配合工作。即我们所有工作的开展，必须在班长这一中心领导下，团结一致，脚踏实地，勇毅前行。其三，注重团结，做好沟通协调工作。村两委人员，因各自职责不同，分工不同和工资待遇不同，他们的工作重点各有侧重。对此，我们要细致把握，与其勤接触、勤交流、勤沟通，积极协助、协调村两委每位人员的工作，做好他们的助手和参谋，助力他们每项工作的完成。

正确处理好上下两对关系。所谓的上，就是指乡镇和县市各业务领导部门。处理好这种关系其实很简单，那就是依照法律和规定，按照相关办事程序，该咨询的咨询，该请示的请示，该汇报的汇报，一切严格按照规矩办理，切记不可逾越，不可破格，不可忽略。而所谓的下，就是指村里全体党员群众，也就是我们的衣食父母——老百姓。老百姓是山，我们要敬畏，要尊重，要"孝顺"。凡事要从细微着想，从自己的一言一行开始，谨慎加谨慎，诚信为人，笃实做事，严格律己，宽宥他人，以牺牲我一个，幸福万家人的精神，全心全意服务老百姓，千万别因为我们的某一项工作有意或无意地伤了他们的心。

第三个"3"是三个工作群。即驻村后，自觉、主动地申请加入乡镇各党支部书记、村党员和村民工作群。这三个群，是我们积极主动开展好工作的根基。另外，驻村工作群等，包括自己单位的工作群，也要妥善地处理好，方便我们每一名驻村工作人员更好地开展工作。

总之，我们有些驻村工作队入村后，之所以感到工作难干，事情难办，一头雾水，两眼一抹黑，其根本原因就是上述的基础性工作没有事先打稳当，打牢固。老百姓常说的："基础不牢，地动山摇"，就是这个道理。

"4"就是四项职责。这是我们每个驻村工作队开展好工作的本质要求。即"建强组织、兴村富民、加强治理、为民服务"的16字驻村第一书记和工作队的四项基本职责。这四项职责，务必时刻牢记在心，融入我们每项驻村具体工作之中，踏实践行，不负使命。

"5"是重点干好五方面工作。这是我们每个驻村工作队开展好工作的最好证明。由于我们驻村工作队所驻村的村情民意不同，所在乡镇政府年度工作重点要求不同，我们驻村帮扶的重点工作也就各有不同。但是，归纳起来，一句话，就是在乡镇党委、政府正确领导下，紧扣年度工作重点，积极协助村两委，团结全体党员群众，努力完成以下五个方面的重点工作：一是助推党的建设工作。其重点在于以"三会一课"为核心的班子队伍的教育和管理工作。二是经济社会发展工作。具体地说，就是在党建工作引领下，根据村情需要和百姓需要，在全村经济发展上，以市场为导向，以有效解决问题、最大限度保证收益为目标，对已有产业项目，进一步完善提高，实现提档升级。对发展需要的新产业项目，要科学考察论证，积极争取实施，坚决做到没有市场、没有利润、没有发展前景的产业项目，再多、再好看也不上。在民生基础建设上，凡是符合百姓需要的，凡是符合公共利益发展的民生项目，一定要尽全力按程序逐级实施工作。项目不论大小，只要对我们百姓有利，我们不问结果，就问自己是否积极努力去争、去做了，是否务必、必须尽到全力即可。其他如村务治理提高、优质服务百姓和自身建设三项工作，只要坚持守正创新原则，只要符合实际、符合要求，高标准、高质量去做就可以了。

"3"是三条检验标准。这是我们每个驻村工作队开展好工作的试金石。一是否符合全村经济社会发展进步需要。二是否能保证村集体和全体党员群众持续增收。三是否真正实现全村党员群众生活水平稳步提升。这三条是标准，是要求，更是硬杠杠。其核心就是衡量我们每支驻村工作队所做的工作和服务，是否真正达到了全村95%以上的党员群众满意和认同。

最后一个"1"是实现一个目标。这是我们每个驻村工作队开展好工作的最大果实。即在两年的驻村工作中，年年成为一支政治过硬、业务过硬、能力过硬、水平过硬，上上下下，组织领导和党员群众都认可的优秀驻村工作队。

走到窗前，打开窗子，大半个明月，不知道什么时候偷偷地爬上了夜空。月光如水，悄无声息地洒在大团山上，洒进我们的东明村里，洒入我们村里早就已经熟睡的老百姓甜美的梦境。

早春的月，真美。

一零四

2023 年 3 月 13 日，晴。

今天，好一个大晴天。用我们东明老百姓的话说，响晴、响晴的。

艳阳高照，微风徐徐，春意融融。特别临近中午时分，气温渐升，冰雪消融，远处那座大团山，那条没有名字的河，连同村里的那些人，都在笑盈盈地忙乎着。尤其在双发、东明和土窑子三个屯子的村道上，七八十吨的大挂车，时不时低沉地叫上一两声，拉着粮食的、拉着生产资料的、拉着工程石料的，来来往往，穿梭不停。各色私家车，打着响笛，你不让我，我不让你，你追我赶，撒着欢似的相互传递着喜人春天的消息。

今天，整个东明村家家户户、男女老少一起，在尚未完全消融的皑皑白雪中大闹春耕。

大团山的春天，来得真早！

是呀，昨天，我和老刘书记商量，根据实验果园外聘的技术顾问梁艳才同志的建议，把土窑子屯的赵大哥请过来，给我们果园的果树松松绑。即把保护一个冬天的缠绕在每棵果树上的稻草绳子解下来，让果树好好地透透风，呼吸呼吸新鲜空气。

今天早上不到八时，老赵大哥拎着一把镰刀，按时来到了村办公室。老刘书记、俊华委员、老赵大哥和吕航，我们几个人，围着桌子，就实验果园项目如何建设和发展议题，认认真真地唠了起来。你一句，他一句，你说你的真知，他说他的灼见。唠着唠着，我们东明苹果实验园发展和管理办法的大致轮廓、主要骨架就这样唠了出来。

晚上，吃过晚饭，在寂静的办公室里，坐在电脑前，《东明苹果实验园发展和管理办法》如夏日里我们大团山前那条无名的小河一般，汩汩地流了出来。

游龙飞凤，一气呵成。发展是大事，是硬道理。管理是永恒的主题。如何发展？如何管理？是永不停歇地不断巩固，不断完善，不断提高，没有最好，只有更好。

是的！

停下手来，回头逐页看看，在行行文字深处，不由自主地迸溅出一个个鲜活的字符，跳跃着印入脑海。乐民之乐者，民亦乐其乐；忧民之忧者，民亦忧其忧。想想，也是。我们全国驻村帮扶工作队的每一位成员，哪一个不都在穷其所智，尽其所能，忧百姓之忧，解百姓之结，乐百姓之果嘛！

呵呵，想远了。默默地转过身来，端起桌子上早已盛满白开水的黄桃大罐头瓶子，喝起水来。喝着喝着，窗外静谧的夜，漫天的星星缓缓地再现出我们入村来的一帧帧野蛮生长的鲜活画面。

那土堆上、荒草丛中，三三两两野鸡千呼万转地啼鸣，那阳春白雪坡地里、山坡上，你追我逐的一对对缠绵的赤狐伴侣，尤其是那胖乎乎、傻兮兮，四五成群的野狍子，当我们农田路上有车喇叭声声鸣叫经过的时候，它们一个个蓦然回首，穷尽再好再精妙的语言文字都无法描述，无法表达，无法形容我们东明这方水土是多么和谐，多么富庶，多么幸福！

两个字，隽秀。不，不是隽秀，是美丽。不，不，也不是美丽，应该是大美之中的隽美。

隽美的大团山，隽美的东明人，还有千千万万在岗帮扶的我们！

一零五

2023 年 3 月 16 日，夜，晴。

今天早饭时候，徐大哥慢声细语地说起昨天晚上发生的一件难以忘记的事情。

晚上九点多，徐大哥夫妻正准备睡觉时，突然接到了老张师傅爱人打来的电话："大哥大嫂，你们快来吧，我和老张身体发软，一个劲儿恶心，不断地吐呀。"电话那端传来了张大嫂喘息着、上句接不上下句、万分焦急的求助声音。放下手机，大哥大嫂相互对视一下，大嫂不假思索地说："两人一样症状，不好，中毒了。赶快叫上老高他们，咱们一起去吧。""都这么晚了，先别折腾他们了，咱俩先去看看情况再说。"大哥想了想，语气十分坚定地说完，拽起大嫂就往老张家赶去。

在我的印象中，老张大哥和大嫂，还是我们入村后认识较早的人。这两口子现在年龄都在 70 岁左右，一生勤劳实在，憨直能干，从来不多言多语的，是那种宁愿自己吃亏，也从不愿意随意求人的人。

老徐大哥和大嫂赶到了老张大哥家，第一个碰到的是院子大门和小门上牢牢把门的将军锁头，他们根本无法进去。没有办法，大嫂就用手机电筒照亮，大哥小心翼翼地爬着栅栏翻进了院子。还好张大哥房子外门没有上锁，徐大哥拽开屋门就进了屋。灯光下，只见厨房里，老张大哥头在厨房里，脚在厨房外，趴在门槛上。老张大嫂也斜斜地瘫坐在炕上。见此情景，徐大哥马上把屋门全部大开，将躺在地上好半天的张大哥连拖带抱，费了好大劲才弄到炕上。然后，找到大门钥匙，返身院里，把在寒凉夜里焦急等了半天的徐大嫂接进了屋里。第二次进屋后，他们即刻帮助张大哥两口子穿好衣服，安置在通风处后，并给远在市里的张大哥儿子打去电话，说明了情况。随后，不大一会儿，张大哥儿子用电话叫来了张大哥在村里居住的小舅子等人。

在众人的帮忙下，张大哥和大嫂逐渐缓过来了。大家你一言我一语地追问，才弄清事情发生的原委。因为张大哥两口子大半个冬天没有回村居住，老房子虽然坚固，但是长时间没人居住、照看，屋子内外一个温度，都冻

191

透了。即使人站在屋里不脱棉服，都能感觉到从心底泛起那种令人瑟瑟发抖的寒意。自早晨回到老房子开始，大嫂一直忙着打扫卫生。大哥就往厨房里抱木头桦子，一个劲地烧火、加热，烘干老屋子，烧得火炕滚烫滚烫的，烧了一整天，结果导致一氧化碳中毒。弄清楚了原因，张大哥和大嫂又清醒了很多，向大家道谢："不好意思，麻烦你们了。"最后，快到半夜11时，张大哥的儿子在嫩江市里叫来一台车，在众人帮助下，非常及时安全地把他们送进了嫩江人民医院。

听完大哥的娓娓讲述，我马上给远在医院住院的张大哥打去一个电话。电话中张大哥无比兴奋地说："老高书记，昨天晚上多亏大伙了。现在我们彻底没有事了，都好了。今天上午就能办理完出院手续回家，你们放心吧！"关闭了手机"公放"，徐大哥、大嫂和我都由衷地笑了起来。那笑声很真、很纯，也很甜蜜。这让我又认认真真、清清楚楚地想起以前发生的几件小事。

昨天早晨，我刚刚起床，手机就连续响了起来。看了看，是老徐大哥打来的电话。我马上回拨了他的手机。电话中徐大哥说："老弟，你快过来一趟，咱们早点吃饭，有点事要马上去办。"什么事情呀，这么着急？我来不及细细地琢磨。穿好衣服和鞋子，悄悄地带上了门，疾步向村部大门外的徐大哥家奔去。

"什么事呀，大哥？"我推开房门进屋就问。"老弟，你蔺岩大姐的姑爷杨海涛，昨天晚上死了。我寻思咱们早点吃饭，好一起去看看。"徐大哥回答。

"啊！那得去看看，得帮帮忙。但是，大哥，你一个电话我就来了，连刷牙、洗脸还都没顾得上呀。"我接着说道。"那没事。水，咱家有的是，你就对付一下得了。"徐大哥笑着回答我说。我看了看他，看了看大嫂，三个人不约而同地笑出声来。

徐大哥，全名徐守信，今年74岁。大嫂，叫李学彩，今年63岁，标准的山东人，大哥与大嫂育有一儿一女。现在各自成家在外，儿子在哈市附近工作，女儿在嫩江市里打工。只有大哥和大嫂两个人一直住在村里。说起他们，让我深深地体会到了中国农民独具特点的朴实、憨厚、热心助人和与人为善的优良品质，而且，更加深切理解了人的一生真的不容易！

大哥身形清瘦、精神矍铄。原先一直在村部做保洁员和保管员。直到去年秋天，因身体原因，才恋恋不舍地离开了工作岗位。大嫂，身子矮小瘦弱，常年抱病在身，是我们村里低保人员之一。

去年11月上旬，我才有幸和大哥大嫂有了非常深入的接触和了解。因为原村里的伙食点关闭，大哥大嫂就喊不会做饭的我去他们家里吃饭。用大哥当时的话说："高老弟，你能找到我家，不嫌弃来我家吃饭，我们很高兴。虽然我与你大嫂岁数大了，没有办法保证你每天吃得好，但是我们老两口也不会对付自己，我们吃什么，你就跟着我们吃什么吧，吃饱饭绝不是问题。至于那两个大孩子，只要他们愿意，也可以。"说过这话以后，我就在大哥大嫂家吃饭，一直吃到现在。而两个大孩子吕行和张军，因为晚上学习很晚，早上起不来，吃饭不规律，且都很独立，都会做饭等原因，我们就开始各吃各的了。

自那以后，我每日三餐，以每餐二十元钱标准，每餐一记，每月一结算的方式，和大哥大嫂吃在了一个锅里。

古人说：长兄如父，长嫂为母。虽然徐大哥和大嫂，大我不多，但是这个说法用在他们的身上恰如其分，再合适不过了。徐大哥通情达理，偶有幽默，做起事来有模有样。我们的饭桌，常常是大哥的笑场。大哥慢声慢语，逗得我们大笑不止。而大嫂厚道善良，做饭炒菜别具一格。这顿饭还没吃完呢，她就用那极其富有特色的山东话，迫不及待地连声追问："兄弟你下一顿想吃什么饭菜？我好准备给你们做。"大哥说做淡的，我说做咸的，弄得大嫂左右为难，只好对我们说："不管你们两个没有正事的了，我就做自己喜欢吃的。"每当这个时候，我们都笑得说不出话来。

记得去年11月刚去他们家吃饭不久，大嫂就悄悄地和我说："老弟，你帮我个忙好吗？你大哥73岁了，最近心情不太好，总说自己这疼那疼的，我都不知道怎么办了。我看你很有办法，帮我劝劝他吧。"我听了后，笑着点头，答应她，我们一起做做工作。自大嫂说过这事后，在饭桌上，我就唱起了主角，大嫂配合。我一句，她一句，有一搭无一搭，有意无意，连劝带哄地劝解、宽慰起大哥来。还别说，这个办法很灵验，没用多长时间，徐大哥又恢复了原来的笑模样，饭量也恢复到了正常状态。

就是这个样子，我们三人和一家人似的，把没反没正、没里没外的夫妻、兄弟、叔嫂之情淹没在没轻没重、朴实无华的谈笑之中，快乐着，幸福着！

我们匆匆地吃过早饭后，就赶到了不远处的辣椒大姐蔺岩家里。

辣椒大姐家的东屋西屋都坐满了乡里乡亲。

杨海涛，男，52岁，是土生土长的东明人，也是村里低保户之一。据介绍，年轻时候的他，身材魁梧，浓眉大眼，深得乡里乡亲的喜爱。成家以后，喜得一子，小两口的日子过得十分幸福。世事难料。20世纪90年代，一场突如其来的出血热，夺去他的健康，加之近七八年尿毒症缠身，他一直在痛苦中化疗治疗，原本健硕的体魄和亲人永不停歇地爱护，终于抵挡不住病魔的轮番侵袭，他恋恋不舍地闭上了眼睛，永远离开我们。

在去嫩江市火化场的车里，我问身边的村民老李："怎么没有看到会计大华呢？"老李悄悄地对着我的耳朵说："老高书记，他现在在火化场忙乎呢。咱们村里得亏有他这样勤恳、热心助人的大好人。听说昨天晚上，刘所香哭着给大华打电话，叫他找人帮忙把死亡证明给开出来，为了今天能够按时火化。大华听完后，二话没说，连夜一个人开车，全然不顾个人安危，往返在咱东明村里、科洛镇里和嫩江市里。顾不上休息，顾不上疲倦，又找医院大夫，又找派出所警员，一圈圈的，才在今天早晨，早早地就拿回来了死亡证明，保证了火化工作正常进行。"听完他的话后，我点了点头，眼睛不自觉地看向车窗外，放眼远方那茫茫无际的雪原。

是呀，大华是个勤恳、热心、乐于助人的好人。他是一个有思想、有抱负，既勤勤恳恳、默默前行，创新守正，又情怀博大，与人为善，不图回报，敢于担当和奉献的基层社会工作践行人。

记得，前不久，我们在村办公室里，共同商量、共同研究如何帮助王璐璐同学的有关事宜，并一起拿出来一个《东明扶贫助学基金实施办法》。

"大家的事大家帮"的大华、徐大哥、徐大嫂等人，任劳任怨建村标的老丁、老赵和老杨等人，还有带着满满心意慰问的边艳武等热心群众，他们都在用实实在在的行动，一点点、一滴滴地浓缩着、续写着、丰富着我们的东明精神！

星光下，万籁俱寂。

睡梦中的东明人，真亲！

不远处的大团山，真好！

一零六

2023年3月20日夜，晴。

今天早晨刚刚吃过早饭，就接到了北大荒集团山河农场有限公司主管农业生产经营工作的孙旭辉副总经理打来的电话："老领导，告诉你一个好消息。我们的化肥出价了。""太好了，孙总。你等一下，我找个笔，记一下，对比对比，看看什么情况。"我边回话边摸起一支笔来。"我们的尿素每吨2975元，二胺每吨4185元，硫酸钾每吨4110元。其中，含有每吨化肥的运费55元。这是到家里的全价，老领导。"孙副总经理爆豆般地报完价格。"孙总，谢谢！麻烦你，回头向徐志刚总经理汇报一下，我就不再打电话了。"我跟上了一句。"好。老领导，谢什么谢，我们本来就是一家人嘛。"孙副总经理干脆利落地回答道。

放下手机，找来我们到村里的化肥价格，即尿素每吨2975元，二胺每吨4165元，硫酸钾每吨4215元。其中，含有每吨化肥的运费40元（运费每吨25元，落地费每吨15元）。两相比较，尿素价格持平，二胺农场每吨高于村价20元，硫酸钾每吨低于村价105元。

核对之后，与村里几个合作社的负责人通了几个电话，又认真细致地核实一下相关情况。总体来看，两地化肥综合价格上上下下相差无几。但是，在化肥含量、生产厂家等方面，还是有所差异。不多想了，想了也没用，反正忙乎了半个春天的农资保障工作，在今天，提着的心总算落了地。

昨天早上，在嫩江市结束培训后，我们在银行取出了钱款后，坐着李俊华的车，匆匆忙忙地往家赶。

我坐在副驾位子上，放眼车外，明媚的阳光中，朵朵白云，慵懒、软绵绵地躺着，湛蓝湛蓝的天空好似一条薄的透明的锦缎挂在天际，一块块冰雪消融过的土地，黑白相间，预示着严冬已逝，春分将至，暖意融融，嫩江大地，不，不只是嫩江大地，应是祖国大地从南到北、从东到西，处处洋溢着一片生机勃勃的景象。

今天的太阳、今天的景致和我们的心情一样，格外兴奋、分外亮堂。

是呀，当你在这个时候，推开门窗看见春光乍泄、炊烟袅袅，空气里渗透着丝丝清新的味道；当你在这个时候，置身黑土白山之上，清风拂面，深吸一口气再缓缓地伸个懒腰，就能够扫去昨日的疲倦与浮躁；当你在这个时候，在一处小山村的房间里，倒上一杯茶，点燃一支老烟，体验时光的静谧，品味着春的气息，你是否心甘情愿地留在这可爱的地方，看太阳朝起暮落，万般美好，都会随着春天的美丽如约而至。你是否有千万个意愿，愿意和我们一起尝试中国式现代化的农耕农事，在希望的田间播上梦想的种子，等待秋天里沉甸甸的收获……

大美不过三月天。我们家里的春天，有梦想，有烟火，还有诗。

东明皆美景，何须去远方！

车行不到一个小时的时间，我们就回到了村办公室。放下行李，我们利用小半天的时间，处理完成了三件事情。

第一件事情，就是处理完成东明扶贫助学相关工作移交工作。即我们驻村工作队将现金交于李俊华同志，并收取了"李俊华同志收到驻村工作队转交的扶贫助学资金，并严格按照《助学实施方案》执行"的收条，留给驻村工作队存档备查。

第二件事情，是处理完成了扶持共赢专业种植合作社试验资金支付工作。即按照《共赢共富实施方案》要求，将资金以现金形式交付给合作社责任人李俊华同志，并现场签订了《扶持实验工作的合同》。

第三件事情，就是我们负责募集资金筹建的村标工程正式收官。前两天，在嫩江市参加业务培训之余，我将修建村标的最后一笔款收到了手里后，马上就支付了最后一笔欠款。回到村里，利用一个下午的时间，和我的队友吕行一起完成了《东明村村标相关费用的说明》。即我执笔完成文字说明，大孩子吕行完成数据核对工作。

前两天，也就是3月17日和3月18日，我们在嫩江市铁西社区二楼会议室分会场，参加了黑河市委组织部举办为期2天的全市农村党组织书记和驻村干部能力提升培训班。在开班式上，黑河市委组织部副部长皮振江同志对我们所有参训学员提出了明确要求。他强调：这次培训的总体要求只有一个，那就是为进一步学习贯彻党的二十大精神和全省、全市组织部长会议精神，全面提升全市农村党组织书记和驻村干部的党性修养、理论水平、履职能力。即立足实际，针对基层一线工作需求，按照"干什么、学什么""缺什么、补什么"的原则，通过分门别类、精准培训，答疑解惑，进一步厘清今年乃至今后一段时期工作思路，工作重点，聚焦主责主业，以钉钉子精神，狠抓工作，抓实抓牢抓靠，确保以党建工作引领促进乡村"五个振兴"取得实实在在的成效，为全力推动建设"五个黑河"、加快打造中国式现代化新黑河做出新的贡献……

听了振江副部长一番讲话，在平缓言语中无处不浸透着高度、深度和地气，震撼着在场每一个人的心灵。可以说，他的讲话，听着听着，在不知不觉中，引人深思，叫人"解渴"，令人敬佩和钦服。让你真切地感觉到：这才是一名富有实战经验人的心声。

说起振江副部长，记得初次认识他的时候，是他任市委组织部的办公室主任，陪着部里领导和我的领导、党校领导一起送我们入驻东明的现场见面会上。第一次见到他的时候，给我的印象就很深刻：不善言语、平易近人，为人谨慎，做事仔细，是一位能给人一种可信可依、踏实谋事干事人的感觉。半年后，凭借能力强、人品正成为副部长的他，先后几次，到嫩江市检查指导工作的时候，每次都到我们村里看望我们，并指导工作。用他的话说，我们是你们驻村工作队的娘家，我的心里一直记挂着你们。你们工作生活在基层，在一线，虽然累了一些，苦了一些，环境和条件都比不上原单位。但是，"梅香来自苦寒"。我们是你们的后盾，这里的党员群众是你们的根基，只要你们真心为民，以村为家，积极帮扶，踏实工作，践行初心，踔厉奋发，坚信你们一定会克服一切难题给组织和人民交上一份漂亮、满意的答卷！

是呀，振江副部长的话虽然不多，但是实在，听了让人心热。想想，也是，工作事业哪有那么多万里无云大晴天般的甘甜，只不过是有人用无数风霜雨雪中的苦辣酸咸涩拼搏而成。不是吗？驻村生活纵有千般滋味，我们，不，不是我们，而是在这春光明媚的三月里，辛勤工作在祖国大地上的每个驻村工作队队员都在品，都在尝，阳光里的那风、那雨，还有那水，很甜很甜！

真的。

一零七

2023 年 3 月 27 日，傍晚，晴。

今天下午，终于完成了主标题《乡村振兴战略实施中存在问题与对策》，副标题《驻村帮扶干部的几点思考》论文，并将电子版发给国家一级经济类核心杂志之一《农场经济管理》编辑部，敬候编辑老师的消息。

九层之台，起于累土。自入村以来，就有用心观察着、想着和慢慢地干着。总有一种莫名地冲动，想做点什么，想写点什么。一个月前，这种冲动越来越强烈，大有不干出来就会爆了的感觉。半个月前，终于按捺不住，利用早晚业余时间，动起手来，信马由缰地干起来。就连在嫩江市开展的黑河市驻村干部能力提升培训期间，也没停止过。干着干着，多年经济研究和管理的画面，一帧帧展现。尤其是驻村以来如诗如画般的故事，一幅幅跃入眼前，到今天才算闭了开关，画上了句号。其间，我的队友吕行大孩子，也没有闲着。查资料，改材料，整日不得消停。

说是论文，其实算不上。最多是一种工作总结中的一小小部分。全文如下：

【摘要】党的十九大报告指出，农业农村农民问题是关系国计民生的根本性问题，必须始终把解决好"三农"问题作为全党工作的重中之重，实施乡村振兴战略。随着乡村振兴战略的部署实施，农业农村现代化建设取得显著成效，但也存在不容忽视的诸多问题，围绕乡村振兴战略实施中思想认识、农村发展、村务治理和驻村帮扶工作存在的相关问题，提出有效解决对策建议，为探索最终实现农民自由而全面的发展目标途径，提供有益参考。

目前，乡村振兴战略部署实施，加快推进农村农业现代化建设，取得长足进展。但是，在实践中，仍存在一些不容忽视与回避问题，亟待我们各级党组织予以重视和解决。下面，结合长期从事农业经济研究和近两年驻村工作实践，就乡村振兴战略实施中存在的问题思考一二。

一、存在问题

在实施中，各乡镇和村因地理位置、历史传承、资源等因素影响，村情民意都不相同，存在问题也各有差异。概括起来，我们认为存在着下述问题，应予以解决。

1. 思想需进一步解放，认识有待提升。从现实看，部分党员干部思想还不解放，认识有偏差，"不想干"思想严重。总认为乡村振兴是与己无关，得过且过。有的党员干部不注重宣传和教育引导，不愿调动发挥人民群众的主体作用，出现"政府在干，群众在看"的现象。

2. 发展需进一步突破，治理有待加强。乡村振兴重在发展，重在治理。要发展、治理就不会没有问题，因为任何事物总是在矛盾中前进的。在发展方面，产业、人才和各类专业合作社建设等存在的问题，不容忽视。一是部分村"三拍"式项目多，同质化多，适合利村富民项目少。由于市场竞争力弱或没有市场，开展经营，年年亏损，村集体掏钱予以补贴；暂停经营，村集体资产闲置，失去全链条产业升级能力和可持续发展能力。二是人才匮乏。目前看，因"三低"原因，导致人才"三少"现象较为普遍。即文化素质低、经济收入低和生活水准低，导致专业和综合的实践型、引领型和推动型人才少。加之，现有人才结构不合理，人才本地培育、涵养和保护机制不健全等因素影响，导致乡村智力支撑能力不足。三是现有各类家庭农场、合作社建设不规范，带动力有限，共赢共富作用没有充分发挥出来。在治理方面，班子队伍建设中管理和教育存在的问题不容忽视。一是部分村班子队伍结构不合理，年龄偏高、学历偏低。尤其村书记兼任村主任或村书记，在日常工作中"头雁"作用发挥不够，"软弱散"现象仍然存在。二是班子队伍学习教育流于形式，坐议立行能力弱。把财权集中到乡镇，实行统一管理，削弱村级积极性。

3. 帮扶需进一步巩固，机制有待完善。在工作上，虽说各驻村工作队能够把握村情民意，发挥帮扶单位优势，精准履行职责，全力完成各项帮扶任务，务实推进巩固拓展脱贫攻坚成果同乡村振兴有效衔接，并取得一定成效。但是，我们也要看到帮扶工作面对困难和问题不容忽视。一是帮扶人员结构不合理。二是帮扶管理不规范，年限设置缺乏科学性。三是部分驻村干部作风不实。有的执行驻村相关规定不认真，驻村不住村，存在着"跑干部"的问题。加之派驻单位与村物理距离有限，村生活又苦，驻村干部两头跑问题屡禁不止。同时，个别驻村干部本身不自愿，工作积极性不高，存在着出工不出力混日子的现象。

二、对策建议

民族要振兴，乡村必振兴。乡村振兴战略实施是一项系统复杂的长期工程。因此，在实施中，必然遇到这样或那样问题，只要我们坚持在实践中遇到问题发现问题，就在实践中积极寻求办法，妥善处理和解决问题，那么我们一定会全面务实地推进乡村振兴。

1. 进一步解放思想，提高认识，勇当乡村振兴倡导者和建设者。解放思想是发展之源，是乡村振兴之魂，具有牵一发动全身的效果。因此，我们必须从实际出发，团结全体党员干部和群众，以思想解放促进认识提高，切实解决"不想干""不愿干"和"不会干"问题。一要以思想进一步解放引领乡村振兴。任何战略总是在不断地解放思想、更新观念、提高认识中得以实现的。乡村振兴更是如此。因为我们党员干部是领航者。如果我们思想不够解放，安于现状，什么也不想干，那么无数事实证明，因循守旧没有出路，畏缩不前只会坐失良机。对此，我们党员干部要通过系统全面地学习习近平总书记关于乡村振兴相关理论和党的二十大会议精神，用理论武装头脑，把进一步解放思想作为引领乡村振兴的"法宝"，正确认知近期和中长期奋斗目标，摒弃"一等二靠三要"思想，以思想上"破冰"，认识上"破局"，彻底解决"不想干"的问题。二要以思想进一步解放带动乡村振兴。宣传如水，润物无声。我们党员干部要把自己所学、所悟和所闻，通过各种有效的方式，结对帮扶、广泛宣传，将乡村振兴伟大意义、美好愿景、相关政策等，送到田间地头、各家炕头和群众心头，彻底解决百姓不想干、不愿干的问题。三要以思想进一步解放推进乡村振兴。思想进一步解放是推进乡村振兴的"金钥匙"。有人说，思想解放程度有多深、认识提升层次有多么高，我们推进乡村振兴动力就有多强、潜力就有多大。因此，乡村振兴大道已定。我们要时时解放思想，刻刻更新观念，用新时代思路、办法，团结引领一切力量，笃行不怠，踔厉前行，积极推进乡村振兴战略走深走实。重点通过"思想赋能"，头雁引领，示范先行等，在每项工作中，遇事不说"不行"，多想"怎么行"，以实际行动清除"拦路虎""绊脚石"，把百姓的心进一步聚拢起来、把士气进一步提起来、把乡村振兴伟大事业轰轰烈烈干起来，彻底根除"怎么办、怎么干"的痼疾。总之，思想解放，认识更新，是永无止境的。只要我们每人争做解放思想、提升认识和守正创新的"倡导者"和"建设人"，切实把"想干事"的动力激发出来，把"干实事"的活力释放出来，把"干好事"的潜力挖掘出来，团结人民群众一道，攻坚克难，乡村振兴各项工作必将步步登高，取得喜人成效。

2. 进一步突破发展瓶颈，规范财务治理，高质高效推进乡村振兴。发展是硬道理，治理是永恒主题。发展和治理没有最好，只有更好。在发展上，产业振兴是乡村振兴重中之重，是实际工作切入点。只要我们立足村情民意，深挖细琢"土特产"3个"金"字，以市场为导向，以特色资源为依托，以有效解决问题、最大限度保证村集体和人民群众收益为目标，对已有项目，进一步完善提高，实现产业链延伸和提档升级。对新项目，坚持"宁缺毋滥"的原则，进行科学考察论证，精准谋划实施，力争干一个见效一个。同时，要立足当前，放眼未来，分析研究好产业项目全产业链拓展和升级，千方百计拓宽百姓增收致富渠道，为利村富民贡献力量。对于无市场、无利润、无发展前景的"三无"项目，即使再好看，坚决拒之门外，竭力避免造成村集体资产闲置，增加负担，挫伤百姓积极性，造成失信于民的局面产生。

关于人才问题。人才是乡村振兴凝智聚慧的关键因素和力量。因此，我们要坚持理论与实际、长期与目前相结合原则，以政策"育人"、产业"引人"和村情"聚人"，动员一切力量，用"集腋成裘""积沙成塔"的韧劲，建立健全以本土人才培育为主，以吸引城市人才为辅的人才培育、吸引、涵养和保护机制，科学制定人才使用、流动、激励等管理制度，真正实现打造一支"沉得下、留得住、能管用"的乡村人才队伍目标，彻底解决人才"三少"的问题。一是坚持党管人才原则，将人才振兴纳入乡镇党委和村支委人才工作重点之中，有计划、有步骤地培育吸引各类人才，全力打造一支能担当、敢担当乡村振兴使命的人才队伍。二是强化村级人才队伍建设，精准地推行一村一名大学生，一村一名"懂技术、会经营、懂法律、会管理"的综合技术员，列入村两委班子按届管理工作实施计划，充实一线人才队伍。三是加快培养高素质职业农民队伍。"重"在抓好家庭农场经营者、农民合作社共赢共富带头人培育。"要"在建立科技推广人才、经营特派员和二、三产业创业创新带头人队伍。四是采取得力措施，凝聚社会力量，拓宽人才源头，坚持本地培养与外部引进、引才与引智相结合原则，建立健全村级内外两个人才库，打造人才高地，为乡村振兴夯实智慧根基。

关于各类专业合作社建设问题。合作社是农村经济组织之一，是乡村振兴重要力量。因此，在合作社规范建设上，我们要严格按照《中华人民共和国农民专业合作社法》规定，重点培育和扶持以满足农户日益增长的美好生活需要为目的，以逐步有效地解决大户与小户收入差距问题为主攻方向，以有计划、有步骤引领带动低收入散户、小户为核心，以完善适度"规模采购、规模生产、规模营销、规模服务和标准化管理"模式为依托，积极构建社员命运共同体，扎实推动共赢共富型合作社发展壮大。一是积极帮扶合作社通过稳定利益联结，创新现有合作社经营模式，实现经济总量持续扩大、质量效益明显提高，社员家庭收入水平逐年提升。二是帮助、支持合作社科学规范、民主管理。在充分发挥理事长控制能力和管理水平的基础上，坚持"民主集中"原则，实行"一人一票"制度。同时，合作社除要接受全体社员监督外，更要主动接受相关政府部门监督，保证其科学规范、健康运行，维护社员合法权益。三是全力帮扶合作社通过内部分配机制进一步优化，逐步调节功能，制度、机制更加完善，共同富裕路径持续拓展经营模式，增强共赢共富能力，实现收入差距持续缩小，社员生活品质逐年提高的奋斗目标。

在治理上，规范村务治理是乡村振兴重点工作之一。无数实践证明：只有加快构建党组织领导的新型乡村治理体系，才能不断提升乡村治理效能，扎实地推进乡村振兴。一是进一步加强班子队伍建设。坚持新时期干部队伍建设"四化"方针，注重"老中青"结合，改"老三位"结构变新时代"新三位或四位"。即书记兼任村主任（董事长）、会计兼任副书记副主任和综合技术员兼任出纳或者书记、村主任、会计、综合技术员兼任出纳，纳入事业编制动态择优考核管理，解决结构不合理和"推着干""对付干"等问题。二是进一步压实工作作风，整顿各种形式主义，用硬性制度规定杜绝各种形式乱摊派，彻底减轻村级工作负担，从根本上改善不求质量只求速度、频于应付的工作环境。三是进一步完善规范科学决策管理，严肃调查研究制度，严格把握履行党支委领导下的"四议两公开一监督"主要内容和程序，实现民主决策、民主管理、民主监督，保证百姓利益。四是强化村级财务管理，把财权依法交回村管，实行预算就是决算的管理办法。凡是村年度预算在每年一月编制完成后，报乡镇财经委员会严格审批执行。预算内款项，村负责人负责审批执行；预算外款项，报乡镇审批后，由乡镇监督，村执行，真正落实村财政"上管一级"管理制度。

3. 进一步巩固帮扶成果，完善规范工作机制，持之以恒助力乡村振兴。驻村帮扶是乡村振兴重要的组织推进举措。驻村工作队是村级组织"主心骨"和"参谋助手"。因此，要让每一位驻村帮扶干部真正围绕工作职责发挥作用，我们务必有针对性地进一步完善相关制度，规范相关机制。一是组织部门和派驻单位要严格按照规定把好驻村干部选派关。即派驻单位必须坚持"精锐出战"原则，精雕细琢，选派每一名工作人员。组织部门要按照"老中青"结合，知识化和专业化科学组合要求，对每一名报送队员进行逐一审查复核，选最优秀的干部组成驻村工作队入村。二是完善相关管理制度，健全工作运行机制。按照属地管理原则，严格执行属地党委和派出单位双重管理制度。即明确压实属地乡镇党委书记负总责，派出单位责任人负主责管理制度。进一步规范请销假制度，按照上管一级要求，第一书记、工作队长请假必须经乡镇党委书记批准，报县（市）驻村办备案；工作队员请假由队长审批，报县（市）驻村办备案。适当延长驻村帮扶工作年限，以制度固定每届驻村工作年限不得少于三年。严格规范脱岗驻村工作制度，杜绝驻村人员"两头跑"的问题发生。三是根据农村生产春耕、夏管、秋收实际和重大会议活动要求，灵活调整驻村干部每年不得低于 240 天的刚性规定。即在规定时间里，驻村干部必须吃住在村。其他时间，驻村工作队可自行调节安排，彻底解决"跑干部"的问题。四是各相关单位要形成合力，改善优化驻村工作生活条件和环境，及时兑现落实相关激励和补助措施。同时，各单位要科学运用政治思想润化、相关政策感化，组织措施保证等综合方式，化被动驻村为自愿驻村，激发每名驻村干部对农村事业的热爱，切实提高驻村工作积极性，助力乡村振兴，最终实现"耕作在广袤田野上，居住现代村庄里，人自由而全面的发展"。

今天，感觉很轻松。推开走廊的窗户，早春三月的微风轻抚着脸庞，一轮月牙儿挂在高高的旗杆上。心中不自觉地想起小时候的一首童谣：初一初二不见面，初三初四一条线。初五初六月牙子，初七初八半杈子……今天农历初六，"纤纤一银勾"挂在西天上。到了十五，月儿才是正圆时。

想想，农历上半月，月儿从缺到圆，下半月从圆到缺，月月如此，年年依旧。而我们驻村工作队，虽然从入村到返回原单位，与月儿圆缺有些相似，但是，我们尤胜月儿。

月光如水，润物无声。

我们用心，热爱百姓。

一零八

2023 年 4 月 5 日，晚，晴。

今早，暖阳初绽，桃红满目，榆柳泛青。微风如水，细润无声。天地万物，清洁明净。大团山下，无处不显现出一派气清景明的喜人景象。

今日，农历闰二月十五日，我们迎来二十四节气中的第五个节气，清明节。

一年一清明，一岁一追思。在这个传统节日里，祭奠祖先、缅怀先辈、感悟精神、敬畏生命、致敬未来的同时，我们更加理解和懂得生与死的深刻含义。

记得小时候，常常跟随着大人们去扫墓的情景。到了父亲家的墓地时，妈妈会告诉我们："这是太爷、太奶"；到了母亲家墓地，爸爸会告诉我们："这是太姥爷和太姥姥"。长大了以后，又多出来爷爷、奶奶和姥爷、姥姥。再往后，我们的爸爸、妈妈也相继走了，才感知到：来时候的路没了，思念的人却渐渐地多了起来。从此，每当站在墓前，总感到一种苍白而无力的无奈。生命是场轮回，任何人也不能置身事外。唯一能做到的事情，只能在心中默默地送上一句祝愿："我们的亲人呀，你们在那边都要安好，安好！"每当站在墓前，总是带有一种任何言语都无法形容的孤寂。我们身边的人一个接着一个逝去，任何人也没有办法留住那真挚的爱恋。唯一能做到的事情，只能用低声倾诉："我们来了，来看望你们。你们放心吧，我们现在过得很好，很好！"每当站在墓前，总有一种"一朝春雨过，万物皆清明"的省悟。逝者长已矣，生者如斯夫，不舍昼夜，且行且记且珍惜。虽说去路还长，一片渺茫，但是只要我们永远把爱恋与希望放进心底，心怀感恩，昂首挺胸，担起责任，不负春光，过好今日，敬畏明天，笃定向前，那么我们一定会好好地生活下去。

不是吗？在这日子里，万物生长，生命萌芽，这里的黑土地，到处都孕育着无垠的希望。

在这里，冰雪消融，流水淙淙，这草这柳和这里新鲜的绿，无处不喷吐着无限的生机。在这里，春色旖旎，春光明媚，这的风，这的云，连同这里的雨，潺潺如歌，淙淙如水，滋润着我们千家万户。在这里，就让我们手牵着手，珍爱生命，拥抱美好，喷涌着生命的清泉，释放着生命的活力，握紧坚固而悠长的丝线，放飞心中的纸鸢，翱翔在高远的九天，定能带来连绵不断的好运和美景！

……

今天下午，和吕行大孩子一起研究几天前起草的两个办法。从修改的结果看，这个大孩子很认真，很像样。在修改的过程中，动了脑筋，费了心思。凡他修改过的，基本上全部被采纳。第一个办法是《东明村人才库创建和管理办法》。即根据党中央和国务院关于农村人才建设的指示精神，为在全村建立一支懂经营、善管理、精业务，具有爱党、爱国、爱东明、高效能的实践与理论人才队伍，进一步促进和确保村集体经济与民生高质量发展，能够持续提供坚实的人力资源支撑，经村两委开会研究后，决定制定本办法……第二个办法为《东明村党支部关于创先争优活动开展评星定级管理办法》。

凡事，都有出发点、支撑点和落脚点。既然出发点和落脚点已经明确，这两个办法就算是支撑点了。希望它们能真正支撑起我们东明村人才管理和党员管理两方面工作，为全村人才、党员队伍建设提供强有力的制度保障。

不想了。

窗外，清明节的晚上，月亮好大，好圆，好看。

一零九

2023 年 4 月 22 日，晚，多云。

前几日，与刘近平大哥、张少才师傅一起溜达溜达，看看南沟子水漫桥的修建情况。在路上，我们一边慢悠悠地溜达，一边漫无目的地聊着。"老高，你看看咱这柳树才这个样子，毛毛狗还没有影子呢。"老刘大哥指着路边那刚刚返青的柳树说道。"还用看它呀，昨天我去老王家，见他家的那棵老李子树还没鼓芽儿呢。"老张师傅补上了一句。"是嘛。"我笑着回应着他们。但是在心底却不知不觉地冒出一句诗来："人间四月芳菲尽，山寺桃花始盛开！"是呀，"芳菲尽"的四月，草色青青，杨柳依依，春意盎然，万物复苏，生机勃勃，充满生机的应该属于南方。而我们这里，北纬 48 度左右的四月天，几日前的一场春雪刚刚收场，柔软的柳枝也才开始返绿，李子树的胚芽儿初鼓，冬天的草儿衰黄仍在，就连主打的农作物——玉米和大豆春种的最后准备工作才进入冲刺阶段，可以说，所有的"山寺桃花"苞牙儿还在有条不紊地积聚生长的力量。虽说我们已经进入了二十四节气的第 6 个，也是最丰盈的一段"春雨落，百谷生"的谷雨节气时光里，但是，今年不比往年，受"厄尔尼诺"影响，气温偏低，天气较凉，我们这里的一切都在悄悄地孕育着、生长着、等待着，破土，只在一晨。

不是吗？在这样的四月里，自月初，每天除了匆匆忙忙地吃饭、休息，往返不远处的公厕和线上参加了一次省里的业务培训、嫩江市委组织部派驻办召开的工作会议外，我还是第一次走出村办大院，和大哥他们一起在户外好好地放松溜达溜达，聊聊天呢。在这四月中的二十多天里，竟一个人闷在办公室里偷偷地"闭关练功"。前前后后、点点滴滴、仔仔细细地穷尽心智，把多年来从事农业研究的经验与入村所有工作放在一起，琢磨来，琢磨去，终于形成了一个不大也不小的半成品：《东明村未来几年发展建设的几点想法》。这也算是我们驻村工作队即将在五月下旬撤离前，不留下什么，唯给工作两年的东明留下最后一点点的"小礼物"，上交村两委，以供参考。其具体内容如下：

东明村原是省级建档立卡贫困村。脱贫至今，经多年努力奋斗，粮食连年丰收，农业综合生产能力稳步提升，扶贫产业持续发展，村务治理体系基本建立，基础设施明显改善，村容村貌焕然一新，居民人均可支配收入不断提高，村集体收入明显提升，全村经济社会发展保持和谐稳定。但是，面对新时代的新要求，在当前和今后一个时期内，仍面临不少矛盾和挑战。农业基础依然薄弱，抵御"两个风险"的能力较弱，进一步转变农业发展方式任务仍然繁重，产业培育发展难题仍然没有破解，产业效益偏低，内生动力和自我发展能力亟待提升，民生基础设施还有明显薄弱环节和短板，促进村民持续增收面临较大压力，村内人才和精神文化较为缺乏，产业脱贫基础比较单一、脆弱，防止返贫任务还不轻松等，亟待我们正确面对并逐个问题加以解决。为此，我们一定要秉承历史，立足村情民意，切实干好当今，认真谋划和做好未来各项重点工作。

一、总体要求

总体要求就是立足东明村实际，坚持以习近平新时代中国特色社会主义思想为指导，全面贯彻落实党的二十大精神，深入落实习近平总书记关于"乡村振兴"工作的重要论述，坚持和加强党对全村工作的全面领导，紧扣工作重心历史性转向全面推进乡村振兴，保持历史耐心，坚决守牢防止规模性返贫底线，大力发展现代化绿色、质量和品牌农业，择优选择发展特色宜村产业，切实推进经济发展，扎实开展村庄建设，不断完善村务治理，稳步实现巩固拓展脱贫攻坚成果同乡村振兴有效衔接，全面推进全村产业、人才、文化、生态、组织振兴，为建设一个生态宜居、和谐宜业、美丽富庶、平安幸福的东明而坚持不懈地努力奋斗。

二、功能区划和预期目标

1. 功能区划。坚持中长期结合原则，把全村划分为以土窑子屯为中心的宜居生活区，以东明屯为依托的林果苗木生产基地区，以双发屯为载体的光伏和养殖特色产业区，以全村3万亩耕地高标准农田改造为中心的现代化农业生产示范区。

2. 预期目标。坚持实事求是原则，在未来预计实现特色产业聚集，市场竞争力、经济实力大幅度提高。实现保护性耕作3万亩，秸秆综合利用率达到95%以上。守住返贫底线，实现巩固拓展脱贫攻坚成果同乡村振兴有效衔接平稳过渡，基本生活设施不断改善，城乡基本公共服务均等化水平稳步提升，精神文化生活不断丰富，安全保障更加有力，高标准、高质量跨入龙江民居省级试点村行列，基本实现"耕作在广袤田野上，居住在美丽村庄里"的宏伟目标。

三、重点推进工作

1.大力发展现代化农业。进一步规范落实国家惠农政策,大力推广保护性耕作,积极做好大垄密植、种肥同播等增产措施落实到田,加强田间管理,提高粮食单产和品质,大力培植发展大宗粮食订单农业,促进种植结构调整和粮食优质优价。大力推进农田基础设施建设、肥沃耕作培育等,持续推进侵蚀沟综合治理,逐步把永久基本农田全部建成高标准农田。重点发展林果、苗木、林菜和林下养殖产业等,积极推动农业生产和农产品两个"三品一标"工作,提高农业质量效益和竞争力,构建以"黑土优品"为重、以品牌孵化培育为要,打好"土特产"三张牌,讲好"更优、更绿、更好、更安全"的品牌故事。积极推进新型农业经营主体提档升级行动。支持家庭农场组建农民合作社和股份合作社,推动与小农户建立利益联结机制,推行保底分红、股份合作、利润返还等方式,带动小农户合作股份经营、共赢共富。大力发展种植业适度规模经营。即规模生产、规模管理、规模经营、规模服务和标准化核算。规范全村土地经营权流转行为,规范农业社会化服务,大力发展代耕代种、代管代收等社会化服务,促进农业节本开源、提质增效、营销增效。

2.大力发展集体产业。建立健全以特色资源为依托,以人为主体,逐步培育壮大现代种业、特色产业、休闲旅游业等,形成适合村情民意的产业体系。持续巩固扶贫光伏、羊舍两个产业项目经营成果。坚持"宁缺毋滥"和效益优先谨防亏损原则,紧扣"土特产"三个金字,重点通过坚持不懈的实践和探索,积极推进黑木耳大棚种植产业项目转型实验,精准培育和发展东明苹果产业、光伏产业、肉牛产业和文旅等新型产业发展,推动产业结构优化、生产要素层级跃升,加快形成立村富民优势主导产业,推进发展田园养生、农耕体验、休闲垂钓、写意写生、采风摄影、民宿康养和仓储保鲜冷链物流等农业新业态,逐步把双发屯打造成以光伏和养殖为主的产业基地,把东明屯打造成以苹果、苗木为主的种植基地,把东明村打造以自然资源为基础,以多个产业竞相发展为支撑的齐齐哈尔以北、大兴安岭以南、黑河市西部最大的花卉争艳、苹果飘香和现代化农业多姿多彩发展的旅游度假休闲村。

3.大力巩固脱贫成果。严格落实"摘帽不摘责任、不摘政策、不摘帮扶、不摘监管"的要求,确保工作不松劲,方向不跑偏,切实做好帮扶政策衔接无缝隙、措施办法落实到位。严格按照要求，精准监测帮扶，做到"应纳尽纳、应帮尽帮"，实现"有机衔接"平稳过渡。积极引导专业合作社、创业致富带头人等，优先带动脱贫户、监测对象发展生产，做好兜底保障。持续巩固提升"两不愁三保障"成果，把增加脱贫户收入作为根本要求，注重扶志扶智，聚焦产业发展和就业，不断缩小收入差距。同时，充分发挥护林、护路、保洁、保安等乡村公益性岗位就业保障作用，规范管理村内公益岗位，促进弱劳动力、半劳动力就地、就近就业。

4. 大力推进村务治理。进一步建立健全以村支委为领导、村民自治组织和村务监督组织为基础、集体经济组织和各类专业合作组织为纽带、其他社会组织为补充的村级组织体系。重点加快构建党组织领导的自治法治德治相结合的村庄治理体系，建设充满活力、和谐有序的善治新村。即突出党的领导，健全村民自治机制，全面落实"四议两公开"制度。强化法治教育和法律服务，积极争取列入"民主法治示范村"行列，持续推动"法律明白人"工作常态化，坚持和发展新时代"枫桥经验"，及时把矛盾纠纷100%化解在村内、80%化解在屯里。推进完善积分制、清单制、数字化等务实管用的治理方式。完善宅基地所有权、资格权、使用权分置的有效实现形式。积极构建集体产权关系明晰、治理架构科学、经营方式稳健、收益分配合理的运行机制，不断壮大发展集体经济。进一步加强集体资源资产和财务管理，持续开展以清理合同、化解债务和新增资源收费为主要内容的"清化收"工作，加强村集体"三资"管理。同时，精准把握村情民意，确保符合条件的困难群众"应保尽保"，落实困难、残疾人生活补贴和重度残疾人护理补贴制度，关心关爱精神障碍人员。

5. 大力推进试点村建设。科学谋划以土窑子屯为中心的"龙江民居试点村"建设，以功能齐全、宜居宜业宜养为核心，提高修葺和新建民房设计水平和建设质量。按照相关要求，积极争取国家相关政策，全面贯彻落实农村基本具备现代生活条件建设指引，开展现代宜居农房建设示范工程。即以房屋基本功能改扩建为重心，以庭院、路树、上下水等配套为辅助，以全村生活污水治理、生活垃圾治理、村容村貌提升为主要内容，把有新增住房需要的东明、双发屯居民逐年向土窑子中心屯集中，把基础设施和基本公共服务向其覆盖、向户延伸，切实做到数量服从质量、进度服从实效，集中全力渐进式打造美丽宜居村庄。持续推动全村人居环境改善，逐步达到生活污水治理率达到100%，生活垃圾治理覆盖率达到100%，基本实现"居住在美丽村庄里"的梦想。

6.大力开展文明村庄建设。重点是深入开展社会主义核心价值观宣传教育，持续开展听党话、感党恩、跟党走宣传教育活动，教育广大村民坚定信心跟党走、努力奋进新征程。进一步建设和完善村综合文化中心、文体广场等基层文化体育设施，科学利用"试验站"和廉政大讲堂等活动阵地，积极开展多种多样的喜闻乐见的宜民文化宣传和体育活动，提高人民群众的参与度，满足村民多样化、多层次、多方面的精神文化需求。全面开展"除陋习、树新风"常抓不懈的治理行动，认真执行《东明村规民约》，加强村民家庭、家教、家风建设，倡导敬老孝亲、健康卫生、勤俭节约等文明风尚。大力开展文明村、星级文明户、文明家庭创建活动，因地制宜制定并执行移风易俗规范，积极推进农村婚丧嫁娶习俗改革，严格控制和打击非法宗教活动等。总之，通过"两个文明"一起抓，"两手都要硬"，务实地推动形成文明村风、良好家风、淳朴民风的村务治理体系和治理能力现代化建设，不断增强全体村民获得感、幸福感和安全感。

四、保证措施

1.加强组织领导。坚持和加强党的全面领导，全面强化领导班子和党员队伍教育和管理，大幅度提升班子领导、党员引领巩固扶贫成果、乡村振兴能力。深入实施"头雁提升工程"，通过线上线下等多种方式，深入学习习近平总书记系列讲话和党的二十大精神，努力创建学习型、实干型和创新型领导班子和党员队伍。深入组织开展每一年度的"星级党员"创先争优评选活动，以为民服务为宗旨，大力改进工作作风，履职尽责，实打实地发挥村支部战斗堡垒和党员干部"头雁"的引领示范作用。

2.加强人才建设。立足本村实际情况，深入开展常态化实用人才带头人培训计划和乡村产业振兴带头人培育"头雁"项目行动，在全村范围内建立一支懂经营、善管理、精业务，具有爱党、爱国、爱我东明、高技能的实践与理论结合的人才队伍，全面提高居民素质和能力。进一步完善人才引进、培养、使用、评价和激励等制度，深入执行《东明村人才库创建和管理办法》，积极引导村外专业技术人员按规定入村兼职兼薪和离岗创业。允许符合村内约定条件的返乡、回乡、下乡就业创业人员在原籍地或就业创业地落户。鼓励能工巧匠和"田秀才""土专家"等能人在村创业。

3.动员群众参与。集中力量，积极主动搭建各类平台，构建凝聚党员、干部和群众协同推进全村经济发展、社会进步的工作格局。全体党员和村干部要树牢群众观点，贯彻群众路线，充分发挥引领示范作用。同时，要注重发挥村民主体作用，调动村民参与村务工作的积极性、主动性、创造性。树立和宣传一批本村内各类型致富带头人、各种具有专业技能的实干型人员和村外对本村建设与发展有一定贡献的各类专家、学者和行业精英等典型，共同营造良好的全村经济发展氛围，形成"建设东明必须有我，热爱东明唯我不行"的共建和谐东明的局面。

……

几点想法虽说是未来几年，或者一个时期的，有些不成熟、不周祥和不严密，但是，根据多年来中央和省里的文件部署要求，还算是与东明的实际较为紧密地结合在一起、融合在一处，大致形成了一个初步发展规划或者说是个中长期计划，需我们东明人在村两委一班人正确领导下，团结一心，始终坚持在不断地完善中规范，在规范中提高，在提高在巩固，在巩固中发展，以咬定青山不放松的劲头，坚持不懈地做下去，做实做深做细，一做到底，彻底放飞梦想，逐梦前行，最终实现我们东明的"耕作在广袤田野上，居住现代村庄里，人自由而全面地发展"的梦想。

希望着！

祝愿着！

推开窗户，清冷的晚风拂面而来，一个凉爽直抵心底。今夜是农历三月初三，"上蛾眉月"应该在屋后的西北面，窗前看不见。但是，院子里静静的，我心依然一片皎洁。那月光中的几颗星星，一闪一闪地挂在半空，似乎悄悄地对我说："放心吧，忙碌一天的东明人，带着微笑，睡得很甜蜜、很安稳！"

忽然由心底深处迸出一句话，我们共享：但存方寸地，留与后来人！

一一零

2023 年 5 月 1 日，夜，晴。

四月，忙忙碌碌的，在眨眼之间，不见了。

今天是国际劳动节，标志着我们的春色正浓季节已经来临了。

"民生在勤，勤则不匮"。劳动最光荣，劳动最崇高、劳动最伟大、劳动最美丽，只有辛勤的劳动才能创造美好、幸福的生活。对于每个个体来说，你想要过什么样的生活，就必须付出怎样的劳动，踔厉奋发，笃行不怠，才能不断地绘成不负自己、不负时光的美好画卷，否则，一定事与愿违，初衷与所得南辕北辙。对于每个群体来讲，要坚定初心，咬定目标，大力弘扬劳模精神、劳动精神和工匠精神，以诚实劳动、勤勉工作为根基，团结一心，群策群力，敢为人先，勇于创新，锐意进取，坚持不懈，依靠默默无闻的耕耘，一定会以劳动创造出一个崭新的世界。

历史，是劳动人民创造的。

记得，2012年19日上午9时，黑龙江省第十一届劳动模范表彰大会在哈尔滨国际会议中心环球剧场隆重举行。

大会开始前，黑龙江省委书记、省人大常委会主任吉炳轩、省长王宪魁等省领导亲切看望了我们并合影留念。大会上，在全省各行各业的980名劳动模范中的我，胸前戴着金灿灿奖章，肩上披挂着大红绶带，端坐在会议室内，聆听着吉炳轩书记热情洋溢的讲话，心潮澎湃，激动万分。那情景、氛围和场面，一幅幅美好令人终生难以忘怀的画面，至今仍历历在目。尤其吉炳轩书记在会上强调，劳模是先进生产力的代表，是社会新风的榜样，是时代发展的楷模。我们一定要大力弘扬劳模精神，牢固树立劳动最光荣、劳动者最伟大的思想导向，推进创业创新创优，不断开创龙江科学发展新局面，以优异成绩迎接党的十八大胜利召开。

是呀，从此，"爱岗敬业、争创一流、艰苦奋斗、勇于创新、淡泊名利、甘于奉献"的二十四字劳模精神，不论在任何时候，不论在任何地方，都深深地镌刻在我的心上，永远铭记，永远珍惜，永远践行，永不褪色。更为难能可贵的是，劳模精神在2021年9月经党中央批准，中央宣传部把其纳入第一批中国共产党人精神谱系的伟大精神之一，广为普及，大力提倡。

今日想起，依然思绪万千。想着想着，忽然间，想起白居易那首《观刈麦》："今我何功德，曾不事农桑。吏禄三百石，岁晏有余粮。念此私自愧，尽日不能忘。"于是，内心深处，倍加惶恐，倍感惭愧，对标对表，仍需高扬旗帜，发扬精神，老骥伏枥，加力，加力，再加力。

在新时代，我们的工作就是要把事情的出发点和落脚点放在为群众谋福祉上，只有这样才能赢得广大群众的积极响应和理解，才能及时发现和解决各种可能出现的矛盾，才能真正做好新时代的群众工作。

站起身来，伸伸腰，走到窗前。哦！今晚，月亮悬在高空，很亮很亮的。橙黄色的月光洒在院子里、村子中，静静的，如水滋润着早已熟睡的村民，温馨、甜润。

今夜，真美！好梦！！

2023年5月6日，夜，晴。

我愿做一弯月亮，不骛虚声荣华，不求炫目富贵，不论白天抑或夜里，坚定初心不变，轨迹不变，努力走好每一天的路，每一段的路，自圆自缺，自生自然。

——高洁

东明村，一个在中国地图上找不到的小山村，是我魂牵梦绕的地方。因为在我年近六十岁的时候，却在这里工作、生活了两个春秋冬夏。对于个人而言，这段时间，是我走出机关，远离城市，最亲近农民、贴近生活、贴近黑土的时光，也是我不懈努力发现和挖掘自身潜力，在不同工作领域体现价值、创造价值的时间。东明的两个365天，让我的血管里流淌着的，多了一个东明黑土基因，多了一道东明地域印痕，更多了一簇东明特有元素。

一方水土养一方人。

东明的水土属于世界上仅有的四大黑土地中的一点点，是先辈们耕出来的肥沃富饶的黑土地，国家和人民的瑰宝之一。这里的山，海拔在350至500米之间，浑圆厚重；这里的水，泉多水纯，清流潺潺，溪水淙淙，从远古流向明天的远方；这里的黑土，黑黝黝、油汪汪，黑土流金，是那么的重要与宝贵，是那么乌黑与芳馨；这里的面貌与味道，坡坡岗岗、起伏跌宕，袅袅炊烟混着清新，甜甜润润，丰厚绵长！站在大团山上，环顾着这里的山、这里的水和这里的田与这里的林草，长长地吸入一口气，吧嗒吧嗒嘴，品味着，你会由衷地感觉到这里的黑土珍贵，这里的人们灼热，你会深深地慨叹，大千世界，芸芸众生，这里真的好自然，好清纯！

这里的春天属于生命。当春风吹拂,这里的柳榆一日间冒出了淡绿嫩芽，生机萌动，万物复苏，催促着这里的每一位村民满载着希望，带着甜蜜的微笑，把一粒粒种子播种到黑土地里。

这里的夏季是多彩的。当夏雨淅淅沥沥时，这里的黝黑的土地变成五光十色的海洋，片片大豆，碧绿如毯，延伸天际。青纱连绵，浓妆艳抹，蹲在雨过天晴的玉米地里，你会听到清脆悦耳的生长声，反反复复地预报着一个又一个好年景。

这里的秋天是成熟的。金秋十月，这里到处是黄澄澄的果实，家家户户忙碌起来，起早贪黑，颗粒归仓，眼看着金黄的大豆、品尝着清香的稻米，男女老少的脸上都洋溢着遮也遮不住的灿烂笑容。

这里的冬天属于恬静。悠悠沃野，银色茫茫，天地接壤，浑然一体。天上白云，地上羊群，让你分也分不清楚，哪个在走，哪个在溜。尤其在初冬抑或冬暮的时候，那大片大片的白雪，轻飘飘的，洁白无瑕，捧在手里，沾在心里，融入血液，唤醒生机与活力。

这里，这里呀，生态、和谐、天然，是那种特有的毫无矫揉造作之感的原生态和自然美，让你视觉舒适、神经松弛、身心自由。尤其，四季交替、景色分明的变幻之美更让人情有独钟。

正是这种变幻在美妙的四季里，给我们东明人的生产生活带来独特的风韵与情趣。农忙时，有农忙的欢乐，农闲时，有农闲的惬意。居住在这里的人们，四季的生活各不相同，各有所重。

天行有常，寒来暑往，生命轮回，草木枯荣。

这里的人又何尝不是如此。与山水相亲，和草木为友，在树下纳凉，在夜里数星星。年年月月，这里的人儿是那么的自在，心灵是那么纯净。这种心情和感觉，应该是终日生活在喧嚣的城市人难以企及和期盼的吧。不是吗？友和朋倾心，邻与里亲缘，若陈年老酒，浓烈醇厚，历久弥新，无处不在诠释着淳朴善良、勤劳智慧、坚韧不拔，并肩打拼的美好。

是的，在这里，每家每户的人各美其美，美人之美，相亲相爱，美美与共，和合与共。虽然说每个家庭没有那么多高深的家训，但是，我们东明人用自己的言行举止，耳濡目染地浸润着子孙的道德情操，潜移默化地影响着后辈，不断地传播和延续着具有东明特色的家风和邻里之气。正是我们东明人的祖祖辈辈依靠勤劳俭朴，厚德包容，咬定目标，实干前行的品行，弘扬着今日特有的优秀文化和传统美德。

人人都说村庄美，一草一木总关情。两年来，东明的土壤、阳光、水分和人们的精细呵护，给足了我即将成熟的必备要素和条件，叫我人生的篇章拥有圆满的结局和值得品味的收尾。

自 2021 年 7 月驻村开始，随着春耕、夏耘、秋收、冬藏的不同时节，还有日出、日升、日下、日落的不同时辰，我们收获了多少瑰丽阳光般的爱护，获得了多少温暖雨露般的关怀！派驻单位黑河市委组织部、市委党校和司法局及嫩江市对应部门，我们的"亲亲娘家"，如影随形，事事无私支持，无限关爱。黑河派驻办、嫩江市派驻办和科洛镇党委，我们的领导部门和机关，时时刻刻，橘灯高举，护卫引航。相关的其他部门和九三农垦，有心的尽心，有力的尽力，尽其所能，助推着我们步步前行。尤其，我们村两委七人和一村老百姓，理解包容，帮助着、支持着我们较为全面地履行"四项职能"，完成了驻村使命。

白驹过隙，再有月余时间就要离开我可爱可恋的东明。

两年来，说短也短，说长也长。虽说我们尽心尽力地完成了驻村工作，并取得一定成效。但是，静坐而思，林林总总，也有很多不尽人意的地方，值得深思。总体来讲，可以用一句古训概括："有心栽花花不开，无心插柳柳成荫。"

别的暂且不说。本来自驻村开始，从始至终就没有出一本书的意愿和打算，只是按着组织要求每一支工作队每月至少完成两篇工作日记上报的硬性规定，我们就很认真地开始写日记，严格按照标准上报。就这样一写一报，一报一写，在不知不觉中，已经从最初的被动完成工作变成了主动记录。那么多感动的人和事推动着我，让我每晚坐在窗前，用饱含深情的笔触记录下。

自去年 10 月份萌生出书的想法后，我就开始有意识地回忆整理。去年将近年末时候，在电话中与远在齐齐哈尔市医科大学当教授的闫宏才老同学说出自己想出一本书的想法。闫教授是我高中时期的同学，上学的时候很勤奋，很刻苦，很聪明，很上进。在 20 世纪 90 年代初，因一场意外，患上了脊柱重病，不能正常行走和站立。但是，凭借坚强意志，这么多年来，他一直咬着牙，笑脸面对，顽强而倔强地工作和生活着。自高中毕业，我们一直密切联系，彼此不相忘记。目前，他退休赋闲在家。他听我说要出本书，很高兴地鼓励我说："老高呀，你别犹豫了。不论从哪方面说，你的想法都是正确的，就如你自己说的，不为别的，就为给自己一个交代，这书也必须出。"然后，他提个要求，邀我把写完的 100 篇日记先给他发过去，欣赏欣赏。

说是欣赏，其实我心里明白，他这个医学院学刊的总编辑是想给我把把关，看看行还是不行。如果行，就帮我修改修改。于是，放下电话，我就把写完的日记电子版转发给他。不到两个月时间，他把修改过的日记发回给我说："老高，我看很好的。你出书吧，我全力支持！"听了他的话，我坚定了出书的决心。

今年农历春节期间，我路过哈市办事，老同学高峰热情地接待了我，并邀我去他家居住。高峰曾担任过《北大荒日报》要闻部主编、黑龙江省农垦电视台台长等要职。我们相识在 20 世纪 80 年代的黑龙江省农垦专科学校。当时他来自黑龙江农垦建三局管理局，是中文系八三届高材生，而我来自农垦九三管理局，是八五届学生，我们是一个系的校友。他高我两届，是我师哥。在校时候，来自黑龙江省一东一西的我们，虽然相距 1000 多公里，但是，因年轻，有共同的爱好，我们相交很好，很密切。毕业后，又因为同在黑龙江省农垦系统工作的缘故，我们一直保持着非常密切联系，往来持续至今。可以说，我们是那种"打断骨头连着筋"的兄弟般的关系。

215

晚上，在他家里，我们一边喝着茶，一边聊着工作和生活。当我们聊到出书的时候，他非常高兴地对我说道："老高，出书是一件好事。你完全没有写书的意识却写了 100 多篇 20 多万字的工作日记，这个挺好，没有目的性，没有功利性。你可千万别再犹豫了，马上，不，是立刻汇总汇总，给我看看，弄一本书出来是多么好的事情呀，别人绞尽脑汁想写还写不出来呢。"听了他的话后，我把闫洪才教授改过的电子稿当即转给了他……

我刚回到村里没有几天，他就用微信把修改稿转给了我，并直接打来电话说："哥们，我认真拜读了你的驻村日记。你写的驻村工作日记可读性很强，对于驻村帮扶工作很具有指导性。我在网上看了看，这方面的书籍目前还没有，你应该是独一份。你写完它，不出书就白瞎了。另外，我帮你想了一个书名，别叫《高洁驻村工作日记》，正书名就叫《大团山下月儿明》，副题叫《一位驻村帮扶干部的工作日记》，怎么样？"看着他修改过的稿，听着他鼓励的话语，我兴奋地回答："老弟，好，好名字。这个名字亮堂，很契合，我喜欢，辛苦你了。"他接着解释说："老高，我们是兄弟，别客套。我是这样想的，读了你的工作日记，感觉大团山就是你们东明村的老百姓。江山是人民，人民是江山。打江山守江山，就是守住人民的心。你的工作日记从头到尾，真实全面地反映出一个意思，那就是你们驻村帮扶干部和村两委七名同志就是月亮，是那轮时刻守护东明老百姓的月儿。""是呀，老弟，你的解读太精辟，太精准了，就用这个书名。谢谢，谢谢，太感谢你啦！"我连连说了好几个谢字。

可不是吗，我们驻村帮扶工作的出发点和落脚点不就是全心全意地为老百姓服务嘛。人民生命至上，人民健康至上，人民利益至上，人民幸福至上，人民地位至上和人民权力至上。最高目标是为人民谋根本利益。何况我们东明这方水土是那么和谐；我们东明人是那么勤劳，那么的纯真和可亲。

名字定了，无心插下的 100 多棵柳，终于深深地扎下了根。三月末，我将电子版发给了农垦九三分公司风控部副部长岳春玉同志，请她帮我修改修改。春玉副部长曾经是我的同事，我们在一个战壕里同甘共苦奋斗了二十几年，是那种可以把后背交给对方的人。她为人聪慧，有才，有主意，爱憎分明，敢担当；做事认真、机敏，有界线，一丝不苟，敢负责，应该说是须眉不让男儿中的佼佼者之一。她接到后，二话没说，下了几天苦功夫，把我的驻村工作日记逐篇逐句修改了一遍，发回给我，并给予我莫大的鼓励。随后，我又将修改稿发给了老刘书记、科洛镇宣传委员范玉屏、嫩江市委组织部主管我们驻村工作的潘义成副部长、黑河市委组织部二科科长派驻办吴睿涛主任、黑河市司法局党组书记局长戴春雷、副局长杨光辉和副局长张宝林等领导，在小范围内征求意见和建议。

……

此时，在这特定的"一方人"辛勤浇灌护理下，在东明这块特有的肥沃水土上扎根、发芽，生长出来的一百余棵"柳树"，即将散叶成荫。

不说什么了。不说再见，不说。只是这方水土这方人：

此情、此缘，终生相伴。

此爱、此意，永驻心间。

愿相逢的所有人，岁月静好，生活平安！